Der zweite Entwurf

Der zweite Entwurf

Dirk Kolassa

Roman

Herstellung und Verlag: BoD - Books on Demand, Norderstedt
©2019 Dirk Kolassa
1. Auflage
Bibliografische Information der deutschen Bibliothek:
Die Deutsche Bibliothek verzeichnet diese Publikation in der
Deutschen Nationalbibliografie; detaillierte bibliografische Daten
sind im Internet über http://dnb.ddb.de abrufbar.
Weitere Informationen und ausführliche Quellenangaben unter:

www.kolassa.xyz/the-second-draft

ISBN 9-783749-479955

If you forget my name
You will go astray
Like a killer whale
Trapped in a bay
—

Björk

Natürlich ist es schwer, im Anfang einer Liebesgeschichte schon ihr Ende zu sehen. Obwohl man vom ersten Moment an den Ausgang ahnt. Wie in einem Film. Same story. Told over and over.

Dennoch. Man bleibt bis zum Ende sitzen.

Denn da ist die Hoffnung. Die Hoffnung auf Einmaligkeit. Eine Hoffnung in großen Buchstaben.

Eine Landstraße.

Einer von mehreren möglichen Anfängen.

Schon seit Stunden hatte sich niemand mehr hierhin verirrt.

Rostbrauner Staub. Eine weite Ebene. Das ausgetrocknete, vergessene Ackerland hatte sich im Laufe des Sommers der Hitze ergeben. Die Windräder standen still. 42 Grad.

Das Geräusch eines Dieselmotors. Sie stellte Rucksack und Gitarre ab, wischte sich mit dem Handrücken über die Stirn. Schweißperlen. Perlen vermengt mit feinen Sandkörnern. Ihre Gestalt gewann an Kontur.

Normalerweise nahm er keine Anhalter mit.

Jedoch, die Konstellation war ein Versprechen. Eine diffuse, lichtscheue Mischung aus Erwartung und Neugier. Ein Spiel mit unvollständigen Informationen.

Sein Unterbewusstsein wägte die Situation für einige Sekundenbruchteile ab, trotzte seinen Prinzipien und ließ ihn das Ergebnis als geistige Reflexhandlung empfinden. Als Überlegung, dass es durchaus in Ordnung sei, einmal etwas Ungeplantes, Unvorhergesehenes zu tun. Eine Entscheidung zu treffen, ohne die möglichen Konsequenzen zu durchdenken. Er folgte dem Befehl dieses Gedankens. Es war also schwer zu sagen, ob es Zufall war oder doch Notwendigkeit, die sie zusammenkommen ließ.

Stopp.

Natürlich ist es schwer, im Anfang einer Liebesgeschichte schon ihr Ende zu sehen. Obwohl man vom ersten Moment an den Ausgang ahnt. Wie in einem Film. Same story. Told over and over.

Dennoch. Man bleibt bis zum Ende sitzen.

Denn da ist die Hoffnung. Die Hoffnung auf Einmaligkeit. Eine Hoffnung in großen Buchstaben.

Sch

Rostbr
land ha
standen s

Das Geräus
te sich mit de
mit feinen San

Normalerweise n

Jedoch, die Konstel
schung aus Erwartun
tionen.

Sein Unterbewusstsein
ab, trotzte seinen Prinzip
handlung empfinden. Als
einmal etwas Ungeplantes,
zu treffen, ohne die möglich
dem Befehl dieses Gedankens.
oder doch Notwendigkeit, die s

Stopp.

Bullshit. Von wegen, es ist durchaus in Ordnung, einmal etwas Ungeplantes, Unvorhergesehenes zu tun. Seien wir doch ehrlich. Es ist nur solange in Ordnung, bis das Nichtnachdenken zu einem unwiderruflichen Fehler führt. Ja, dann ist es plötzlich nicht mehr in Ordnung. Wenn genau das Nichtnachdenken die Ursache des Problems ist. Irgendwann kommen ohnehin schon von alleine so viele Unberechenbarkeiten zusammen. Dumme Zufälle. Nein, nicht Zufälle. Ich korrigiere mich: Aus Sicht der Natur gibt es keine Zufälle. Für die Natur ist jede Konstellation gleichbedeutend. Wir empfinden nur die eine Situation als Zufall, beziehungsweise als etwas Besonderes und die andere als gewöhnlich. Was ich also eigentlich meine, sind Abweichungen. Ereignisse, die plötzlich ganz anders kommen als geplant. Dinge, die man nicht kontrollieren kann, Personen, die man falsch eingeschätzt hat. Sie werden später verstehen, was ich meine.

Ach so, sollte ich vielleicht erst einmal erklären. Die beiden Seiten, die Sie eben gelesen haben, sind die ersten Seiten eines Romans, den Eva mir neulich geschenkt hat. Zum Hochzeitstag. Keine Ahnung, warum ich den lesen soll.

Im Moment ist mir das jedenfalls etwas zu lahm, ich blättere mal ein paar Seiten weiter.

+++

„Wie auch immer ihr gegenseitiger erster Eindruck gewesen war. Letztlich wussten beide, dass niemand, den man trifft, so sehr man sich dies auch wünscht, bei null anfängt. Sie wussten zu gut, dass hinter jedem Gesicht eine Geschichte verborgen ist, und je tiefer man geht, desto mehr kann man sich an den Abbruchrändern der Vergangenheit schneiden."

+++

OK, hab ich das gerade richtig gelesen? Ist ja interessant. Und was genau ist deren Problem? Also, ich schneide mich jedenfalls gerade an den messerscharfen Kanten der Gegenwart, wenn ich es mal so formulieren darf. Ich hab nämlich, im Gegensatz zu den beiden in dem Roman, echte Probleme. Wie bitte? Probleme haben wir alle? Ja, klar, ich gebe Ihnen absolut recht. Wir können sofort tauschen, wenn Sie wollen. Ich werde Ihnen mal meine Geschichte erzählen. Und wenn Sie möchten, reden wir dann über Ihre. Aber glauben Sie nur nicht, Sie könnten mir etwas erzählen, was ich noch nicht gehört habe. Und damit wir uns gleich richtig verstehen: Ich interessiere mich im Grunde nicht für Sie und mir ist es völlig egal, ob Sie sich für mich interessieren. Ihre Entscheidung.

Anyway. To whom it may concern. Erzählt in 128er fast forward Geschwindigkeit. In Reihenfolge des Auftretens:

3. Dezember 2015. 5.45 Uhr morgens. Autobahnabfahrt. Schneegestöber. Weg da, Idiot, ich muss hier raus, Parkhaus N, Boarding in 30 Minuten, keine Zeit gestern zum online Check-in gehabt, jetzt Smartphone auf 3 % Batterie, Powerbank auch leer, also zum Schalter. Guten Tag, wo geht's hin? Ich denke kurz nach, schaue auf meinen Koffer, dann wieder auf die Dame am Check-in. Darf ich fragen, wo Sie hinreisen? // Wo ich hinreise? // Ja, wo reisen Sie hin? // Ich hab's vergessen. - Moment. London. Ja, London. Noch einmal mit dem Reststrom sicherheitshalber die E-Mail prüfen, ja London-Stansted. Boarding beginnt in wenigen Minuten. Rüber zur Security, body scan, Entschuldigung, gehört der Koffer Ihnen? Darf ich da reinschauen? // Ja natürlich, schauen Sie sich alles in Ruhe an, ich habe keine Geheimnisse. // Alles in Ordnung. Zubringerbus. Good morning. You can find the life vest under your seat. // Ja, ja. // Was kann ich Ihnen zu trinken anbieten? // Nichts. Danke. Ich bin einfach nur müde. Schlafe mit dem Kopf auf dem Klappbrett ein. 45 Minuten später. Wir haben bereits den ersten Teil des Sinkfluges hinter uns gelassen, the remaining flight will be 15 minutes, temperature at the airport is 10 degrees. Ich sehe aus dem Fenster in die Sonne. *Everytime the sun comes up I'm in trouble.* Schönes Lied, schöner Titel. Könnte für mich geschrieben sein.

This transit is departing for the terminal building. Ich frag mich, was das für ein Meeting heute wird. Kurzfristig einberufen. Kein gutes Zeichen. This transit terminates here. UK border. Schiebe den elektronischen Reisepass routiniert über das Glas. Schaue emotionslos in die Kamera. Mein elektronisches Abbild auf

HERAKLION
AMSTERDAM
FRANKFURT
MUENCHEN
PARIS-CDG
HAMBURG

dem Display schaut emotionslos zurück. Stansted Airport - Liverpool Street. Dann die Circle Line bis Cannon Street. Eingang European Headquarter. Zeige meinen Firmenausweis. Auf der Plastikkarte ist oben links das Company Logo gedruckt, darunter rechtsbündig mein Name: Adam Volta. Meeting findet im War Room statt. Laptop raus, Smartphone aufladen. OK, gleich geht's los.

16.00 Uhr GMT. Meeting mit dem neuen Europa Präsidenten. Diesmal ein Amerikaner. Das heißt, es wird Ernst. In Augen der Amerikaner sind wir ja alle hier Ogalallas, die missioniert werden müssen. Hello and looking forward to a good discussion. // Können wir uns zunächst einmal einigen, was das Ziel dieses Meetings ist? // Yes, it's about your team. We need to rethink some things. - Aktienkurs fällt, wir sind Penny stock, die Firma wird aufgekauft. Merger & Acquisition. „My task is to make fast progress in an undefined environment", sagt er. So, so. Mein Kollege flüstert mir zu, der Typ hat einen Vertrag für zwei Jahre, um die Firma abzuwickeln. Und bekommt €7.9 million in total cash als Bonus. „To strengthen our forces we have to reduce our workforce ..." Aha, jetzt werden wir konkret. Cost savings, downsizing, Synergie-Effekte.

Hier ist das neue Org-Chart. Transformation. Jetzt beginnen die Bewegungen ohne Ziel. Bewegungen, die keine Verbesserung bringen, Veränderungen, nur um ihrer selbst willen. Frage: „Verstehe ich das richtig, dass die Organisationseinheiten, die nicht auf dem Chart stehen, aufhören zu existieren?" Antwort: „Well, we have great people in these teams, but we are trying to remove and reduce overlays. So, technically 'yes' to your question." Frage geklärt.

Letzte Woche im Management Assessment haben wir noch Farbenspielchen gemacht. Welcher Persönlichkeitstyp sind Sie? Blau oder Grün? Ich bin definitiv Rot. Und brauch auch keinen Coach. Anschließend Team-Building, jeder sollte die Herausforderungen, die Projekte und die Ergebnisse der anderen Direct Reports präsentieren. Damit man sich besser in sie hinein versetzen kann. Ich sollte mich ernsthaft in diese Schwachköpfe hineinversetzen. Danach musste ich das Gleiche mit meinem Team machen. „Zur Motivation", sagte die Managerin of

Happiness. Managerin of Happiness, ja, das war wirklich ihr Job title. Heute werde ich aufgefordert, alle zu entlassen. Re-deployment, Headcount reduction, Lay-off. So viele Begriffe, um das Wort Rausschmiss zu verschönern.

Der Nahkampf beginnt. First line of defense. Jetzt heißt es, sich schnell zu positionieren, die direkten Gegenspieler auszuschalten und irgendwo unterzukommen. Die blonde belgische Schlampe, die mir gegenüber sitzt, versucht, ihren Arsch zu retten, ihren faulen, fetten Arsch … Tut mir leid. Ja, tut mir leid für die Ausdrucksweise. Hab mich gehen lassen. Wird nicht wieder vorkommen. Versprochen. Jedenfalls wird die Schlampe überleben. Sie verdient das Doppelte, obwohl sie nichts auf die Reihe bekommt, Spitzname 'Projekt-Tod dot com'. Aber sie geht mit den richtigen Leuten ins Bett. Sie schläft mit meinem Chef und dem Chef meines Chefs und sagt mir das knallhart und genüsslich vor allen anderen ins Gesicht, und was ich ihr jetzt anhaben könnte. Hashtag FriendlyFire. Wenn dieser Chef weg ist, schläft sie mit dem nächsten, gnadenlos, egal wie widerlich der ist, und so geht's immer weiter und deshalb bleibt ihr Team bestehen und meins nicht. Ethik-Richtlinien, Code of Conduct. I acknowledge. Hab ich alles akzeptiert, als ich hier angefangen habe vor 13 Jahren, kann mich also jetzt nicht beschweren. Ende des Meetings. Verdammt, ich muss den Stansted Express um 17.55 local time erreichen. Ob ich das hinbekomme, hat er mich gefragt. Was genau? Ob ich schon mal jemanden entlassen habe? Nein, habe ich nicht, aber ich habe schon mal ein lebendes Schlangenherz, das in einem Schnapsglas schwamm, getrunken. Genügt das?

Ankunft Flughafen. Security Hinweis: Bitte lassen Sie Ihr Gepäck nicht unbeaufsichtigt, noch mal Gate und Uhrzeit checken, reicht noch für ein Bier, 7 Pfund. Was? Spinnen die? Egal. Kurz zu Hause anrufen.

„Ich bin's."
„Adam, wo bist du?"
„Ich wollte dich heute Morgen nicht wecken. Es war Viertel vor vier. Ich musste um 6 Uhr am Flughafen sein. Ich habe es auf den Post-it Zettel geschrieben."
„Ach so, es steht auf dem Post-it. Wir hinterlassen uns seit

Wochen nur Post-its."

„Nur weil du keinen Messenger benutzen willst."

„Ich weiß nicht, wohin du fliegst, ich weiß nicht, wen du triffst."

„Ich bin in London. Es steht ... auf dem Post-it."

„Wie lange dieses Mal?"

„Ich bin schon auf dem Rückweg. Bin heute Abend zurück. Dann lassen wir es uns gut gehen."

„Wirklich? Oder arbeitest du wieder nur den ganzen Abend?"

„Nein, diesmal nicht. Lass uns zu Rocios gehen."

„Das wird schwer, so kurzfristig noch einen Tisch zu bekommen. Du weißt, wie lange im Voraus der immer ausgebucht ist. Aber ich probier's."

„Alles klar. Nächstes Mal kommst du mit. Im Tate Modern ist eine Gerhard Richter Ausstellung."

„Das wäre schön. Wie findest du das Buch?"

„Ja, gefällt mir gut."

Ehrlich gesagt, ich lese kaum noch Bücher, und wenn, dann selten zu Ende. Auf meinem Nachttisch liegt seit Ewigkeiten 'Die Schönen und Verdammten' von F. Scott Fitzgerald. Meine Güte ist das langweilig, bin bisher nicht über Seite 32 hinausgekommen und ich schätze, dabei wird es auch bleiben. Früher hatte ich das Gefühl, man muss ein Buch zu Ende lesen, wenn man es angefangen hat, auch wenn man das Interesse verloren hat, so wurde ich erzogen. Ich war der Meinung, es hat etwas mit Respekt vor dem Autor zu tun. Dann hab ich das Gegenteil vertreten, dass der Autor umgekehrt Respekt vor meiner Zeit, die ich seinem Buch widme, haben sollte. Jetzt denke ich, keins von beiden ist der Fall. Wenn man nicht zueinander passt, soll man es einfach akzeptieren und sein lassen. Vielleicht passt das Buch zu jemandem anderen. Und vielleicht finde ich ein Buch, das zu mir passt.

Übrigens, ich hab neulich einen Artikel über predictive writing gelesen. Ganz interessant. Da hat man so eine Software mit vielen Büchern eines Autors gefüttert und das Programm hat dann aufgrund dieser Informationen, also Stil, Handlung und so, die weiteren Kapitel geschrieben. Ich denke, das ist die Zukunft. So werden bestimmt bald 90 Prozent der Bücher geschrieben. Billiger, effizienter und besser. Ehrlich gesagt, mir ist das doch völlig egal, ob sich irgendeiner da monate- oder jahrelang hinsetzt und sich auslässt oder ob eine Software das in Sekunden macht. Wenn das Resultat nicht unterscheidbar ist - who cares? Wie auch immer, bin vom Thema abgekommen. Und was ist das Thema? Mein Job. Klar. Aber auch:

Eva.

Auf meinem Unterarm steht ihr Name. Zunächst wollte ich ihn einfach nur eintätowieren lassen. Genauso wie früher die Eingeborenen das gemacht haben. Sinn eines Tattoos war ja, als Jugendlicher mit dem Stechen des Tattoos die lebenslängliche Stammeszugehörigkeit zu dokumentieren. Aber das war mir nicht stark genug als Liebesbeweis. Dann kam mir die Idee. Ich wollte ihren Namen als Brandzeichen tragen. Statt eines Eherings. Ringe beengen mich einfach. Deswegen steht ihr Name auf meiner Haut. Eingebrannt. War ganz schön schwierig, jemanden zu finden, der so etwas macht. Und ziemlich schmerzhaft, aber ich hab es für sie getan. Für Eva. Unser Freundeskreis hatte immer Witze über unsere Namen gemacht. Adam und Eva. Erschaffen nach dem Ebenbild Gottes. Man weiß ja, wie das ausgegangen ist. Die Vertreibung aus dem Paradies.

Mein iPhone vibriert. Neueste Generation. Und schon bald wieder veraltet. Eva ruft an.

„Ich hab's tatsächlich hinbekommen, wir haben einen Tisch für 9 Uhr."
„Fantastisch, ich freue mich schon. Ich komm dann direkt vom Flughafen dahin. Wird etwas eng bis 9."
„Gut, aber beeil dich."
„Moment. Muss auflegen. Hab einen Anklopfer."

Ich nehme den Anruf an. Es ist die Personalabteilung.
„Hey Adam, could you come to Vienna? ASAP!"
„Das heißt konkret?"
Sie sagt, am besten heute noch. Die Entlassungsgespräche müssen bis Freitag durch sein.
„Sure."
Umbuchen. Flug nach Wien noch am selben Abend. Rufe Eva an. „Sorry, es klappt heute doch nicht ... Nein, ich muss nach Wien. Ich weiß es nicht ... Ich weiß noch nicht genau, wann ich

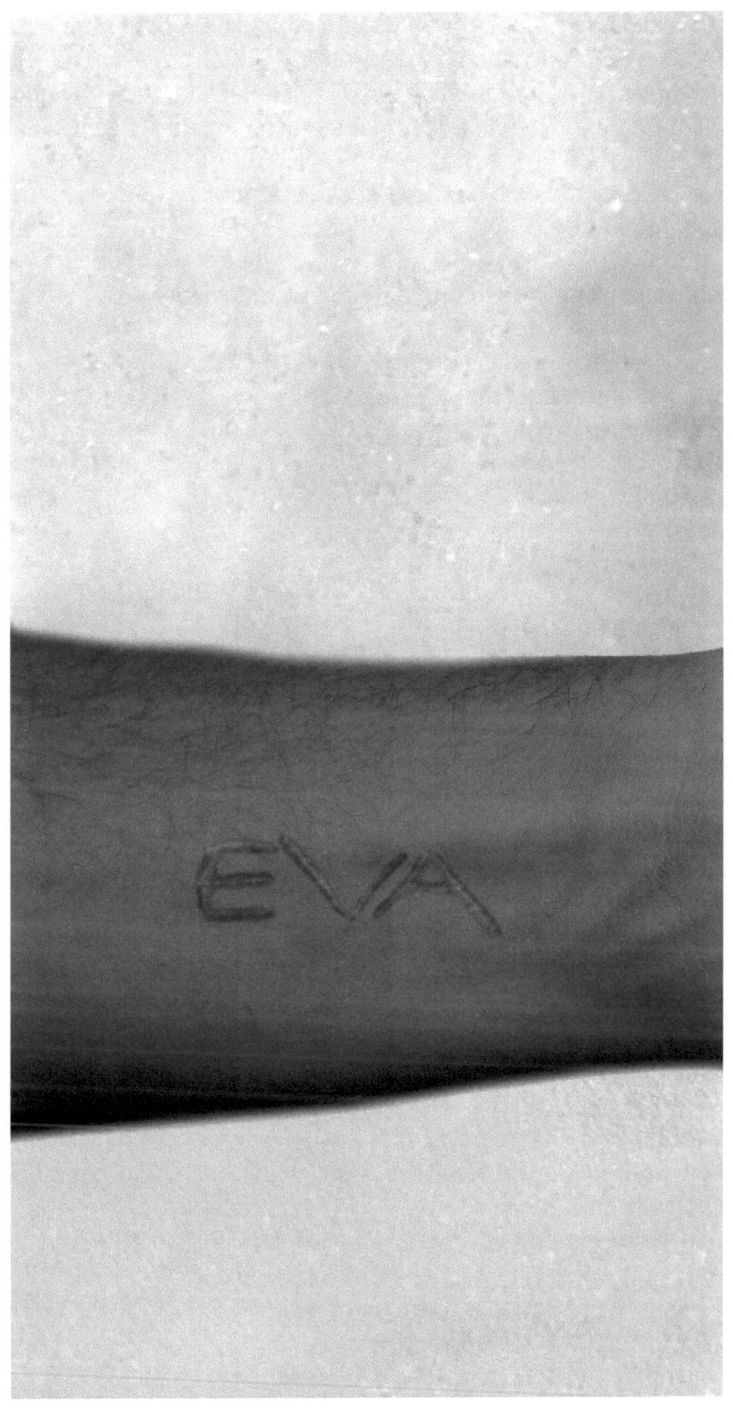

zurückkomme. ... Jetzt dreh doch nicht gleich wieder durch. ... Ja, ... hab ich dir doch schon gesagt. ... Klar. .... Nein. Ist alles etwas viel gerade. Erklär ich dir später. Ich kann doch auch nichts dafür... Natürlich, ich melde mich, sobald es geht. Versprochen." Ich lege auf.
For security reasons baggage left unattended will be removed and destroyed.

Ich zahle, gehe in Richtung Gate 5. Eva ruft wieder an.

„Eva, was ist denn jetzt schon wieder?"
„Hast du mir nichts mehr zu sagen?"
„Was meinst du damit?"
„Das, was ich sage."
„Stimmt was nicht, Eva?"
Pause. Keine Ahnung, was sie wieder hat.
„Eva, was zur Hölle ist los mit dir?"
„Nichts."
„Was ist dann dein Problem?"
„Liebst du mich?"
„Warum fragst du?"
„Weil ich es hören möchte. Aber leider sagst du es nicht mehr."
„Das ist doch Unsinn."
„Warum sagst du es nicht einfach?"
„Unglaublich. Eva, weißt du was? Ich hab hier jede Menge Druck, das kannst du dir gar nicht vorstellen. Und warum mache ich das alles? Damit du sorgenfrei leben kannst. Wovon sollen wir denn sonst leben? Von deinen Bildern? Von einem, vielleicht zwei Bildern, die du im Jahr verkaufst?"

Boarding hat begonnen. Die Leute um mich herum grinsen sich schon an. Ich spreche leiser.

„Warum sollte ich mir das alles antun, wenn ich dich nicht lieben würde. Was für Beweise brauchst du noch? Ich gebe dir doch alles."
„Ich habe nie gesagt, dass ich alles will. Du weißt, was ich will."
„Und du weißt, dass es nicht geht."
„Vielleicht gibt es einen Weg."
„Eva, Bitte. Ich hab im Moment jede Menge in meinem Kopf."

„Und ich etwa nicht?"
„Ich muss jetzt Schluss machen."

Das wird zu Hause wieder ein Vergnügen. Wie kann ich das Problem jetzt am schnellsten fixen? Noch habe ich ein paar Minuten. Gegenüber sehe ich ein Juweliergeschäft.

Der Verkäufer sagt: „Das ist der Beste, den wir in dieser Preisklasse haben." Er zeigt mir einen goldenen Ring. Ich antworte: „Ich hab nicht viel Zeit." „Von allen Ringen, die ich habe, treffen Sie damit garantiert die beste Wahl." „Der ist schön. Ich nehme ihn." Der Verkäufer antwortet: „Ausgezeichnet. Bezahlen Sie mit Kreditkarte?" Er steckt den Ring in die Schatulle.

Boarding completed. Bitte Gurte während des Sitzens geschlossen halten. Die Schwimmweste befindet sich unter Ihrem Sitz. Einen wunderschönen guten Abend. Was darf es bei Ihnen sein, stilles Wasser oder Mineralwasser? *Do not walk outside this area* steht auf dem Flügel. Wäre doch schön jetzt, denke ich mir, über den Flügel zu spazieren, Sonnenuntergang über den Alpen, die Wolken werfen Schatten auf die Gipfel, die irisierenden Akkorde von ‚Push the Sky Away' erstrecken sich aus meinem Ohrhörer bis zum Horizont, ich möchte ihn wegschieben diesen Himmel und Nick Cave singt:

And if your friends think that you should do it different
And if they think that you should do it the same
You've gotta just keep on pushing
Push the sky away

And if you feel you got everything you came for
If you got everything and you don't want no more
You've gotta just keep on pushing
Push the sky away

Bis hierhin alles genial und dann kommt:

And some people say it's just rock n' roll,
Oh, but it gets you right down to your soul ...

Ich kapier es einfach nicht, da haut der Nick Cave so ein Lied raus, so einen perfekten Song, für den man den offiziellen Musik-Nobelpreis erfinden sollte und dann so eine Zeile, ernsthaft, wen interessiert denn Rock'n Roll? Hätte er nicht schreiben können *And some people say it's just* .... Was weiß ich, irgendwas, das sich auf *soul* reimt, vielleicht *control* oder keine Ahnung, was sich so reimen könnte, und was noch viel schlimmer ist, was soll das denn genau heißen, „it gets you right down to your soul", was für ein nichtssagender Satz. Also mir konnte bisher noch keiner so richtig erklären, was das überhaupt sein soll, eine Seele ... ist das eine mysteriöse geistige Substanz, ist es das Selbstbewusstsein, die Selbsterfahrung, hat dann in diesem Falle ein Neugeborenes keine Seele oder nur eine ganz kleine, kann die Seele also wachsen, hat sie eine Dimension, ja, da kommen jetzt die großen Fragezeichen. Das Wort Seele ist nur ein feiger Platzhalter, und wir wissen nicht mal genau wofür, wenn Sie mich fragen. Das nur mal am Rande. Die Stewardess tippt mich an, ich solle etwas leiser sein. Wir haben die Reiseflughöhe verlassen, schalten Sie bitte alle elektronischen Geräte zur Landung wieder aus. Seien Sie recht herzlich willkommen hier am Flughafen von Wien. For your own comfort remain seated, thank you being our guest today, take care and good-bye.

Einsteigen in den CAT. 20 Minuten bis zur Innenstadt. Hotel. Bitte füllen Sie dieses Formular aus. Name, Adresse, Personalausweis-Nummer. Miles & More? Priority Club? Ja, beides. Kann ich zum Einchecken bitte Ihre Kreditkarte haben? Danke. Sie haben das Zimmer 103. Gleich hier links ist der Fahrstuhl. Frühstück wird halb acht bis zehn serviert. Wir wünschen Ihnen einen schönen Aufenthalt. Das Bier kostet 5,60 Euro in der Minibar. Ich trinke zwei, dann noch einen Rotwein aus der Flasche. Greife zur Fernbedienung. Auf den meisten Kanälen laufen Nachrichten. Unwichtiges Zeug. Oder amerikanische Serien. Der Unrat der Kultur. Meine Augen werden schwer, noch ein Bier. Ich schalte den Fernseher aus. Die Klimaanlage springt an, kalte Luft auf meiner Schulter, aber ich bin zu müde, um aufzustehen und sie auszuschalten. Also werde ich frieren diese Nacht, ist mir egal. Ich liege auf dem Bett, auf dem Rücken, neben mir ist niemand.

Ich betrachte das Eva-Brandzeichen. Ziehe mit dem Finger über die Brandnarbe, diesen Wulst, der wie ein Relief ihren Namen zeigt, und höre ihre Stimme: Liebst du mich? // Ja. // Warum sagst du es mir nie? // Aber ich sage es doch. // Nur wenn ich frage. Von allein sagst du es nie. // Also gut, ich liebe dich.

Die heiligen Worte. Einen Abschnitt lang in einer Beziehung ist dieser Satz lebendig, aber er verliert mit der Zeit an Zauber. Irgendwann klingt er nicht mehr wie am Anfang, auch wenn er immer noch wahr ist. Ich gebe zu, Gefühle auszudrücken, gehört nicht gerade zu meinen Stärken. In meinem Elternhaus wurde halt nicht viel über Gefühle gesprochen. Das heißt nicht, dass ich keine habe. Im Gegenteil, sie stauen sich manchmal in mir auf, aber sie finden keinen Weg hinaus. Ja, ich würde es Eva gerne sagen oder schreiben, aber ich bekomme das nicht so einfach hin. Und dann schaukelt sich das natürlich hoch. Und weil ich nichts sage, fragt sie umso häufiger und das macht mich dann noch wütender, das macht mich völlig fertig.

Ausgewaschene Gedanken. Gedanken, die wie Himmelskörper um ein imaginäres schwarzes Loch kreisen. Dieses schwarze Loch hat noch keinen Namen. Und wird niemals einen haben. Was ich damit meine?

OK. Zeit, ein paar grundsätzliche Dinge zu klären. Eva und ich können keine Kinder bekommen. Keine Ahnung, warum.

Die Ärzte konnten es letztlich nicht herausfinden. Meinten, die Hormone vertragen sich nicht oder was weiß ich. Eine chemische Gleichung, die nicht aufzugehen scheint. Die ganzen Sechsecke, Säuren und Hormone. Vielleicht mit Reproduktionsmedizin? Fehlanzeige. Wenn sie mich fragen, ist das was Mentales. Und das Wissen um die Problematik ist wiederum eine Blockade für mich, ein zusätzlicher Stressfaktor. Da hat der Teufel einen schönen Kreis mit seinem Zirkel gezeichnet.

1.30 h. Ich bin müde, aber kann nicht einschlafen. Die Gedanken kreisen. Die Klimaanlage bläst weiter eiskalte Luft in meine Richtung. Die Nachtluft ist kälter geworden. Nein, sie ist nicht wirklich kälter geworden. Es fühlt sich nur so an. Irgendwann ertrage ich das Geräusch nicht mehr, stehe doch auf, drehe an allen Knöpfen, aber sie lässt sich nicht abschalten. Ich höre ihre Stimme. Was machst du Schatz? Nichts. Schlaf lieber. Nehme eine Schlaftablette.

Monochromatische Träume. Der Traum ist ein später Gast, der lange genug bleibt, um uns zu erinnern, was uns fehlt, und der gerade rechtzeitig geht, damit wir es wieder vergessen können. Gegen 6 wache ich auf. Ich frage mich, ob das, was ich gerade erlebe, auch nur ein Traum ist. Aber was immer man in einem Traum zu tun versucht, fliehen, sich verstecken, sich wehren, befreit den Träumer nicht von seinem Traum. Einem Albtraum entkommt man nur durch Aufwachen. Aber Aufwachen ist eben nicht mehr Teil des Traums, sondern etwas grundsätzlich anderes, außerhalb des Traums. Es ist keine systemimmanente Lösung.

Stehe auf, schaue aus dem Fenster. Draußen wird es hell. Ich putze mir die Zähne und gurgele, damit man später, beim Entlassungsgespräch, nicht den Alkohol riecht. Wie heißt der Mitarbeiter eigentlich noch einmal, den ich heute rauswerfen soll? Egal. Ich werde sagen, dass er ein guter Team-Player war. Und danach: Seien Sie bitte nicht so naiv, aber wie alle anderen sind auch Sie von der Restrukturierung betroffen.

Ich hoffe bloß, der glaubt nicht im Ernst, man würde ihm am Ende irgendwas danken.

Check out. Soll die Minibar mit auf die Rechnung, hat Ihnen der Aufenthalt gefallen, ja ja. Auf dem Bildschirm läuft immer N24. Wirtschaftsnachrichten über Firmen, in denen genauso Leute arbeiten wie ich, die die gleichen Reisen tätigen, die gleichen Hotels buchen. Business-Karaoke. Ich bin einer von vielen. Ich bin die gesichtslose Masse. Nicht die Ausnahme, sondern die Regel. Überall in austauschbaren Hotel-Lobbys findet man uns. Identische, schlecht sitzende Anzüge. Middle-Management. Leistungsträger, die nichts produzieren. Unsere einzige Aufgabe ist es, das System zu stützen. Wir existieren nur, um die Existenz der nächsten Hierarchieebene zu rechtfertigen. Das System darf nicht zusammenbrechen, weil zu viele davon profitieren. Eine selbsttragende Architektur, eine selbstreferenzierende Organisation. Die Tatsache, dass das Unternehmen in einem Marktumfeld agiert, spielt dabei nur eine unwichtige Nebenrolle. Der Konkurrenz geht es ja genauso. Wir sind faktisch operational geschlossen. Wir reagieren nur noch auf Reize von innen. Powerpoint copy paste, Save as Draft1, Deadline close of business. Jeder hier würde den Wahnsinn aus seiner Sicht etwas anders beschreiben, die Details wären andere, aber das einfache Prinzip, das hinter jeder Aktion steckt, ist für alle gleich: Please your boss, not your customer.

Schauen Sie sich doch hier um: Wir sprechen wichtig in unsere Smartphones hinein, blicken bedeutungsvoll auf unterschiedlich große Displays. Verschicken massenweise Nachrichten, Mitteilungen, die andere wieder kopieren, weiterleiten, löschen. Nur für den Moment produziert. Austauschbar, inhaltsleer, flüchtig. Einzig den Ist-Zustand steuernd. Wir sind Zombies in sinnlosen Funktionen. Genauso wie meine Funktion. Leiter Corporate Marketing.

Demand Generation, Conversion Rate, Sales Cycle. Der ganze Marketing-Mist. Glauben Sie mir, das Produkt ist mir im Grunde egal. Habe ich keine Beziehung zu. Klar, es wäre schön, wenn ich am Ende des Tages etwas erreicht hätte, das die Welt verbessert hat, so wie ein Arzt oder ein Handwerker, ein Resultat, mit dem man sich identifizieren kann. Habe ich aber leider nicht. Stattdessen: Quick wins, low hanging fruits.

Im Grunde lässt sich mein Job sowieso komplett automatisieren. Aber nicht nur meiner. Das Gleiche gilt auch für den CEO ganz oben. Braucht man in einem Unternehmen einen Chef? Nein, man braucht nur einen selbstlernenden Algorithmus, den man mit allen Unternehmensdaten füttert, und eine Handvoll KPI's. Key Performance Indicators - geplantes Irren. How do you measure your Return on Investment? Ja, ganz wichtig, wie messen Sie den Erfolg: Customer loyality index, Scorecards, Dashboards. Hab ich mir das wirklich irgendwann ausgesucht? Manchmal wünsche ich mir, den Kampf zu beginnen. Die Reihen zu durchbrechen. Nennen Sie dies hier den Versuch einer Selbstkritik.

„Warum machen Sie es nicht?", fragen Sie? Ich könnte ja das System bekämpfen oder einfach abhauen. Neu anfangen.

Einmal was ganz anderes machen, etwas, hinter dem man steht, einen Club eröffnen, ein Restaurant, was auch immer. Schon, ja, Sie haben recht. Es wäre ein Anfang. Da stimme ich Ihnen absolut zu, aber dafür bin ich zu feige. Denn Hand aufs Herz. Für all das kommt am Ende des Monats ein Brief mit einer Zahl, von der ich lebe. Plus einmal im Jahr Bonus. Der kurze Amphetaminschub. Dafür arbeite ich. Davon kann ich mir erlauben, was ich sonst nicht könnte. Diese Zahl schafft Unabhängigkeit, Komfort, Lösungsmöglichkeiten. Aber leider keine Befriedigung. Ganz ruhig, Adam Volta, höre ich Sie jetzt sagen, nicht durchdrehen, jetzt aber bitte nicht zu viel wollen. Befriedigung, Unabhängigkeit und Spaß am Job, sonst noch was? Sie können halt nicht alles haben. Warum sollten für Sie andere Regeln gelten?

Klingelton „Bambus". Eingehende Mail. Lese die Nachricht.

Taxi. Vom Handelskai zum Flughafen. Sitze in der Business Lounge und lese in einem Magazin über die Seychellen. Bilder aus dem Paradies. Stelle mir für einen Moment vor, wie es wäre, dort für immer zu wohnen. Mein iPhone reißt mich aus den Gedanken. Müde belächelt von dem Affen, der an mir vorbei in den Senator Bereich geht. Ja, ja, High Potential, aber First Class fliegst du anscheinend auch nicht. Garantiert so ein Start-up Heini, aus dem Silicon Valley, der an einer Batterie leckt, um sich einen Kick zu geben. Hat bestimmt eine tolle App programmiert, was weiß ich, mit der man Lippen lesen kann oder so und hofft, dass er von Google gekauft wird. Da sitzt er jetzt, der Mister Global Player, Haare zum Dutt gebunden, rotgefärbter Bart, ein überdimensionierter Beats Kopfhörer und hält sich für den Nabel der Welt. Was habt ihr denn bisher Großes geleistet da drüben an der Westküste? Selbstfahrende Autos, schwachsinnige Siris und Alexas. Na und? Ist das eine Leistung?

Das einzig große Problem, das gelöst werden muss, und da habe ich lange drüber nachgedacht, das wird Sie jetzt vielleicht wundern, vielleicht aber auch nicht, das einzige Problem, das gelöst werden muss, ist das der Unsterblichkeit. Alles andere sind Zwischenprobleme. Und was kommt da von euch? Nichts. Seit den Sechzigern entwickelt sich die Computertechnologie exponentiell und ihr seid keinen einzigen Schritt weiter. Stanislaw Lem hat euch alles Notwendige zur Hand gegeben. Trotzdem kriegt ihr nichts auf die Reihe. Biologische Zellteilungsverlängerung? Über Genmanipulation ein paar weitere Jahrzehnte hinzuaddieren? Darauf konzentriert ihr euch. Am Ende gewinnen wir ein wenig Zeit. Zeit wofür?

Irgendwann kommt dann doch der letzte Tag und der ist immer gleich, egal ob das Leben 100, 1000 oder eine Million Jahre dauert. Selbst wenn wir es schaffen würden, das Bewusstsein von einem Träger zu einem anderen zu transferieren, ist das auch nur ein Aufschub. Überlegen Sie doch mal. Zuerst befindet sich der Träger des Bewusstseins, wahrscheinlich irgendwann nicht mehr das Hirn, sondern ein Server, auf der Erde. Mit etwas Glück, kurz bevor die Erde ruiniert ist, schaffen wir es vielleicht, den Server auf einen anderen Planeten zu bringen, der wird aber auch irgendwann von der Sonne gekillt, und irgendwann existiert auch unsere Galaxie nicht mehr. Denkt man das weiter, ist das auch nur wie ein Ticket für eine Fahrt auf der Kirmes. Irgendwann hört die Fahrt auf. Wenn Sie mich fragen: Das Körper-Geist-Problem muss gelöst werden - alles andere ist sinnlos. Da kommen wir dann wieder zu unserem Problemkind Seele, natürlich muss man Körper und Geist als Einheit betrachten für unser Selbstempfinden, aber das wird uns nicht in die Unsterblichkeit führen. Der einzige Ausweg aus dieser Sackgasse ist, das Bewusstsein von seinem Träger, also dem Körper permanent zu lösen. Wie können wir das Bewusstsein erhalten, ohne es an Materie zu binden? Das ist die entscheidende Frage. So, da steht der Silicon Valley Trottel jetzt und weiß nicht weiter. Vielen Dank. Der kann mich mal.

Wieder nur noch 20 % Akku. Wo ist mein Ladegerät, wahrscheinlich, wie üblich, im Hotelzimmer vergessen. Genauso wie der nervige UK-Stromadapter. Aber den brauche ich sowieso bald nicht mehr. Die Team-Mitglieder in UK sind ja demnächst entlassen und das Headquarter wird nach Paris verlegt.

Departure Gate Number 12. Sicherheitshinweis, bitte lassen Sie Ihr Gepäck nicht unbeaufsichtigt. Von Wien direkt nach Budapest. Kurzflug. Schulter-Massage am Flughafen. 50 Euro. Man muss sich auch mal was gönnen. Ladies and Gentleman, your flight to Budapest is now ready for boarding. Ich warte, bis mein Name durch die Lautsprecher aufgerufen wird. Passenger Adam Volta, please come to Gate 12, Ihre Bordkarte bitte. Lege mein Smartphone auf den Scanner. Good evening Sir, would you like something to eat? Darf es bei Ihnen noch was sein? Black coffee, please, sonst noch etwas? Nein, Danke. Landung. Budapest. Schnell etwas Bargeld am Automaten ziehen. Taxi. Schau aus dem Seitenfenster. Ein großes Werbeplakat für Dessous. Fahre über die beleuchtete Kettenbrücke. Unter mir die Donau. Im Radio singt Lana del Rey:

They say that the world was built for two, only worth living, if somebody is loving you.

Wie kitschig.
Kitschig, aber toll.

Eva ruft an.

Eva, ich hab noch sehr viel zu arbeiten. // Weißt du, dass Peter eine Geliebte hat? // Nein, wirklich? // Ja, und weißt du, was er gestern gemacht hat? Er hat sie angerufen, während seine Frau dabei war. Er war sturzbesoffen. Er war so besoffen, dass er sie angerufen hat, während seine Frau auf dem Bett neben ihm lag. // Das gibt es doch nicht. // Doch, sie hat es mir gesagt.

Super, denk ich mir, hoffentlich bekommt er eine ordentliche Abreibung von seiner Frau. Der Typ ist eh bescheuert. „Was sagst du, Eva? Nachher noch mal anrufen? Nein es wird spät. Aber wir telefonieren doch gerade. Ich muss Schluss machen, mein Akku ist gleich leer. Nein, alles in Ordnung."

Hallo, Willkommen im Marriot // Hallo, ich möchte einchecken, Adam Volta lautet mein Name // Willkommen, Mr. Volta. Da haben wir Sie. Adam Volta. Premiumzimmer, Nichtraucher, Kingsize bed. Und Sie bleiben nur eine Nacht bei uns, Mr. Volta? // Ja, eine Nacht // Dann bräuchte ich noch Ihre Kreditkarte für eventuelle Extras und dann haben wir schon alles. // Ich hätte gerne ein ruhiges Zimmer, wenn Sie eins haben. // Ja, selbstverständlich. Ich habe eine zauberhafte Deluxe Junior Suite im zehnten Stock mit Kingsize bed. Da hören Sie nichts von der Straße. // Das klingt gut // Danke. Dann sind wir hier fertig. //

Wie lautet der Code für den Wireless Zugang? // Ihre Zimmernummer und dann Ihr Nachname. Deswegen liebe ich diese Rituale in Hotels. Sie geben mir Sicherheit.

Man bezeichnet ein Tier als Fluchttier, wenn es beim ersten Anzeichen von Gefahr flüchtet. Der Mensch ist an sich kein Fluchttier. Manche Menschen fliehen, andere greifen an oder fallen in eine Starre. Ich greife normalerweise an. Aber diese Situation ist anders. Jetzt fliehe ich. Ich suche Flucht vor der Wirklichkeit.

Auf dem Hotelzimmer checke ich die neuen Mails, ziehe mit dem Finger über den Bildschirm, um 22.28 aktualisiert, 53 Nachrichten ungelesen, Your mailbox is almost full, ich weiß, ich weiß. Führe ein paar Telefonate nach Übersee. Beende den Tag. Trinke ein paar Fläschchen Palinka Pflaumenschnaps.

Die Minibar ist mittlerweile leer, ich bin leicht angeschlagen. Macht mir normalerweise nicht viel aus, aber der ganze psychische Stress, die Entlassungen und das alles zeigt Wirkung. Ich sollte schlafen, stattdessen frage ich mich: Wo bekomme ich jetzt noch was zu trinken her? Richtig, die Hotelbar hat sicher noch auf. Ziehe meine Schuhe an, dann nehme ich die Plastikkarte aus dem Schlitz und verlasse das Zimmer in Richtung Fahrstuhl. Ich drücke auf den Knopf mit dem Pfeil nach unten. 12-11-10. Nach ein paar Sekunden ein hell klingender Ton, die Tür öffnet sich. Ich trete ein. Der Knopf für das Erdgeschoss ist schon gedrückt. Eine Frau befindet sich im Fahrstuhl. Ich scanne sie ab. Lange, dunkle Haare. Schwarzes Kleid. Darauf steht in geschwungener Schrift, mit Pailletten bestickt: „Boss Girl". Dann schaue ich ihr direkt in die Augen. Wie ein Blick in den offenen Nachthimmel. Der Overkill. Die Tür schließt sich. Ich presse meine Arme fest an meinen Körper, um nicht nach Schweiß zu riechen. Wir schauen beide auf den Boden und schweigen. Dann endlich öffnet sich die Tür.

Plötzlich fragt sie mich in gebrochenem Englisch, ob ich wüsste, wo man hier noch etwas zu trinken bekäme. Ich zögere kurz, antworte „At the bar". Ich biete ihr an, sie zu begleiten, wollte ja auch dorthin. Sie stimmt zu. Wir gehen gemeinsam durch die Lobby. Nehmen an der Bar Platz. Ich frage sie, was sie trinken mag, sie sagt Champagner und ich bestelle zwei Gläser. Sie fragt mich, ob ich geschäftlich unterwegs bin oder Urlaub mache. Ich fange an zu erzählen. Von den ganzen Entlassungen, der Firma, dem Stress. Von Zeit zu Zeit schaue ich sie an. Es scheint, dass sie sich wirklich dafür interessiert, was ich sage, für meine Probleme. Ich bestelle nach, frage, wie sie heißt. Natasha.

So. Das ist die Situation, die ich meinte, als ich gesagt habe, dass es eben nicht in Ordnung ist, wenn man Fehler macht, die auf das Nichtnachdenken zurückzuführen sind. Ich weiß auch nicht, wie es dazu kommen konnte. Die einzige Erklärung dafür ist diese Extremsituation, in der ich mich befinde. Deshalb tue ich Dinge, die meine Disziplin normalerweise verhindern würde.

Cut.

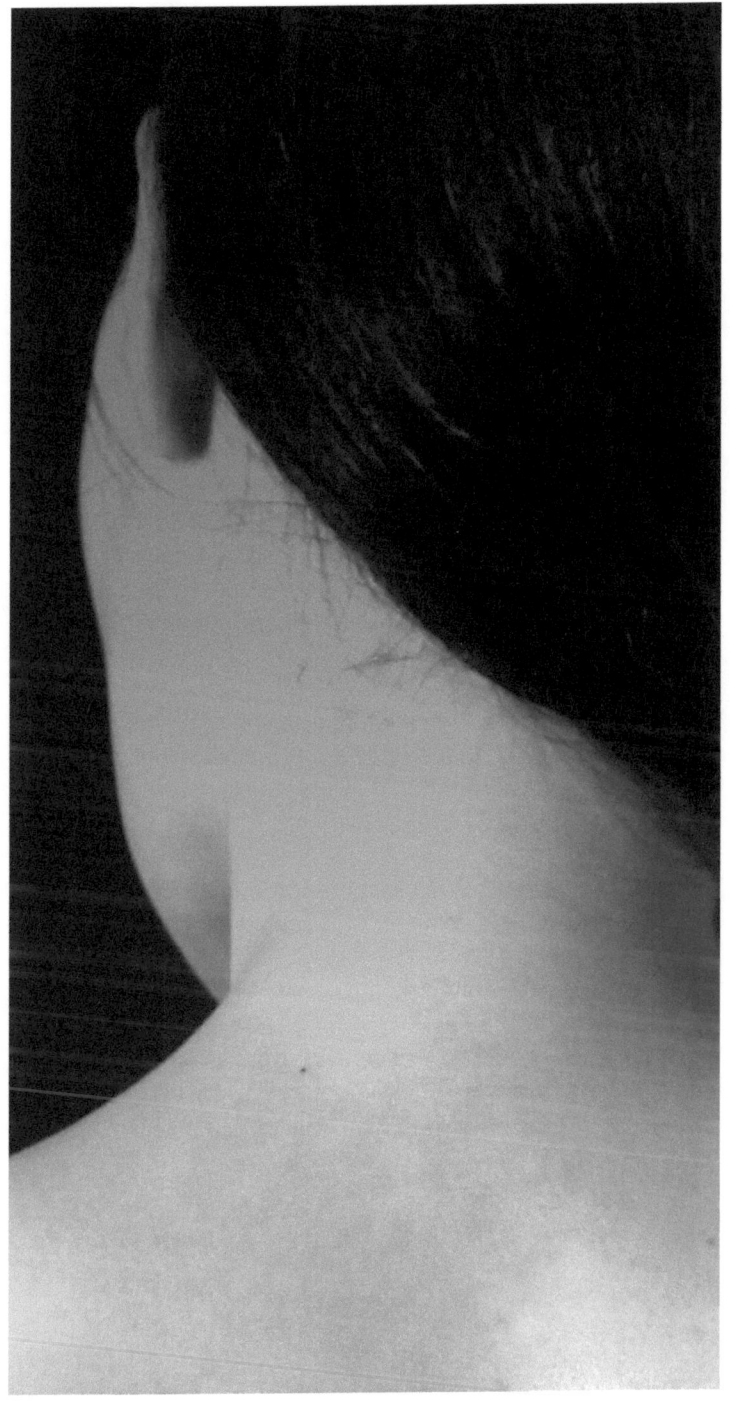

Ich liege auf dem Bett.
Nervös.

Ich habe das noch nie getan. Sie sagt, ich solle ganz entspannt sein. Fühle mich wie ein pubertierender Junge vor seinem ersten Rendezvous. Sie legt ohne ein Wort zu sagen ihre Kleidung ab. Ein tattoofreier Körper. Was für eine Präsenz. Als sie ihren BH öffnet, sehe ich ihr Muttermal auf der Brust. Auf der linken Brust. Dort wo Minuten später die Ader stark durchblutet durch die Haut scheinen wird. Ein weiteres befindet sich neben dem Mundwinkel und eines am Hals. Sie bewegt sich langsam und ruhig wie ... mir fällt kein Vergleich dazu ein, wie eine Wolke, ja, wie die Verkörperung meines Lieblingsgedichts:

An jenem Tag im blauen Mond September, still unter einem jungen Pflaumenbaum, da hielt ich sie, die stille bleiche Liebe, in meinem Arm wie einen holden Traum. Und über uns im schönen Sommerhimmel, war eine Wolke, die ich lange sah, sie war sehr weiß und ungeheuer oben, und als ich aufsah, war sie nimmer da.

Ihr Becken bewegt sich gleichmäßig, archaisch. Das Pulsieren gibt mir in all seiner ursprünglichen Primitivität Geborgenheit, mehr noch, es verleiht mir das Gefühl zu existieren.
Kontraktion.

Für einen Moment werde ich sentimental, muss plötzlich weinen. Zunächst bemerkt sie es nicht. Dann senkt sie ihren Kopf.
„Why are you crying?"
Ich antworte: „I'm just happy."

Wenn ich eine Zeit lang denken darf, was ich will, dann fallen mir manchmal irgendwelche Melodien ein. Und manchmal findet umgekehrt auch die Welt eine Melodie für mich.

And what it all could be
What it all, what it all could be

Restwärme. Bewegungslosigkeit.

Natasha geht duschen.

In dem Moment ruft Eva an. Kontermelodie.

„Eva? Was ist los? Es ist mitten in der Nacht!"
„Ich kann nicht schlafen. Ich muss etwas mit dir besprechen."
„Hat das nicht Zeit bis morgen?"
„Nein, ich will es jetzt mit dir besprechen."
„Was willst du besprechen?"
„Es geht um das Kind."
„Du weißt doch, dass wir keins bekommen können. Wir haben schon alle Behandlungen durch."
„Warum klappt das dann bei uns nicht?"
„Weil das nicht planbar ist."
„Es gibt noch andere Möglichkeiten."
„Eva, lass uns das morgen besprechen."

Natasha kommt aus dem Badezimmer. Ich drücke den roten Knopf, um das Telefonat zu beenden.
Sie riecht nach frischen Feigen. Die Bodylotion des Hotels.
„Is everything OK?"
„Sorry?" Ich blicke sie fragend an. Sie wiederholt: „Was everything OK what I did?"
„Yes."
„OK."
Sie blickt mich lange an.
Ach so. Habe verstanden. Was hab ich mir denn gedacht?

Während sie sich anzieht, nehme ich mein Portemonnaie aus meiner Jacke. Ich habe, wie soll ich es ausdrücken ... gemischte Gefühle. Es war das erste Mal seit langem, dass ich nicht an das Zeugen von Kindern denken musste. Wie eine Befreiung. „200", sagt sie. Ich reiche ihr das Geld. „Is Natasha your real name?" Sie sieht meine Visitenkarte auf dem Tisch, nimmt einen Kugelschreiber und schreibt auf die Rückseite „Nata". Darunter ihre Telefonnummer. 06-209658-033. „In case you are again in Budapest, just call me." Ich schaue auf die Nummer, eine elegante, geschwungene Handschrift. Stecke die Karte in die Hosentasche, dann öffne ich die Tür. Sie schaut mich an. Dann geht sie. Ich blicke ihr nach. Sie verschwindet im Fahrstuhl. Ich nehme das Do-not-Disturb Schild von der Türklinke - für meine Sammlung zu Hause.

Zurück im Zimmer. Ich schaue aus dem Fenster. Meine App sagt: Sonnenaufgang 07:16, Sonnenuntergang 15:53. Ich packe meine Sachen. Werfe die restlichen Duschfläschchen, Hotellatschen, Kugelschreiber und den Notizblock in meinen Koffer. Ich sammle Hotelutensilien wie Trophäen. Taxifahrt ins Office. Face to Face meetings. Sieben Leute entlassen, jeder erzählt mir seine Lebensgeschichte, sitzt heulend vor mir. Ich nehme zwischendurch Antistress Medikamente. Hilfsmittel, dies alles hier zu bewältigen. Nach ein paar Stunden sind wir durch. Abends gehe ich in ein Konzert, Schuberts Winterreise. Sehr emotionale Aufführung. „Fremd bin ich eingezogen, fremd zieh' ich wieder aus", singt der Bariton. Es stehen ihm die Tränen in den Augen. Er muss fast ein Lied kurz vor dem Ende abbrechen. Beinahe hätte ich auch wieder geweint. Zurück im Hotel schreibe ich die Reports für den VP. Fühle ein Ziehen im Brustmuskel. Danach schlafe ich erschöpft ein. Ein tiefer traumloser Schlaf.

Nächster Tag, Flug nach Nizza. Der Flugbegleiter weist mich darauf hin, dass man keine selbst mitgebrachten Alkoholika im Flugzeug trinken darf. Sorry, woher soll ich das wissen? Von da aus mit dem Taxi nach Cannes, ja leider nicht zu den Filmfestspielen, sondern wieder Entlassungsgespräche. Franzosen sind schwierig loszuwerden, komplizierter Prozess, Gewerkschaften und so, mittlerweile sind sowieso nur noch die Low performer übrig, die Guten stecken sich das Abfindungspaket ein und gehen zur Konkurrenz, der ganze Rest bleibt. Wird ein hartes Stück Arbeit, die Loser zu überzeugen, dass sie lieber auch die Abfindung nehmen und verschwinden, bringt doch auf lange Sicht nichts, für keine der beiden Seiten.

*

Alles erledigt. Abends in einen Club. Überall hängen junge zugekokste Girlies rum, die kreischend lachen und ständig Selfies schießen. Ich bestelle einen Cocktail für über 20 Euro, und dann ist da nur eine Pfütze im Glas. Manche der Snob–Girls nippen gerade einmal dran und lassen den Rest übrig. Die Musik ist ganz gut, DJ mit Live Percussion unterstützt. Die Bedienung gefällt mir. Ich bestelle noch einen Cocktail, damit sie wieder kommen muss. Bin danach auf was Härteres umgestiegen, das hat auch seine Wirkung gezeigt, fing an, den DJ vollzutexten, er soll irgendein Lied spielen, kann mich nicht mehr daran erinnern welches, bis sie mich irgendwann rausgeschmissen haben.

Cannes ist eine ziemlich kleine Stadt, man kann fast schon Dorf sagen, besteht ja im Prinzip nur aus einer Straße und etwas drum rum, aber wenn man nicht weiß, wo man ist und in welche Richtung man gehen muss, ist das schon ein Problem. Ich meine, es ist kein Problem tagsüber, aber es war drei Uhr nachts und eiskalt.

Ich steh also draußen vor dem Club und geh in irgendeine Richtung. Merke aber bald, dass hier überhaupt nichts los ist. Kein Mensch auf der Straße, keine Taxis. Langsam spüre ich, dass mit der Kälte nicht zu spaßen ist, es muss minus 10 Grad sein oder so und ich habe nur mein Jackett an und ein dünnes Hemd drunter, friere also wie sonst was. Google Maps ist mein erster Gedanke. Aber mein Handy ist down. Komplett leer. Zum Glück sehe ich auf der anderen Seite eine Kebab-Bude. Ich geh rüber, aber der Verkäufer versteht kein Englisch. Dann hält ein Typ mit einer Vespa an, ich frage ihn, ob er mich zum Hotel bringen kann, er sagt, würde er schon, aber ich hätte keinen Helm, also kann er das nicht machen, er entschuldigt sich und fährt weiter. Ich kann es nicht glauben, da ist man mitten in der Zivilisation und muss sich um sein Leben fürchten. Ich überlege, wie lange ich es in der Kälte aushalten kann, was mein Plan ist. Soll ich einfach irgendwo an einer Haustür klopfen? Aber um die Uhrzeit? Macht da wirklich jemand auf oder ruft doch eher die Polizei, bin ja einigermaßen angetrunken und hab noch nicht mal einen Ausweis bei mir. Dann sehe ich auf der anderen Straßenseite eine Frau. Ich gehe zurück über die Straßenbahngleise und spreche sie an. „Do you speak English?" Sie bejaht. Ich kann mein Glück kaum fassen. Um die Uhrzeit jemanden hier zu finden, und der auch noch Englisch spricht.

Es ist eine Afrikanerin, hochgewachsen, stark geschminkt. Ich frage sie, ob sie mich zu meinem Hotel bringen könnte, ich würde auch dafür bezahlen. Sie sagt, dass sie erst ihre Schwester fragen müsste, und holt ein Telefon raus. OK, es dauert nicht lange, da hab ich verstanden, es ist natürlich nicht ihre Schwester, aber egal, die Schwester, beziehungsweise ihr Zuhälter stimmt zu. Ich mache ihr aber gleich klar, dass ich nichts von ihr will, sie soll mich nur zum Hotel bringen, sonst nichts. Sie sagt es der anderen Seite am Telefon. Einverstanden. Wie heißt das Hotel? Und das ist jetzt ein Wunder. Hätte man mich in irgendeiner anderen Stadt zu irgendeinem Zeitpunkt nach dem Namen meines Hotels gefragt, ich hätte es nicht sagen können. Radisson, Marriot, Hilton, so was merkt man sich doch nicht. Aber in diesem Moment wusste ich es.

Hotel Eden. Das war einzigartig. Den Namen konnte ich nicht vergessen. Diese Koinzidenz. Adam im Hotel Eden. Sie fragt also am Telefon nach, wo das ist, und nickt mir zu. Dann hakt sie sich bei mir ein. Mit ihren High Heels kann sie nur sehr langsam gehen. Ist schon eine bizarre Situation, denke ich, gehe hier mit einer Pro durch Cannes mitten in der Nacht, damit sie mir zeigt, in welchem Hotel ich wohne. Hoffe bloß, dass keiner meiner Ex-Kollegen mich sieht. Wir kommen nur in kleinen Schritten voran, ich überlege mir, was ich mit ihr reden soll. Ich frage sie, wie sie heißt, sie sagt Laila, ich sage, das ist ein schöner Name, sie fragt mich nach meinem Namen und ich lüge irgendeine Antwort. Damit ist die Konversation erst mal wieder beendet. Da die OH-Gruppen schon ganz schön in meinem Kopf tanzen, ist die Versuchung groß, mit ihr über die Ungerechtigkeit der Welt und all so ein Zeug zu reden, ich meine wegen der ganzen Entlassungen, die ich durchführen musste und über Moral und solche Dinge.

Aber ich sage gar nichts, ist vielleicht besser so. Irgendwie ist sie mir sympathisch. Jedenfalls nach etwa zwanzig Minuten mache ich mir Sorgen. Ich frage sie, ob sie wirklich wüsste, wo das Hotel ist, ich meine, das war ganz schön naiv von mir, wenn ich jetzt so drüber nachdenke, vielleicht steht ja einer von ihren Beschützern hinter der nächsten Ecke und zieht mir eins über den Schädel oder was weiß ich. Ich male mir schon alle möglichen Szenarien aus. In dem Moment biegen wir in eine Seitenstraße ab und da seh ich die Neonleuchten des Hotels Eden. Ich bin wirklich erleichtert. Wir stehen draußen vor dem Eingang. OK, sage ich und bedanke mich bei ihr. Ich hebe die Schutzhülle meines Handys an, darunter habe ich meine EC-Karte und einen zwanzig Euro-Schein. Sie sagt, dass sie mit aufs Zimmer will. Ich sage Nein, sie sagt es noch mal, ich sage Nein, kein Interesse, ich wollte einfach nur hier hingebracht werden und geb ihr die zwanzig Euro, sie sagt dreißig. Ich sage, ich habe nicht mehr. Die Situation wird unangenehm. Nach weiterem Hin und Her nimmt sie die zwanzig Euro und dreht sich sauer um. Ich geh auf mein Zimmer und bin auch irgendwie schlecht gelaunt.

Am nächsten Tag schaue ich mir Cannes an. Den Markt, die Handabdrücke der Schauspieler im Bürgersteig, steige hoch auf

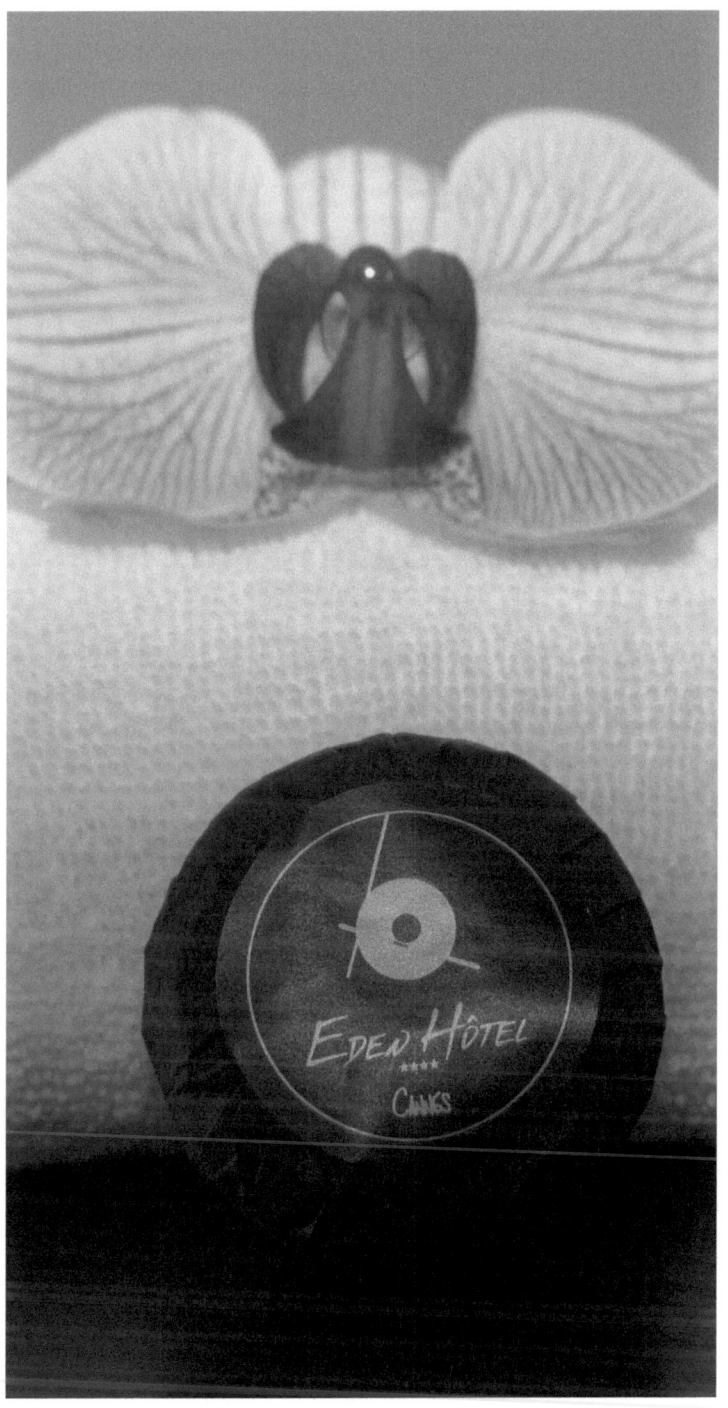

den Berg, um die Aussicht zu genießen. Tagsüber ist es trotz der Jahreszeit angenehm warm. Der ganze Stress der Tage fällt ab. Dann hole ich mir ein Taxi und fahre nach Nizza, um den Flieger am Abend zu nehmen. Endlich zurück nach Hause.

Köln. Nach der Landung kommt der Anruf. Breiter texanischer Akzent. „Hey Adam, you know the company is not doing well. We need to make your job redundant. Do you have any questions?" Ich bringe zunächst keinen Ton raus. Dann schlucke ich und sage: Nein, keine Fragen. Den Rest wickelt die lokale Personalabteilung ab. Exit. Das war's. Der unwahrscheinliche Fall des Druckverlustes ist eingetreten. Continue breathing. Versuchen Sie das mal im freien Fall.

Tut mir leid, wenn sich das alles etwas durcheinander anhört, muss erst mal meine Gedanken sortieren. Das sind die Querschläger, die so durch meinen Kopf gehen, das alles spielt sich in meinem Kopf ab. Es ist der Dinge Stand.

Sitze immer noch im Wagen am Ende des Parkhauses. Atme tief durch und starte den Motor. Ich wähle im Navi „Nach Hause" aus. Baustellen. Vereiste Straßen. Die Stimme sagt, es lässt sich keine Ausweichroute berechnen. An meinem Jackett ist noch mein Namensschild. Name, Ex-Titel, Ex-Firma. Gestern war ich noch Teil des Systems. Jetzt hat es mich ausgespuckt und es fühlt sich schlecht an. Nicht wie eine Befreiung.

Verstehen Sie jetzt, was ich meine? Möchten Sie tauschen? Kein Problem? Gut, dann geben Sie mir noch einen Moment.

Ich komme also völlig fertig von der Reise zurück, ziehe meinen Jogginganzug an, leg mich aufs Sofa, schalte den Fernseher ein. Da erscheint nicht ‚Welcome Adam Volta' wie in den Hotels, wenn ich das Zimmer betrete, ich sehe nur sprechende Köpfe, die sich nicht für mich interessieren. Ich blättere durch das Lufthansa-Magazin mit dem Bericht über die Seychellen, leg es wieder weg, weil ich mich nicht konzentrieren kann, checke E-Mails und weiß doch zugleich, dass es zwecklos ist. Es wird keine Deus ex Machina E-Mail erscheinen, die mir erklärt, dass das alles nur ein Missverständnis war. Dass ich in Wirklichkeit in ein anderes Team versetzt werde, irgendetwas in der Art. Mir ist schwindelig. Ich schließe die Augen. Mein Kopf ist übervoll. Mein Kopf wiederholt die Gespräche, das Flehen der Mitarbeiter, nicht ihre Existenz zu zerstören. Und dann die Mitteilung, dass ich auch gefeuert bin. Alles zu viel im Moment. Ich muss das alles erst mal ordnen. Runterkommen.

Dann kommt Eva rein und sagt:

„Wir müssen reden."
„Worüber?"

Ich gehe wieder durch meine Mails.

„Über uns."
„OK. Dann rede."
„Wie sollen wir denn reden, du bist mit deinen Gedanken ganz woanders."
Ich lege mein Smartphone weg.
„Ich höre."
„Liebst du mich noch?"
Ich verdrehe die Augen. „Wieso fragst du?"
„Liebst du mich?"
„Ja."
„Und warum spüre ich davon nichts?"
„Wenn ich dich nicht lieben würde, hätte ich dich dann geheiratet?" Meine Stimme wird gereizter. „Wären wir dann acht Jahre zusammen?"

„Sieben Jahre, Adam"
„Dann halt sieben Jahre."

„Wir haben überhaupt keine Zeit mehr für einander. Du bist ja ständig unterwegs."

„Ist dir lieber, wenn ich kein Geld mehr nach Hause bringe? Nur damit wir mehr Zeit für einander haben? Und wie bezahlen wir dann das hier alles? Soll ich dir was sagen ..."

„Fang nicht wieder davon an. Ich will nur, dass du mir manchmal das Gefühl gibst, dass du mich brauchst. Weißt du noch, als wir uns kennengelernt haben? Da hast du mir andauernd gesagt, wie sehr du mich liebst. Beinahe jeden Tag."

„Soll ich sieben Jahre lang jeden Tag ‚Ich liebe dich, ich liebe dich, ich liebe dich' sagen?"

„Warum denn nicht, wenn du mich immer noch liebst?"

„OK, ich liebe dich, ich liebe dich", fauche ich sie an.

Sie fährt entsetzt zurück. Dann wartet sie eine Weile, bis ich mich beruhigt habe und sagt:

„Ich will nicht, dass du es einfach nur sagst. Ich will, dass du irgendwas machst, damit ich deine Liebe spüren kann."

„Was soll ich denn genau machen?", sage ich erschöpft.

„Liebe wird nicht wie ein Fisch eingefroren und bei Bedarf aufgetaut. Verstehst du das nicht? Ich will, dass du mich fühlen lässt, dass du mich noch liebst."

„Eva, ich hab im Moment echt andere Sorgen."

Ich bring es einfach nicht fertig, ihr zu sagen, dass ich gefeuert wurde und sich jetzt vieles ändern wird. Ich kann Ihnen das alles im Moment nicht im Detail erzählen, jedenfalls kommt sie auf mich zu mit einem Gesichtsausdruck, den ich so noch nicht von ihr kannte und ich denke, OK, jetzt geht's zur Sache.

„Sag mal, Adam ... hast du das Gefühl, du hast dich verändert? Ich meine, denkst du, dass du dich verändert hast?"

„Was meinst du damit?"

„Also, in den sieben Jahren, in denen wir zusammen sind, hab entweder ich mich verändert oder du hast dich verändert, jedenfalls hat sich irgendwas verändert."

„Du machst mir echt Angst. Hast du deine Tage?"

„Warum denkst du immer, dass ich meine Tage habe, wenn wir uns streiten?"

„Weil es fast immer so ist."

„Und was interessiert dich meine Periode? Wir können doch

sowieso keine Kinder kriegen."

„Meinst du, dass das meine Schuld ist?"

„Ich bin mir nicht sicher."

„Denkst du, dass es an mir liegt?"

Plötzlich sagt sie ganz ruhig:

„Ich habe jedenfalls mit Sandip gesprochen. Er würde es machen."

„Was würde er machen?"

„Er würde das Kind zeugen. Er verspricht mir, dass es funktionieren wird."

„Ist das hier ein schlechter Film? Du willst es mit jemand anderem machen?"

„Was ist dabei?"

„Was dabei ist? Danke, tolle Idee, und dann noch mit diesem Guru!"

„Ich habe dir schon tausendmal gesagt, er ist kein Guru. Er ist einfach nur der Kursleiter."

„Ich glaub, du spinnst. Den Teufel werden wir tun."

„Ach ja? Und du? Denkst du manchmal, bei einer anderen würde es klappen?"

„Denkst du, ich schlafe mit einer anderen?"

„Ich glaube schon."

„Wie bitte?"

„Sie heißt Nata. Ich glaube, du hast was mit einer Frau, die Nata heißt. Was ist das überhaupt für ein Name. Ist das ihr Spitzname? Für Natasha? Oh, Gott wie billig."

„Wie kommst du denn auf so einen Unsinn?"

„Versuch nicht abzulenken, ja."

„Du bist ja nicht mehr klar im Kopf."

„Stimmt es oder stimmt es nicht?"

„Keine Ahnung, wovon du sprichst."

„Und was ist das?"

Sie zeigt mir die Visitenkarte. „Was ist das für eine Telefonnummer?"

Verdammt, denke ich mir. Jetzt wird's eng. Verteidigungskampf.

„Hast du meine Taschen durchsucht?"

„Nein, ich habe nur die Autoschlüssel gesucht."

„Das ist nichts."

„Wer ist Nata?"

„Das ist etwas anderes."

„Das ist überhaupt nichts anderes. Hast du mich betrogen?"

„Eva, bitte."

„Wo habt ihr euch getroffen? Wie lange geht das schon?"

„Wenn wir uns nicht mehr vertrauen, warum sind wir dann noch zusammen?"

„Das ist ja, was ich meine. Kann ich dir denn noch vertrauen?"

„Wenn du mir nicht mehr vertraust, dann sollten wir uns scheiden lassen."

„Scheidung ist nicht die Antwort."

„Wenn Scheidung nicht die Antwort ist, was ist dann die Frage?"

„Das weißt du ganz genau."

„Mir reicht es."

Ich ziehe wütend meine Schuhe an, nehme meine Jacke und werfe die Tür hinter mir zu. Ich muss Zeit gewinnen. Die Wahrheit ist wie ein scharfes Messer. Und sie sticht zu, wenn man nicht an sie denkt. Im Moment der Unachtsamkeit.

Bin dann zur Tankstelle ein paar Straßen weiter gegangen. Hab mir zwei Dosen Bier aus dem Kühlregal genommen, mich an einen Stehtisch gestellt und den ganzen Ärger runtergespült.

OK. Nachdenken, was jetzt? Schadensbegrenzung. Das ist jetzt das Stichwort.

Da fällt mir der Ring ein. Richtig. Der Ring, den ich am Flughafen gekauft habe, der ist ja noch in meinem Koffer, den werd ich ihr jetzt geben und dann ist erst mal ein paar Tage Ruhe. Danach überleg ich mir, wie ich es Eva beibringe, dass ich entlassen wurde. Ich will nicht, dass sie die Achtung vor mir verliert, dass ich nichts mehr wert bin. Ich weiß, wie das abläuft, das ist eine Abwärtsspirale, aus der man nicht rauskommt und ehe man sich versieht, ist sie mit einem anderen weg. Ich kaufe noch einen Strauß Blumen, um es richtig groß zu machen. Zum Glück haben die hier ein paar Tulpensträuße.

Als ich gegen 11 Uhr abends zurückkomme, geh ich zuerst leise ins Schlafzimmer, dann ins Wohnzimmer und anschließend in die Küche. Und da hängt er, der Zettel. Ein neon-rosa Post-it mit einer simplen Botschaft, einfach nur: „Tut mir leid, ich verlasse dich". Hingeschrieben, wie die Dinge des Tages, die erledigt werden müssen. Fertig. Die Perversion der Liebe. Derjenige, der weniger liebt, gewinnt.

Ich setze mich erst mal hin. Lege die Tulpen unausgepackt auf den Tisch. Im Regal steht eine Glasflasche in Form eines Totenschädels und grinst mich an. Ich trinke zwei, drei Gläser schnell hintereinander. Das muss ich erst mal verdauen. Liebe ist ein großes Wort. Aber außerhalb ihres Koordinatensystems bedeutet Liebe nichts. Liebe ist geben wollen und nicht nehmen. Oder so ähnlich hat doch Brecht gesagt. Und was hat sie mir gegeben? Ja, da kommt jetzt nicht viel. Ob ich nichts geahnt habe? Was soll ich dazu sagen.

Na ja. Wenn Sie mich so fragen ... Ich hatte schon so eine Vermutung, dass was nicht stimmt. Vor ein paar Monaten fing das alles an. Mir wollte das nicht in den Kopf, dass sie andauernd weg war. Ich meine, mir warf sie ständig vor, dass ich so oft auf Dienstreise bin und dann war sie selbst permanent unterwegs. Und wenn ich fragte, wo sie war, wurde sie komisch, was mich das anginge, wo sie genau war und ich sagte, was mich das anginge? Sind wir zusammen oder nicht? Und sie antwortete, dass ich nicht über sie bestimmen könne und ich fragte sie, was das mit bestimmen zu tun hätte und ob ich als ihr Partner nicht wissen dürfe, mit wem sie sich rumtreibt? Sie meinte, was das denn heißen solle, rumtreiben. Sie ginge zum Yoga, spirituelle Sitzungen. Da war ich fürs Erste beruhigt. Also, auch wenn ich nichts von diesem Yoga-Kram halte, prinzipiell fand ich das am Anfang in Ordnung, dass Eva, wenn ich auf Geschäftsreise bin, sich mit diesen Leuten trifft. Dann hat sie eine Beschäftigung und ruft mich nicht ständig an. Aber auf der anderen Seite war das für meinen Geschmack irgendwann dann etwas zu oft. Meine Güte, es gab nur noch das Thema Yoga. Wir haben halt keine großartigen gemeinsamen Hobbys und irgendwann hatte ich auch keine Lust mehr auf Kunstausstellungen. Außerdem bin ich viel unterwegs, was soll ich machen. Ich meine, ich habe das dann schon gespürt. An Kleinigkeiten. Mir war schon klar, dass da irgendwas läuft mit dem Inder, diesem Sandip. Aber ich habe nichts gesagt, ich wollte ihr nicht das Gefühl geben, dass sie eingesperrt ist. Irgendwie wollte ich ihr auch ihr kleines Geheimnis lassen, bin ja nicht eifersüchtig. Ich hab mal im Internet einen Artikel über extrem eifersüchtige Menschen gelesen. Da stand, dass ihre Angst alleine zu sein, eines Tages so stark wird, dass sie nicht mehr normal mit ihrem Partner leben können. Die haben dann richtig pathologische Visionen. Aber so bin ich nicht. Jetzt ist es klar, dass ich mit meiner Vermutung richtig lag. Sie ist mit ihrem Guru durchgebrannt. Der hat das gnadenlos ausgenutzt, der ist froh, dass er eine Neue in seinem Harem hat, die er besteigen kann. Er würde ihr ein Kind machen, hat er versprochen. Ich fasse es nicht. Vielleicht macht er ihr ja ein Kind. Und dann? Dann lässt er sie fallen. Und wenn sie komplett manipuliert ist und völlig abhängig, dann muss sie zahlen. Nur darum geht es doch bei den Sekten. Geld und Macht. Wenn es nur nicht so unglaublich klischeehaft wäre. Das setzt meiner Demütigung die Krone auf.

*

Am Anfang dachte ich ja, sie kommt nach ein paar Tagen wieder, wir waren so lange zusammen, das wird nur eine kurze Eskapade sein, ich dachte, dass sich das alles schnell wieder einrenkt, aber das ist nicht eingetreten. Drei Tage sind mittlerweile vergangen. Sie hat sich nicht mehr gemeldet. Zieht das einfach durch.

Es ist drei Uhr nachts. Ich kann nicht einschlafen. Liege schon seit Stunden wach. Drehe mich von einer Seite auf die andere. Schalte das Licht an und überlege, etwas in dem Roman zu lesen. Im Groben ist es eine Liebesgeschichte, so wie ich es bisher einschätzen kann. Der Mann heißt Fynn und hat irgendwas mit Drehbüchern zu tun, ich glaube, Script Consultant nennt er sich, was auch immer das ist. Von dem Beruf hab ich noch nie was gehört und die Frau heißt Kookie. Sie ist Musikerin. Die finde ich ganz nett. Ich schlage das Buch auf. So langsam wird mir klar, warum Eva es mir gegeben hat.

++

„Machen wir uns nichts vor. Es beginnt immer gleich. Man kommt zusammen, weil man auf der Suche nach etwas ist. Man will den Anderen entdecken, wie ein unbekanntes Land. Und dabei auch selbst neu entdeckt werden. Das Unbekannte im Anderen wechselt nach und nach ins Bekannte, es entstehen gemeinsame Erlebnisse. Man tauscht vertrauliche Geschichten aus. Lieder mit versteckten Botschaften. Die langsame Annäherung. Das Beobachten der Gesten. Ein Lachen. Dann das zweideutige Spiel mit diskreten Signalen. So wird es auch bei Fynn und Kookie sein. Irgendwann werden sie sich scheinbar zufällig berühren. Den nächsten Schritt wagen, dabei die süße Angst spüren, zurückgewiesen zu werden. Aber niemand kommt heil aus einer Liebesgeschichte heraus. Damit sei nicht gemeint, die Vorzeichen auf die kommenden Schwierigkeiten zu deuten. Nein, es geht darum: Je mehr wir entdecken, desto weniger Geheimnisvolles wird übrig bleiben. Bis irgendwann der Satz fällt: „Du hast dich verändert". Der Wunsch, das Ziel zu erreichen, ohne den unbekümmerten Zustand des Auftakts zu verlieren, den Umstand zu ignorieren, dass in jedem Anfang das Ende innewohnt - das ist die unbarmherzige Narration."

++

Ja, so war es bei Eva und mir auch gewesen. Und jetzt? OK, ich bin ehrlich zu Ihnen. Jetzt bekomme ich sie nicht raus aus meinem Kopf. Es vergeht keine Minute, ohne dass ich an sie denke. Das hätte ich so nicht vermutet und ich fürchte, das ist sogar erst der Anfang. Die Gedanken sind immer da, die Gedanken an Eva finden mich überall. Sie hat mir geschworen, sie liebt mich für immer. Und nun ist neben mir nur das stumme Telefon. Alle paar Minuten muss ich darauf schauen. Das schwarze Display hält zu ihr, zeigt mir ständig: Eva hat nicht angerufen. Keine Nachricht hinterlassen. Sie schert sich einen Dreck um mich. Ich stehe auf, gehe in der Wohnung umher. Finde immer noch Post-its von ihr in den Zimmern. Kannst du dies besorgen, denk an das ... Sieben Jahre waren wir zusammen. Da kann sie doch nicht einfach einen Zettel schreiben und das war's dann. Irgendwie muss ich damit fertig werden, dass sie nicht mehr da ist, aber ich schaff's einfach nicht. Es tut ungleichmäßig weh.

Ich frage mich, was sie jetzt im Moment wohl macht. Wahrscheinlich liegt sie unter dem Guru. Ich frage mich, warum er und nicht ich. Was ist an ihm besser? Nur wegen ihres Kinderwunsches? Vielleicht lag's ja auch an ihr? Jedenfalls über die Kohle hat sie sich nicht beschwert, die ich die ganze Zeit nach Hause gebracht habe. So sieht's doch aus. Erst durfte ich meine Zeit damit verbringen, unseren Unterhalt zu verdienen, uns finanziell abzusichern, und dann hat sie nichts Besseres zu tun, als mit so einem Yoga-Guru abzuhauen. Nichts hatte sie mir gesagt, all die Jahre, ich dachte ja, dass mit dem Yoga-Mist ist nur vorübergehend, hab ich jetzt nicht als große Bedrohung verstanden, dann an diesem Abend einfach nur eine kurze Notiz. Ja, ich weiß, dass ich mich wiederhole.

*

Am frühen Morgen rief Eva an. Ich konnte es kaum fassen. Ich drückte auf den grünen Knopf und sagte: „Es tut mir leid, Eva. Wo bist du, wann kommst du wieder? Ich weiß, ich hab mich bescheuert verhalten." Sie sagte: „Du bist so inspirativ, so intelligent, mit dir kann ich mich auf einer Ebene austauschen." Und so ging das weiter. Grausamerweise war sie wohl unabsichtlich auf den Anrufknopf gekommen. Ich hörte sie mit dem Guru sprechen. Ich war erst ganz schön fertig, aber dann dachte ich, wenn sie noch meinen Kontakt in ihrem Telefon gespeichert hat, bedeutet das doch indirekt, dass sie noch etwas für mich empfindet. Ein Teil von mir sagte, vergiss sie einfach, sie ist keinen flüchtigen Gedanken wert. Aber dann machte der andere Teil von mir das Verbotene. Berührte in der Anrufliste ihren Namen. Wählte die Nummer, die tausendmal gewählte, die ich nie löschen könnte, weil ich sie für immer auswendig weiß. Aber sie nahm nicht ab. Hab es noch mehrmals versucht, aber sie ging nicht ans Telefon. Ich kann ihr keine Nachricht hinterlassen. Die Mailbox ist ausgeschaltet. Warum ruft sie nicht wenigstens an, um mir zu sagen, dass ich sie nicht mehr anrufen soll. Ich fühle mich wie der letzte Idiot.

Ich weiß auch nicht, warum ich Ihnen das alles erzähle. Tut mir leid, dass Sie meine Laune aushalten müssen.

*

Gestern Abend musste ich einfach raus. Abstand von der Sache gewinnen. Mal was Positives erleben. Habe mir dann eine Massage gegönnt. Eine schöne Thai-Massage. Aber nicht eine, bei der die Masseuse auf dem Rücken rumläuft, einem die Arme verrenkt und die Zehen fast ausreißt. Nein, auch nicht was Sie denken, keine Happy-Massage. Nein, eine ganz sanfte Massage. Ich dachte mir, das würde meinem Körper guttun und auch meiner Psyche. Nach dem ganzen Berufs- und Eva-Stress. Ich hab das früher öfter gemacht, wenn ich auf Geschäftsreise war in Asien. Bisher hatte allerdings die Firma so was alles bezahlt. Alle Spesen. Jetzt hat sich die Sachlage geändert.

Ich lag jedenfalls in dieser kleinen Kabine, schummriges Licht, Gitarrengeplänkel, es war richtig angenehm. Gegen Ende der Massage sagte die Frau, ich solle mich aufrecht hinsetzen. Ab dann konnte ich mich an nichts mehr erinnern. Komplettes Black-out. Kreislauf-Kollaps. War wohl doch alles zu viel für mich. Irgendwann hörte ich Stimmen in so einem säuselnden Ton, fast wie Singen. Are you okaaay, man? Are you okaaay, man? Als ich zu mir gekommen bin, sah ich nur diese kleine Thai-Frau, die ständig 'Are you okaaay, man' sagte. Jedenfalls hatte die richtig Panik, dass ich ihr unter den Fingern weggestorben wäre. Ich brauchte dann so zwei bis drei Minuten, bis ich wieder wusste, wo ich war und wer die Frau ist. Hab ihr dann 50 Euro in die Hand gedrückt und bin schwankend gegangen.

Als ich nach Hause gekommen bin, habe ich gleich gemerkt, dass da was nicht stimmt. Eva war in der Wohnung gewesen. Alle ihre Sachen waren weg. Ihre Kleider, ihr Schmuck, alle persönlichen Dinge. In der Küche lag dann der Brief. Ich wollte ihn erst gar nicht lesen, weil ich genau wusste, was drin stehen würde. Ich wollte ihn ungelesen in den Müll werfen oder anzünden oder wie auch immer vernichten. Aber nachdem ich eine Weile wie eine Hyäne um ein verendendes Tier herum geschlichen bin, hab ich ihn dann doch geöffnet. Ehrlich gesagt, ich hab jetzt keine Lust, Ihnen den ganzen Brief vorzulesen. Ich fasse das mal zusammen. Sie schrieb, dass sie für mich auf ihre Karriere verzichtet und immer an das Kind geglaubt hätte, dass es irgendwann klappen würde. Aber sie hatte den Eindruck gewonnen, dass mein Job daran schuld sei. Dass da nichts anderes mehr im Kopf war, nur noch Beruf, Beruf und dadurch hätte ich die Aufmerksamkeit für sie verloren und dass ich mich nicht mehr genug um sie bemüht hätte, und wahrscheinlich hatte es dadurch auch hormonell nicht zwischen uns geklappt. Und wie oft sie es mir gesagt hätte, ich sei dann aber immer so genervt gewesen. „Ich glaube, wir wollten irgendwann nicht mehr das Gleiche. Irgendwann haben wir uns entliebt.", hat sie geschrieben.

Tja, und bei Sandip fühle sie sich frei und sie sei jetzt in einer Phase, wo sie noch einmal etwas erleben wollte, ein Abenteuer oder vielleicht klappt es ja tatsächlich, dass sie schwanger wird.

*

Es ist der bisher schwierigste Abend.

Nach dem Brief bin ich ziemlich fertig. Ich nehme eine Flasche Whisky aus dem Schrank. YAMAZAKI. Ziemlich teures Zeug. War ein Geburtstagsgeschenk von ihr. Ich will so betrunken sein, dass ich nichts mehr spüre. Was soll ich sagen. Ich habe Angst davor, mein Leben zu verlieren. Stück um Stück. Ich habe immer nur gehofft, dass alles so bliebe, wie es war, habe mich daran gewöhnt, aber jetzt spüre ich eine lähmende Hilflosigkeit. Frage mich, wo ich bin. Das ist eine ernst gemeinte Frage. Denn wenn man keinen Anhaltspunkt hat, an dem man sich orientieren kann, dann bedeutet das Wort Identität nichts mehr. Dann ist dem Begriff des Daseins der Sinn entfernt. Und das ist genau mit mir geschehen. Ich habe mein Bezugssystem verloren. Alles, was mich durch den Tag geleitet hat.

Während ich ein Glas aus dem Regal nehme, schalte ich mit meinem iPhone die Bose Soundtouch an. Im Radiosender läuft irgendeine Reportage. Und dann wie ein gezielter Schlag auf die Nieren kommt ihr Lieblingslied. Das Lied, das ich so gut kenne. Blumfeld - 'Tausend Tränen Tief'. Das Lied, das ich über alles hasse, weil ich seine Melodie hasse, seine ironischen Harmonien, seine Stimme, seine verlogenen Reime, weil es vortäuscht, da wäre ein doppelter Boden, aber wenn man mit der Axt durch den Holzboden schlägt, ist da nichts, einfach nichts. Wie dieses nicht geborene Kind, das als Damoklesschwert die ganze Zeit über uns hing, wie ein unausgesprochenes Wort, das in jedem Satz mitschwingt. Zwischen jeder Zeile steht. Aber manchmal steht da nichts. Dann sind die Wörter nur Wörter und nichts weiter. Und das ist noch schlimmer. Wie bei ihrem verdammten Lieblingslied.

Mit voller Wucht werfe ich das Glas gegen die Lautsprecher-Box, es prallt ab, fällt auf den Boden und zersplittert. Ich stehe auf und schlage die Box mit offener Hand vom Sideboard. Stille. Ich warte eine Weile, beruhige mich, dann gehe ich im Zimmer umher. Die Gemälde hat sie alle mitgenommen. Ich meine die von richtigen Künstlern, die etwas wert sind. Den Beuys, den Katz, einen Neo Rauch. Die ganzen Bilder, die wir über die Jahre gesammelt haben, in die ich investiert habe, hat sie alle mitgenommen. Übrig gelassen hat sie das Gemälde, durch das wir uns kennengelernt haben. Ihr Selbstporträt. Ich nehme es von der Wand und betrachte es lange. Eva. Hellblondes Haar, eine feine Nase. Kleine, aufmerksame Augen. Eva und ich. Sie fragen, wie wir zusammen kamen? Bei einer Vernissage. Ja, da hab ich das Bild gekauft. Ich erinnere mich an all die Diskussionen über Kunst, die wir anschließend hatten, in der Zeit, als wir uns kennenlernten.

Keine Ahnung, ob Sie das überhaupt interessiert.

Ich streiche mit den Fingerkuppen über das Selbstporträt. Fühle die Struktur der pastos aufgetragenen Ölfarbe. Dann schlage ich es mehrmals auf die Tischkante. Anschließend die Mitte der Leinwand auf die Tischecke. Jeder Schlag ist eine Antwort in unvollständigen Sätzen. Solange bis ihr Gesicht nicht mehr zu erkennen ist. Eva, Eva, Eva. Stopp. Runterkommen. Das wird sie nicht zurückbringen. Setz dich erst mal. Ja. Ja, schon gut. Ich wische mir die Tränen aus dem Gesicht. Ja. Erst mal beruhigen. Augen schließen.

2, 3, 5, 7, 11, 13. Ich zähle die Primzahlen aufwärts, bis ich wieder ruhig bin, das war schon immer mein Trick.
17, 19, 23, 29, 31, 37, 41, 43, 47, 53, 57.

Dann öffne ich wieder die Augen. Mein Blick fällt auf den Plattenspieler. Seit Ewigkeiten habe ich keine Platte mehr gehört. Was meinte diese Kookie in dem Roman? Sie will ihr Album auf Vinyl produzieren. Ich finde, sie hat recht. Es ist etwas Besonderes, wie ein Lagerfeuer anzuzünden. Ich stehe auf, gehe durch meine Sammlung. Dann finde ich sie. Schwarzes Cover, weiße Grafik. Radiowellen des ersten entdeckten Pulsars. Unknown Pleasures - Joy Division. Entweder du bist in der Stimmung oder sie versetzt dich in diese. Melancholie ohne Mitleid.

Ich wiege die Platte in meiner Hand. Die Pressung ist schwerer als bei gewöhnlichen Platten. Lege sie auf den Teller. Start. Hebe die Nadel an den Anfang meines Lieblingsliedes. Sie setzt auf. Ich beobachte, wie sie sich durch die Oberflächenbeschaffenheit der Rillen vorarbeitet. Ich liebe die Materialität. Das langvermisste Knistern. Dann setzt das Schlagzeug ein. Ein präzises, spärliches Schlagzeug. Gefolgt von einem schweren

Bass, die dumpf einsetzende Gitarre. Die gleichmütige, ruhige Stimme von Ian Curtis.

Langsam nimmt eine unmerkliche, nicht aufzuhaltende Steigerung ihren Lauf. Weiche melancholische Töne färben sich zu unerbittlichen, bis sich die Spannung entlädt:

„We'll give you everything and more
The strain's too much, can't take much more"
I've walked on water, run through fire
Can't seem to feel it anymore

It was me, waiting for me
Hoping for something more
Me, seeing me this time
Hoping for something else

Ich stehe auf, hole mir ein neues Glas. Passiere die Fotos an der Wand. Sie haben die Unpersönlichkeit von Möbelstücken angenommen. Fotos, die nicht mehr erzählen, was einem gehört, sondern nur noch dokumentieren, was man verloren hat. *Love isn't love until it is past.* Sie zeigen den Weg, den wir gegangen sind, den wir nicht mehr gemeinsam gehen. Der jetzt bedeckt ist mit Schnee. Die Vergangenheit besteht aus Bildern, Übergängen, Artefakten und schwerem, nassen Schnee. In dem Brief hat sie geschrieben, ich wäre nicht mehr aufmerksam genug gewesen. Ich hätte nicht die kindliche Entdeckungsfreude in mir wachgehalten, die hinter jeder Ecke eine neue Perspektive wittert, ja, da mag sie recht haben, aber das ist halt schwer zu machen. Sie schreibt, wir hätten zu viele Schneisen geschlagen durch unsere inneren Gärten und wir hätten versäumt, neue Blumen zu pflanzen. Schön und gut. Gebe ich ihr recht. Unsere Ehe war vielleicht nicht mehr so wie früher, aber richtig gestritten haben wir uns eigentlich nur selten. Außerdem gehören dazu ja wohl immer zwei. Hat sie sich denn für meinen Beruf interessiert? Niemals. Immer nur Kind, Kind, Kind. In dem Brief stand nicht, ob wir uns noch einmal treffen werden. In dem Brief stand so vieles nicht.

Natürlich nimmt man sich vor, immer wieder neue Pfade zu ergründen. Unbegangene Wege zu beschreiten. Aber das wird immer schwieriger mit der Zeit. Was bleibt, sind Fotos von den wenigen Urlauben, die wir alleine verbracht haben. Was hatten wir uns noch zu sagen? Füllsätze. Später waren meistens andere Pärchen dabei, ebenso kinderlos wie wir. Entfernte Bekannte. Niemanden, den ich jetzt anrufen würde, um nach Rat zu fragen, bei dem ich mich einfach ausheulen könnte. Im Grunde bestand unser Freundeskreis nur aus Zweckgemeinschaften. Ob beruflich oder privat.

Das sind die Fotos an der Wand. Die restlichen Bilder existieren nur auf meinem Smartphone. Wir haben uns nicht mehr die Mühe gemacht, sie auszudrucken. Ich entsperre es und wische durch die Bilder. So viele, auf denen sie zu sehen ist. Ich fühle mich wie ein verirrter Tourist in meiner eigenen Vergangenheit. Ich wähle alle Bilder in dem Album ‚Eva' aus und dann das Papierkorbsymbol. Ich warte einen Moment. Drücke auf ‚Zuletzt gelöscht'. Das Smartphone gibt mir eine letzte Chance. Gibt mir die Anzahl der Tage bis zum dauerhaften Löschen an. Ich habe also noch 29 Tage Zeit alles rückgängig zu machen, danach wird sie für immer aus meinem Leben verschwunden sein.

Ich gehe zum Kühlschrank. Ziehe ein paar Eiswürfel für meinen Whisky aus dem Spender. Während sie in das Glas schlagen, fällt mein Blick auf den Gutschein, mit einem Magneten befestigt. Genauer gesagt, ein Gutscheinheft, das ich ihr einmal geschenkt hatte. So etwas, das ein Kind für seine Mutter bastelt. Ein Frühstück ans Bett, ein Gutschein für ein Wellness-Wochenende, ein Kinobesuch. Keiner der Gutscheine wurde je eingelöst. Keinen wird sie mehr einlösen. Sie ist fort, und das ist das Schlimmste - dennoch anwesend. Der Raum bleibt geprägt von ihrer Anwesenheit. Unsere hypermodern eingerichtete inhaltslose Wohnung. Designermöbel. Nichtssagende Dekorationsartikel, sündhaft teuer, alles Dinge, die Eva im Laufe der Zeit gekauft hat. Sie hatte ständig neue Wünsche und wollte immer sofort alles in Besitz bringen. Damals das Ergebnis von Ersatzhandlungen. Jetzt trostlose Objekte.

Alles was sie begehrte, dann in ihren Besitz nahm, gerann schnell zur Selbstverständlichkeit, zu einem bloßen Bestandteil des Inventars. Die Begeisterung dafür, die einen Moment da war, erlosch schon nach kurzer Zeit. Mit unserer Ehe war es wohl nicht anders. Was hatten wir uns denn angespart, ich meine nicht finanziell, ich meine emotional? Ich kann es Ihnen nicht sagen. Das einzige was mir bleibt, ist ihr Name auf dem Unterarm, dieses 5 Zentimeter Brandzeichen. Aber es ist nicht Eva, es sind nur drei Buchstaben auf meiner Haut. Jedes Mal, wenn ich es mir anschaue, erinnert es mich daran, dass sie noch vor ein paar Tagen hier war. Ja, sie war wirklich hier. Ich kann das einfach nicht begreifen.

Die Platte neigt sich dem Ende zu. Ich wünschte, dass an der Stelle, wo es am allerschönsten ist, da müsste die Nadel springen und ich würde immer nur diesen einen Moment hören. Aber die Platte läuft einfach weiter. Das Schlagzeug bleibt noch für eine kurze Zeit. Scherbengeräusche. Dann ist das letzte Lied aus. Am Ende lässt auch die Unknown Pleasures mich alleine.

Jetzt, da alles still ist, hallt Evas Stimme von Neuem wider, Geräusche im Innern des Ohrs. Dann schreie ich ihren Namen und höre das Echo in meinem Kopf. Aber das Echo reproduziert nicht, was ich gerufen habe. Nein, es schreit zurück: Vergiss sie endlich! Sei froh, dass sie weg ist und hör mit dem Jammern auf. Was? Das meinen Sie auch? Ich muss von ihr loskommen? Sie haben recht. Aber wie? Was soll ich denn machen? Das ist alles nicht so einfach.

Auf dem Tisch stehen noch ungeöffnete Pakete von ihr. Online-Bestellungen. Wahrscheinlich nutzloses Zeug. Nehme ein Teppichmesser aus der Schublade, um sie zu öffnen.

Das ist die Antwort. Ich schiebe die Klinge weiter heraus und lasse Whisky aus der Flasche über die Metallkante laufen. Dann trinke ich den Rest in einem Zug aus. Vielleicht ist das jetzt ein Schritt zur Befreiung. Ein Schritt hinaus in die Freiheit. Dorthin, wo es keine Schmerzen und Gedanken gibt. Auf jeden Fall ist es ein Schritt. Und das ist nicht nichts. Die Klinge dringt tiefer ein. Blut tritt aus. Schau gut hin, Eva. Es läuft meinen Arm entlang. Wird immer mehr. Wie ein Fluss, der sich seine Bahn bricht. Durch den Raum. Den Raum, der sich jetzt dreht. Auf dem Kopf steht. Verliere die Kontrolle. Die Welt um mich herum. Fällt in sich zusammen. Ich kann sie nicht halten. Die Glasrahmen zerspringen, die Fotos an der Wand grinsen mich an. Eva. Ich sehe dein Gesicht. Es verwandelt sich. In Kerberos, den Höllenhund. Du öffnest deinen Mund. Gibst mir einen Zungenkuss. Ich kann mich nicht mehr halten. Falle. In die Tiefe.

*

Halb vier in der Nacht. Ich wache auf. Versuche alles einzuordnen. Zusammenzufügen wie ein Puzzle. Erst die Eckstücke, dann die Randstücke, dann das Motiv. Wieso lieg ich hier auf dem Boden? Kann mich einfach nicht erinnern, wie es dazu kam. Es gibt kein Davor. Hab ich irgendwas angestellt? Wünschte, ich könnte mich daran erinnern. Mein Blick wandert im Zimmer umher. Zerschlagene Gegenstände, zerrissene Bilder.

Ich versuche aufzustehen, mir wird schwindlig, ich breche sofort wieder zusammen. Dehydration? Nein, das allein kann es nicht sein. Jetzt sehe ich das Blut um mich herum. Ich frage mich, ob ich einen Unfall hatte. Aber das sieht eher nach Absicht aus. Sehe das Teppichmesser neben mir.

Jetzt, mit dem Schmerzempfinden, kehrt auch die Erinnerung zurück. Teppichmesser - Brandzeichen. Mein Blick verfolgt die Spur des Blutes zu der Stelle, von wo der Schmerz kommt. Mein Unterarm. Mein Gott, was hab ich gemacht? Das sieht gar nicht gut aus. Ich hab zwar schon einiges gesehen, aber das sieht wirklich übel aus. Ein Wunder, dass ich nicht verblutet bin. Wo ist die Undo-Taste? Undo destroy. Undo cut. Die Funktion geht nicht. Was ist hier los? Ich ziehe mich über den Boden bis ins Badezimmer. Muss zwischendurch Pausen einlegen, um Kraft zu sammeln. Meine Wangen liegen auf den kalten Fliesen. Ich muss die Wunde desinfizieren. Dann verbinden. Mit der rechten Hand strecke ich mich zum Badezimmerunterschrank. Ich öffne die Tür. Greife hinein, ein paar Sachen fallen heraus. Deo, Zahnputzbecher. Dann fühle ich eine Glasflasche. Evas Parfum. Ich öffne den Flacon und spritze den Inhalt über die Wunde. Der Raum füllt sich in Sekunden mit ihrem Duft. Es brennt brutal. Ich atme tief durch. Greife wieder in den Schrank, ich weiß, dass sich im hinteren Bereich ein paar Mullbinden befinden. Liegen dort seit Ewigkeiten. Ich ertaste sie und entferne das Plastik.

Dann wickele ich die dünne Baumwolle um meinen Unterarm. Es gelingt mir mit einiger Anstrengung, mich am Waschbecken hochzuziehen, ich blicke mich im Spiegel an. Wer ist das? Wer ist das nur? Frag mich nicht! Frag dich selbst. Ich sehe mir direkt in die Augen. Das Weiße im Auge ist gelb. In der rechten Iris oberhalb der Pupille ist ein kleiner brauner Pigmentfleck. Nach ihm habe ich gesucht. Er ist der Beweis, dass es Adam Volta ist, den ich sehe. Erschöpft breche ich zusammen und falle wieder in einen tiefen, ungesunden Schlaf.

*

Schon seit zwei Tagen liege ich jetzt im Bett. Ich wache auf und schlafe wieder ein und wache wieder auf. Ich bete darum, die Zeit möge schneller vergehen, obwohl, warum eigentlich, es macht ja keinen Unterschied, denn der nächste Tag wird auch keine Lösung bringen. Die Tulpen in der Vase lassen mittlerweile bedenklich die Köpfe hängen. Nicht nur die Tulpen. Ich fühle mich genauso schlapp. Es scheint, dass mit Evas Namen auch all meine Energie aus mir geschwunden ist. Geblieben sind Entzündungen und Nebenentzündungen. Alleine von hier ins Bad zu kommen ist anstrengend, als ob ich zwei Marathons am Stück laufe. Ich bin mal einen gelaufen. Die Originalstrecke von Marathon nach Athen. Das war nichts gegen das hier. Ich hätte nicht gedacht, dass so ein kleines Brandzeichen so eine Auswirkung haben könnte. Manchmal denke ich schon, es hat einen Fluch auf mich ausgeübt, aber das ist natürlich Quatsch. Ich bin keiner, der in Extremsituationen ins Esoterische abgleitet. Wie auch immer, ich muss etwas unternehmen. Schleppe mich ins Arbeitszimmer und schalte den Computer an. Der Sperrbildschirm zeigt ein Foto von einem Strand. Ein wunderschöner Sandstrand. Wolkenloser Himmel. Eine Palme. Dann das Feld für das Passwort. „AdamundEva!".

Gebe in die Suchmaschine ein: „Schnittwunde", „Blutverlust". Verbringe die nächsten Stunden in Foren. Notiere mir verschiedene Medikamente. Gehe dann auf eine Online-Apothekenseite und bestelle mir das alles.

Zwei Tage später kommt das Paket. Ich fühle mich zu schwach, alle Beipackzettel durchzulesen, und nehme lieber mehr als weniger von dem Zeug.

Ein Tag später ist wenigstens mein Fieber runter gegangen. Nur die Sache mit dem Brandzeichen sieht nicht gut aus. Anfangs dachte ich ja, etwas Salbe und ein Verband würden ausreichen, aber es hat sich doch unangenehm entwickelt. Alles entzündet. Seitdem kann ich meinen Arm kaum bewegen.

Ich fühle mich etwas schwindelig, aber es gelingt mir, meinen Hausarzt aufzusuchen. Hatte ja keinen Termin und musste deswegen ewig im Wartezimmer sitzen. Einer da drin roch widerlich, als hätte er sich eine Woche nicht gewaschen. Das ganze Wartezimmer stank nach seinen Ausdünstungen. Nein, das war ich nicht, das muss jemand anders gewesen sein, auch wenn alle mich anstarrten.

Die Sprechstundenhilfe rief irgendwann meinen Namen und ich konnte endlich raus aus dem Warteraum. Ich hab dem Arzt dann die Sache gezeigt, und er meinte, ob ich lebensmüde sei, das selbst zu machen, Blutverlust, Blutvergiftung, bla bla bla. Ja, ist ja schon gut. Der hat ja keine Ahnung, der weiß ja nicht, wie sehr ich darunter leide, dass Eva mich verlassen hat, das hätte ich ja selber nicht vermutet, ich meine, es stimmt, die ständigen Anrufe und dieses Ich-liebe-dich-Generve haben mich wahnsinnig gemacht, aber dennoch ist es nicht leicht, das alles zu verkraften, und deshalb musste ich einen Abschluss finden. Ich musste Evas Namen aus meinem Körper schneiden, wie soll das denn sonst gehen, wenn ich die drei Buchstaben alle 5 Minuten sehe und mir das alles wieder ins Bewusstsein gerufen wird. Jedenfalls bekomme ich jetzt ordentliche Schmerzmittel, das sind ganz schöne Hammer. Er hat mir auch Blut abgenommen und meinte, dass er mich lieber an einen Facharzt überweisen wollte, weil er mit so etwas keine Erfahrung hätte.

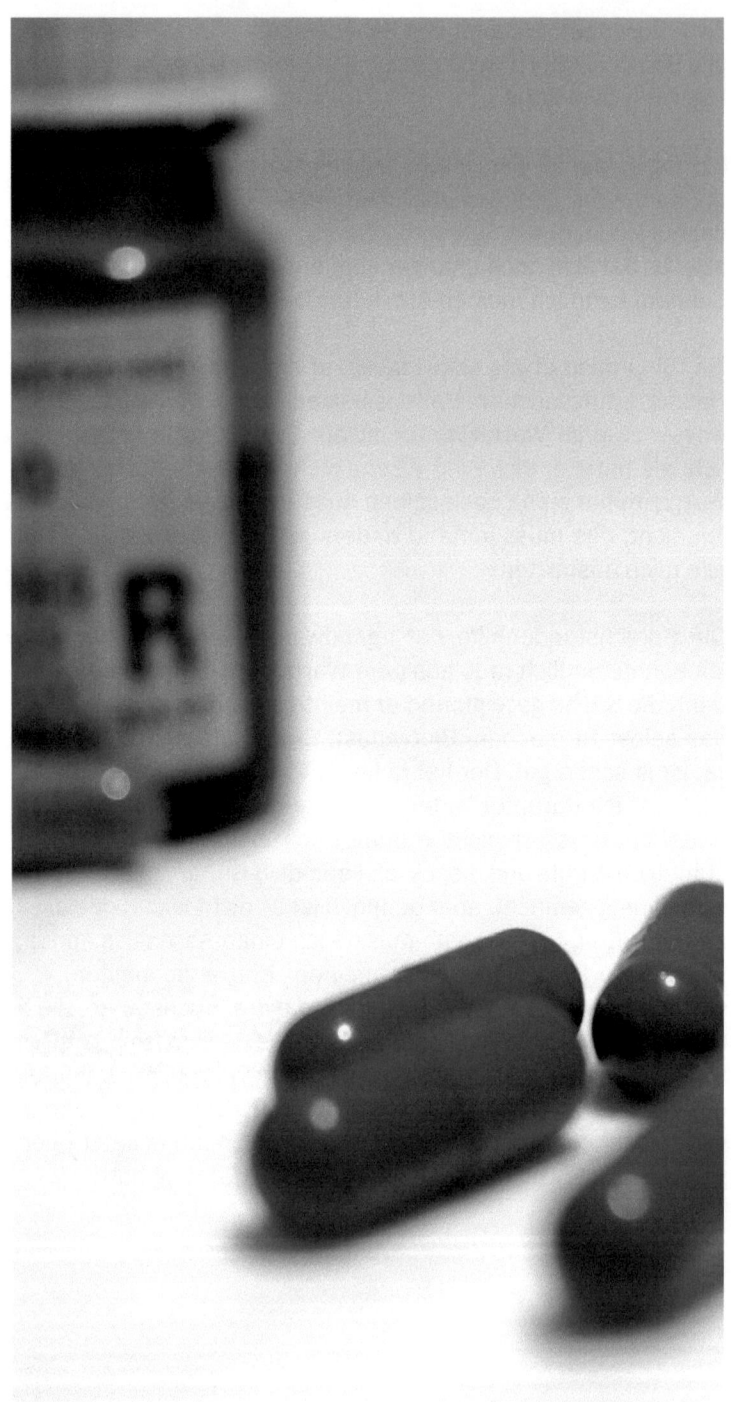

Es geht mir etwas besser. Die Schmerzmittel erledigen ihre Pflicht. Morgens nach dem Aufstehen nehme ich meine Medikamente und erstelle sinnlose To-do-Listen. Setze Dinge drauf, nur um sie durchstreichen zu können. Müll rausbringen, einen Film anschauen, ein Computerspiel spielen, ein Kapitel des Romans lesen oder sonst was. Es hat ja keinen Zweck. Ich muss dem Alltag wieder Struktur geben. Wäsche machen, auch mich wieder regelmäßig waschen. Die Wohnung muss mal wieder aufgeräumt werden. Aufräumarbeiten sind wichtig. Hat der Arzt gesagt. Ich fange in der Küche an. Das ganze dreckige Geschirr in die Spülmaschine. Neben der Spüle steht noch ein Weinglas mit ihrem Lippenstift. Schaue mir ein letztes Mal die Form des Abdrucks an. Dann stelle ich es zu dem anderen schmutzigen Geschirr, in den oberen Bereich der Maschine. Wähle Automatik und Start.

Es muss irgendwie weitergehen. Die Welt draußen nimmt ja auch weiter ihren Lauf. Die Ampeln gehen wie bisher an und aus, auch nachts, selbst wenn keine Autos auf der Straße sind. Im Moment freue ich mich sogar, wenn der Postbote kommt, damit ich wenigstens irgendeinen Menschen sehe, der ein Wort mit mir wechselt. Aber wenn er kommt, bringt er meistens nur Rechnungen, Werbung, dann sehe ich wieder ihren Namen schwarz auf weiß geschrieben, Eva Volta, und die Erinnerungen, diese alten Hunde, die sich von der Leine gerissen haben, spüren mich wieder auf.

Nachdem ich die Küche aufgeräumt hatte, musste ich erst mal eine Pause machen. Habe mich aufs Sofa gesetzt und etwas im Buch gelesen.

+++

„Die Route führte zunächst durch eine unspektakuläre Umgebung. Doch so wie ein Triptychon, das normalerweise geschlossen ist und nur zu besonderen Anlässen geöffnet wird, so entfaltete sich das Motiv der Landschaft auf den nächsten Kilometern vor ihren Augen. Zunächst führte die schmale Landstraße durch Feigenbaumfelder, um sich dann sanft durch ein Dickicht von Pinien zu schlängeln, bis sie die Felder erreichte, auf denen Bauern Orangen auf ockerhaltiger Erde anbauten. Kookie bewunderte die Geduld, die Freude, die die Natur hier besessen hat, all die kleinen Details zu schaffen. Hätte Cezanne jemals ein Triptychon gemalt, dann hätte es sicher so ausgesehen.“

+++

Das tut mir gut, mal etwas Positives lesen. Ich schließe die Augen und stelle mir die Szene vor, die Landschaft. Dazu ein Schluck Tee. Eva hat Cezanne auch gemocht. Wie es wohl wäre, jetzt mit ihr zusammen dort zu sein. Ein leichter Sommerwind, ihr Lachen, Unbekümmertheit. Ich bleibe für eine Weile in dieser Szene. Dann lese ich weiter.

+++

„Von Zeit zu Zeit berührten sie einander im Gespräch, legten scheinbar flüchtig eine Hand auf das Knie des anderen, ließen eine Geste etwas verbindlicher geraten und so sendeten beide Signale von Andeutungen, die ihnen im Falle der Ablehnung, die Möglichkeit des unverfänglichen Rückzugs gewährten, aber dennoch immer als versteckter Hinweis verstanden werden konnten. Sie hatten jetzt genau den Punkt erreicht, an dem es sich entscheidet, auf der Oberfläche zu treiben oder den Weg in die Tiefe zu gehen. Und sie waren bereit, die entstehende Zweisamkeit zuzulassen. Und somit haben sie sich einvernehmlich, wenn auch verschwiegen gestanden, dass sie zusammen diesen Weg gehen wollten.“

+++

Ich habe es geschafft, das Kapitel zu Ende zu lesen. Dann habe ich lange dagelegen und nichts getan. Man sollte am Ende eines Kapitels einem Roman die Zeit zum Atmen geben, bevor man weiterliest. Zudem musste ich mich einfach ausruhen. Vom Konzentrieren. Ja, Konzentrieren ist im Moment nicht mein Ding. Was ich ebenso eingestehen muss, ist, dass mein Gedächtnis mich öfter mal im Stich lässt. Obwohl ich mir schon die simpelsten Passwörter ausdenke, muss ich ständig auf „Kennwort vergessen" klicken, wenn ich mir irgendwas bestellen will. Ich mache mir jetzt auch sofort Notizen. Manchmal komischerweise in Englisch. Neulich, da hatte ich notiert: „moments of clarity are so rare, I better document this." Wäre das nicht eine schöne Textzeile für eines von Kookies Liedern? Ja, langsam interessiert mich die Geschichte. Der Fynn ist mir schon sehr ähnlich. Irgendwie kann ich mich in ihn hineinversetzen. Scheint ja auch eher der verschlossene Typ zu sein, der seine Gefühle versteckt. Deswegen hat Eva mir natürlich das Buch gegeben, damit ich kapiere, was ich falsch mache. Am Anfang hab ich mich natürlich gefragt, was da hinter steckt. Aber jetzt ist mir das schon klar geworden. Wow. Die versteckte Botschaft. Sie hätte es ja auch frei raus ansprechen können und nicht so eine komplizierte Hintenrummacherei. Egal, bin trotzdem gespannt, wie es mit den beiden ausgehen wird. Obwohl es mir im Grunde auch egal sein kann.

*

Am Abend habe ich noch einen merkwürdigen Film im Internet gesehen. Kann mich nicht mehr genau an den Titel erinnern, irgendetwas mit einem heiligen Hirsch, the sacred deer, Moment, ich google mal ... Ja, hier hab ich ihn. *The killing of a sacred deer.* In der Anfangsszene hat man in einer langen Einstellung ein menschliches Herz gesehen, in Großaufnahme, während einer Operation. Das hat mich richtig fertiggemacht. Ich meine, normalerweise schockt mich nichts mehr in Filmen. Aber hier hat man gesehen, wie das Herz pausenlos arbeitet, eigentlich nichts Besonderes, ist einfach seiner eigentlichen Tätigkeit nachgegangen. Aber mir wurde in diesem Moment bewusst, dass alles von dieser simplen, stoischen Muskelkontraktion abhängt. Immer und immer wiederholt. Da denke ich über Eva nach, über alle möglichen Fragen des Lebens und vergesse dabei, dass dieser ganze Mist an einem seidenen Faden hängt, an einem simplen Muskel. Und man wundert sich, dass der solange fehlerfrei funktionieren kann. Schon gut, dass man das nicht ständig sieht, sonst wird man noch verrückt. Ja, das Herz ist ein Muskel, der trainiert werden muss und das meine ich nicht nur physisch. Das meine ich auch emotional. An einer Stelle hat eine Person im Film gesagt: „The important thing is to make sure that everything you need is within reach." Da habe ich auf Pause gedrückt und mir den Satz aufgeschrieben. Genau das habe ich eben gemeint.

Als der Film vorbei war, in dem kurzen Moment zwischen dem Ende der letzten Szene und dem Beginn des Abspanns, schloss ich für ein paar Sekunden meine Augen. Dann genoss ich die ganzen Zeilen, wie sie so hinunterliefen. Das mache ich immer so. Ich lese mir jede Zeile durch, die Namen, die Funktionen. Und es stimmt, was Fynn in dem Roman sagt, im Gegensatz zum Drehbuchautor habe ich noch nie den Namen eines Script Doctors gesehen.

*

Danach bin ich im Wohnzimmer herumgegangen. Auf dem Boden liegt noch ihr zerstörtes Selbstbildnis. Als ich es sehe, habe ich vergessen, was ich eigentlich holen wollte. Also fing ich an, herumliegende Zeitschriften in ein Regal zu räumen. Dabei fiel mir ein Fotoalbum auf, das ich vor langer Zeit angelegt hatte, damals als ich bei der Firma angefangen habe.

Schlage es auf.

1999. Auf dem Foto stehe ich vor einem großen Banner mit unserem Firmenlogo. Ja, ich erinnere mich. Die Telekommunikationswelt war noch in Ordnung. Speziell für die Infrastrukturausrüster. Die Service Provider mussten investieren und wir konnten verkaufen, was das Zeug hielt. Ein Schlaraffenland von kurzer Dauer. Es gab 5000 DM Belohnung für die Vermittlung eines neuen Mitarbeiters. Die Aktie war top. 200 Dollar pro Stück. Jetzt kann man sich nicht mal mehr billiges Fast-Food dafür kaufen. Ein Börsen Guru bezeichnete damals diese Zeit als überschwänglich irrational. Unser Claim: Expect great things.

April 2000: Auf dem Foto sieht man vier Personen in einer Gesprächsrunde, darunter eine bekannte Fernsehmoderatorin. Ausgangslage: Die UMTS Lizenzen werden versteigert. Wir bekommen aus dem Global Marketing Budget von den Amis 2 Mio $, mit der Auflage, sie in einem Monat auszugeben. Die einzige Möglichkeit, so viel Kohle in kurzer Zeit zu verbrennen ist TV. Wir buchen also eine Reihe sinnloser Infomercials auf n-tv. Am Ende der UMTS-Euphorie haben wir keinen einzigen Deal geholt. Alles an die Konkurrenz gegangen.

Ich blättere eine Seite weiter.

2002: Auf dem Bild die neue Chefin. An die kann ich mich noch sehr gut erinnern. Typischer Papiertiger, oder besser gesagt, PowerPoint-Tiger. Wenn es kein copy paste gäbe, gäbe es sie nicht. Wir nennen sie die Quick and dirty Queen. Sie erzählt mir, sie lese das Buch von Lance Armstrong, natürlich auf französisch, um sich zu verbessern. Sie hat vergessen, dass sie mir das letztes Jahr auch schon gesagt hat. Scheint also lange für so ein Buch zu brauchen. Im Nachhinein bezeichnend, dass sie Armstrong als Vorbild hatte. War ja genauso ein Blender.

Neuer Kollege. Liest Dale Carnegie Bücher. Am Anfang dachte ich, ist ein netter Kerl, als er mich vor meinem Chef lobte, später habe ich seine Strategie verstanden. Sein Lieblingsbuch heißt „Lass die anderen arbeiten". Und das gibt er auch noch offen zu.

Ich hole mir etwas zu trinken und blättere weiter.

VIP-Event Oktober 2004. Wir haben den Cocoon Club von Sven Väth gemietet. Sind die ersten, die vor der offiziellen Eröffnung in den Club durften. Der Sales-Chef Deutschland teilt am Ende des Events seinen Kunden mit, dass die Damen an der Bar zur freien Verfügung stehen. Ein paar Tage später im Kundenmeeting geht die Tür auf, man nimmt ihm Handy und Laptop ab und er wird vor den Augen seiner Kunden mit sofortiger Wirkung gefeuert.

2005. US Executives kommen rüber, um sich die Wachstums-
märkte und die Umsatzprognosen von Europa anzuhören. Zu
diesem Zeitpunkt wissen sie schon, dass es in den nächsten
24 Stunden eine Umsatzwarnung geben wird. Von da an geht's
bergab.

Das nächste Sales Kick-off ist abgesagt. Formel 1 - Sponsorship
wird gekündigt. Flughafenwerbung wird gestrichen. Der EMEA
Sales-Leader wird am Todestag von Kennedy gefeuert, die E-
Mail wurde sogar um die gleiche Uhrzeit abgeschickt. Die Ame-
rikaner lieben Symbolik. Bei Meetings gibt es keine Kekse mehr.
Der CEO bekommt 3,5 Mio Bonus ausbezahlt. Übernahme.

Danach der Positionskampf. Alle wichtigen Positionen werden
natürlich von der Firma besetzt, die übernimmt. Von wegen
Merger of equals. Dann langsames Zermürben. Die nächsten
sieben Jahre lang.

Tja, und dann kam das Meeting in London. Hab ich Ihnen ja am
Anfang schon von erzählt.

Bin jetzt doch länger an dem Album hängengeblieben als ich
gedacht habe. Sorry. Die Erinnerungen stecken noch zu tief
drin. Wenn man nicht aufpasst, verfängt man sich in ihnen, wie
ein Delfin in den Resten eines Fischfangnetzes. Aber ein Gutes
hatte dieser Ausflug in die Vergangenheit. Mir wurde in dem Moment klar, dass ich mich wieder um einen Job kümmern muss.
The torture never stops. Aber es geht nicht anders.

*

Habe heute den Termin beim Arbeitsamt gehabt oder wie das
heutzutage heißt. Woher soll ich das wissen, hatte mit dem
Laden bisher nie was zu tun, außer dass ich monatlich einge-
zahlt habe. Die Sachbearbeiterin fragte mich, für was ich denn
qualifiziert sei. Ich antwortete: Marketing. Leitende Position.
Sie suchte in ihrem Computer rum und fand natürlich nichts.
Ob es auch etwas anderes sein könnte. Ich sagte, ja, aber es
muss schon was Internationales sein, mit Reisetätigkeit. Sonst
fällt mir die Decke auf den Kopf. Sie machte sich ein paar Notizen und sagte, sie werde sich in den nächsten Tagen melden.

Na, da geb ich mal gar nichts drauf. Hab deswegen noch am gleichen Tag einen Headhunter kontaktiert. Sind zwar moderne Aasgeier, bekommen ein Drittel von meinem Jahresgehalt als Provision für etwas rumtelefonieren. Aber wenn's hilft ...

*

Von morgens bis abends war ich heute unterwegs. Fast den ganzen Tag habe ich bei Ärzten im Krankenhaus verbracht. Jetzt bin ich endlich wieder zurück zu Hause. Leider hat sich mein gesundheitlicher Zustand in den letzten Tagen weiter verschlechtert. Sie haben mir dies und das verschrieben, die ganzen Medikamente, die ich nehmen muss, zeigen irgendwie wechselwirksame Nebenwirkungen oder wie man das nennt. Alleine, wenn ich mir diese endlosen Texte durchlese, wird mir schwindelig. Dann nehme ich wieder neue Medikamente nur gegen die Nebenwirkungen. Betablocker, Kalziumkanalblocker, hohe Dosen Ibuprofen. Keine Resultate. Im Gegenteil, ich habe den Eindruck, die machen unausgeglichen. Destabilisieren mich. Bin manchmal nicht mehr ganz klar im Kopf. Und morgen habe ich mein Vorstellungsgespräch.

Ja, ich habe tatsächlich ein Vorstellungsgespräch vermittelt bekommen. Natürlich nicht von dem Amt, war ja klar, dass von denen nichts kommt, sondern von dem Headhunter. Job description hat jedenfalls genau auf mich gepasst. Leiter Marketing bei einem globalen Mittelständler.

Bitte nehmen Sie hier Platz, Herr Volta. Die Personalchefin wird gleich zu Ihnen kommen. Darf ich Ihnen einen Kaffee anbieten, Wasser? // Ja, Wasser. // Stilles oder Sprudel? // Stilles. Sie öffnet eine kleine Glasflasche, die neben Orangensaft, Apfelsaft und Coca-Cola steht. Danke. Sie verlässt den Raum. Ich schaue mich um, typischer Meetingraum. Hier kenne ich mich aus. Ich gehe in Gedanken noch einmal die kritischen Fragen durch. Warum ich mich auf die Stelle beworben habe, wo ich meine Stärken und Schwächen sehe, wie andere mich charakterisieren würden. Mittlerweile ist eine halbe Stunde vergangen. Nichts ist geschehen.

Ich blättere durch ein Fachmagazin, das auf einem Beistelltisch liegt. Langweiliger Kram, irgendwelches Industrie-Zeug. Ich höre Stimmen aus dem Nebenraum. Dort scheint auch ein Vorstellungsgespräch stattzufinden. Bin mir nicht sicher, aber ich glaube zu hören: Unser CEO möchte Sie auch noch kennenlernen, er ist heute im Haus. Eine Tür geht auf und zu. Aber nicht meine. Ich warte weitere 20 Minuten. Haben die mich vergessen? Mein Blick wandert wieder durch den Raum. Clean wie ein OP-Zimmer. Glasfront. Geruch eines frisch gereinigten Whiteboards. In der Ecke ein Roll-up banner. Dann plötzlich geht die Tür auf und die Personalchefin kommt herein. Sie setzt sich vor mich und fragt, warum ich für die Firma arbeiten will. Ich sage, dass es eine spannende Herausforderung sei und genau meinen Interessen entspräche. Dann fragt sie mich, wo ich vorher gearbeitet habe. Ich antworte souverän, habe aber den Eindruck, sie hat sich vor dem Gespräch gar nicht meine Akte angeschaut. Meinen Lebenslauf, die Referenzen.

Dann erhöht sie die Schlagzahl. Sie fragt mich im Sekundentakt zusammenhangslose Dinge. Warum ich denn die letzte Firma verlassen hätte, wie viel Tennisbälle schätzungsweise in einen Einkaufswagen passen, ich antworte wie bei einem Ping-Pong Spiel, und dann setzt sie mich immer mehr unter Druck, stellt mir ein paar provokante Fragen, um meine Belastbarkeit unter Stress zu prüfen, dass ich im Moment ja arbeitslos sei, vom Alter her schon in der kritischen Zone.

Ich verlor meine Konzentration und da bin ich erst verbal ausgerastet und es hat nicht viel gefehlt, dann wäre ich sie körperlich angegangen. Den Rest können Sie sich ja bestimmt vorstellen.

*

Am nächsten Tag kam dann die telefonische Absage. Fachlich wäre natürlich nichts auszusetzen. Aber man sei sich nicht sicher, ob ich ins Team passe. Man würde von weiteren Maßnahmen absehen. Und dass ich dafür dankbar sein sollte.

*

Habe jetzt meine Social Media Accounts gelöscht. Konnte es nicht mehr ertragen, die Status Updates meiner Ex-Kollegen zu sehen. Der eine ist jetzt bei einem Pharma-Konzern, der andere wieder Telekommunikation. Und alles über Beziehung, sehe ich ja an den gemeinsamen Kontakten. Und bei mir steht immer noch die alte Firma und jeder weiß ja, dass das nicht mehr stimmen kann und solange die da steht, ist klar, dass ich arbeitslos bin. Aber noch bin ich nicht soweit gesunken „Privatier" zu schreiben. Von wegen, den anderen vorzumachen, man hätte genug Kohle, dass man nicht mehr arbeiten müsste. Könnt ihr wem auch immer erzählen, aber nicht mir.

+++

„Fynn, darf ich dich was fragen?"
„Natürlich."
„Was ist dir am wichtigsten bei einem Menschen?"

Fynn dachte nach.

„Dass ich mich auf die Person verlassen kann. Dass ich der Person alles anvertrauen kann. Dass ich nicht lügen muss."

Sie schwiegen für einen Moment.

„Und für dich?"

Auch Kookie überlegte.

„Dass derjenige, egal wie sehr er mich liebt, mich frei sein lässt."

+++

Wenn ich so was schon lese. Freiheit, Freiheit. Was für ein Geschwätz. Erstens ist das nicht so einfach, eine exakte Vorstellung davon zu haben, was es genau heißt, frei zu sein. Ich sprech jetzt nicht von der finanziellen Freiheit, das ist was anderes, hab ich ja schon gesagt. Ich meine auch nicht biologisch. Hunger, Schlaf, die Grundbedürfnisse geben schon genug Zwänge. Darum geht es ja gar nicht. Ich meine auf einer höheren Ebene. Die Möglichkeit, freie Entscheidungen treffen zu können. Der freie Wille.

Es soll ja Leute geben, die glauben ernsthaft, einen freien Willen zu haben. Die glauben, ihr Bewusstsein würde freie Entscheidungen treffen. Tut mir leid, wenn Sie das auch so sehen, aber feststeht, es gibt kein isoliertes Ich, das irgendwelche Entscheidungen trifft. Das läuft alles im Unterbewusstsein ab. Es gibt keine zusätzliche Entscheidungsebene. Das Bewusstsein wird gerade mal darüber informiert, wenn der Rest vom Hirn schon längst die Entscheidung getroffen hat. Es fühlt sich wie ein König und merkt nicht, dass es keinerlei kausalen Einfluss auf eine Entscheidung besitzt. Auf die Gefahr hin, mich zu wiederholen: Wenn Sie die naive Annahme haben, dass wir eine Entscheidung nur mit unserem Bewusstsein, unabhängig von dem Rest unseres Gehirns treffen können, dann muss ich Sie enttäuschen. Es gibt keine Willensfreiheit. Freiheit ist eine Konstruktion des Gehirns. Natürlich wollen wir das nicht wahrhaben, denn seien wir ehrlich, Menschen lieben, was sie selbst kontrollieren können, sie sind nicht gerne Opfer der Umstände.

Die beiden in dem Roman haben doch über *No Country for old man* gesprochen, den Film habe ich auch mal gesehen. Hat mir gut gefallen, wie der Psychopath mit seinem Druckluftgerät alle platt gemacht hat. In dem Film geht es ja auch stark um das Thema Entscheidungen treffen. Früher hatte ich mir einmal als Experiment überlegt, bei jeder wichtigen Entscheidung eine Münze zu werfen. Mit einer 1 Cent-Münze, die ich auf der Straße gefunden hatte. Alles auf eine binäre Entscheidung zu reduzieren und diese dem Zufall zu überlassen. Ich hab mich gefragt, ob die Resultate unterm Strich besser, schlechter oder gleich sein würden, im Vergleich zu einer vermeintlich bewussten Entscheidung.

Denn selbst wenn Sie glauben, eine bewusste Entscheidung treffen zu können, wären Sie deshalb auch automatisch in der Lage, basierend auf den vorliegenden Informationen, die optimale Entscheidung zu treffen? Bezweifle ich mal. Deshalb dachte ich, man kann es auch dem Zufall überlassen, das muss statistisch nicht schlechter sein. So, dann hab ich meine Idee in dem Film gesehen. Danach fand ich sie nicht mehr originell. Eigentlich sogar langweilig. Außerdem wäre es wahrscheinlich nur eine theoretische Überlegung geblieben.

Sekunde, muss meine Tabletten nehmen. Die bescheuerte Personalchefin, die kann mich übrigens mal. Ist jetzt ihr Problem, dass sie mich nicht genommen haben. Werden noch sehen, was sie davon haben. Na ja. Worüber haben wir noch mal gesprochen? Genau. Freiheit. Der Punkt ist, je länger ich darüber nachdenke, desto mehr frage ich mich, ob Freiheit überhaupt eine gute Sache ist. Vielleicht sind die Grenzen aus gutem Grund da. Freiheit bedeutet ja gewissermaßen auch Unendlichkeit. Und Unendlichkeit bedeutet Beliebigkeit. Irgendein großer Dichter hat mal gesagt: 'Alle Liebe will Unendlichkeit.' Falls Sie meine Meinung interessiert: Das ist totaler Quatsch. Denn sie braucht genau das Gegenteil: Endlichkeit. Endlichkeit schließt nämlich Beliebigkeit aus. Wenn wir uns folgende Gleichung mal ansehen: Freiheit = Unendlichkeit = Beliebigkeit = Zufälligkeit = Bedeutungslosigkeit und wenn man das verkürzt betrachtet, dann heißt das: Freiheit ist gleich Bedeutungslosigkeit, also ist Freiheit gar nichts so Erstrebenswertes und es ist auch unsinnig, anzunehmen, dass Liebe Unendlichkeit will, denn sie will ja nicht bedeutungslos sein. Darin liegt meiner Meinung nach der Schmerz begründet: Wenn man unendliche Liebe will, wird sie dadurch beliebig, also auch bedeutungslos. Das kann nicht funktionieren. Deshalb kann es keine glückliche Liebe auf Dauer geben. Quod erat demonstrandum.

Moment, Moment. Von wegen „Was zu beweisen war." Das ist völliger Blödsinn, Adam. Erstens heißt das Zitat: 'Alle Lust will Ewigkeit' und nicht 'Alle Liebe will Unendlichkeit'. Ist übrigens von Nietzsche, du Schwachkopf. Zweitens verwechselst du hier wohl ständig Unendlichkeit und Ewigkeit. Also stelle bitte nicht so eine wirre Formel wie dort oben auf. Da bringst du schon sehr viele Kategorien durcheinander.

Du willst eigentlich sagen: Verknappung macht eine Sache wertvoll. Da stimme ich dir zu. Das ist übrigens auch keine besonders neue Erkenntnis.

Haben Sie das auch gehört? Verdammt, jetzt höre ich schon Stimmen. In meinem Kopf kracht ganz schön das Gebälk.

Aber genau das meinte ich eigentlich auch. Liebe will zwar Ewigkeit, denn wenn man verliebt ist, will man, dass das einfach nicht aufhört, aber sie braucht Endlichkeit. Sie braucht Verknappung. Sonst verkommt sie ins Bedeutungslose. Das ist ja das Grausame an ihr.

Mir egal, ob Sie mir da zustimmen oder nicht.

*

War heute mal wieder bei einem Arzt gewesen. Diesmal bei dem Facharzt, an den mich mein Hausarzt überwiesen hatte. Das war ein eher unangenehmer Besuch. Nach dem ich letzte Woche einen Termin ausgemacht habe, erscheine ich also pünktlich trotz Verkehrsstau und Parkplatzproblemen an der Rezeption. Da erzählt mir so eine gepiercte Schnepfe, ich hätte keinen Termin. Ich schaue in ihr unglaublich unproportioniertes Gesicht und frage, was das heißen soll. „Na, dass Sie nicht im System stehen", antwortete sie schnippisch. Im ersten Moment denk ich, dass ich den Termin falsch verstanden habe oder falsch eingetragen habe, wäre bei meinem Zustand im Moment nichts Außergewöhnliches. Dann tippt sie mit ihren knochigen Fingern, auf denen die Adern so stark ausgeprägt sind wie die Nervatur eines Ahornblatts, meinen Namen in die Suchfunktion. Aber sie findet mich überhaupt nicht im System, auch nicht an einem anderen Tag. Ich sage, dass das nicht sein kann. Ich habe doch mit ihrer Kollegin letzte Woche so lange gesprochen, ihr erklärt, dass ich überwiesen wurde von meinem Hausarzt, der schon eine Blutuntersuchung gemacht hatte, der aber meinte, hier müsste ein Spezialist ran. Jedenfalls hatte sie mir schon einen neuen Termin gegeben für nächste Woche, als ihr aufgefallen ist, dass die Sprechstundenhilfe einen völlig falschen Namen eingetragen hatte. Frau irgendwas. Ich stand als Frau irgendwas im System. Na also, hatte ich doch recht gehabt. Ich frage, ob denn wenigstens meine Unterlagen vorliegen. Sie fragt zurück, welche Unterlagen. Na, die von meinem Hausarzt. Sie fragt, ob ich das veranlasst hätte. Ich sage: Nein, ist das meine Aufgabe? Es geht also hin und her und der Arzt kommt hinzu. Er sagt, dass wir eine neue Untersuchung machen müssen, da die Unterlagen von meinem Hausarzt nicht vorliegen, dieser aber jetzt zwei Wochen in Urlaub sei. Ich antworte, dass das ja wohl nicht wahr sein kann und was mit den Kosten sei. Er sagt, dass das sowieso von der Kasse bezahlt wird. Aha, sage ich, und wie ist das dann volkswirtschaftlich, wenn jede Untersuchung doppelt durchgeführt wird, sprengen wir so nicht das Sozialsystem?

Er drehte daraufhin die Augen nach oben und fragte, ob er die Wunde einmal sehen könnte. Ich antwortete, na klar und schob den Ärmel hoch. Dann glotzte er, als ob er sagen wollte, spinnen Sie, so etwas zu machen. Ich wusste schon genau, was jetzt kommen würde. Und als er seinen Satz mit „Warum" begann, unterbrach ich ihn sofort und hab ihn gefragt, ob er denn schon mal was von Damnatio memoriae gehört hätte, er könne doch etwas Latein als Arzt, die Verdammung des Andenkens, so hatten es die Römer auch gemacht, der Name verachteter Personen wurde ausgemeißelt aus den Inschriften, und zwar nicht, damit man sie vergisst, sondern damit die Erinnerung an sie durch die Verfluchung des Namens wachgehalten wird und man nie verdrängen kann, was sie einem angetan haben. Er fragte mich, ob ich mir bewusst sei, was für eine Narbe das hinterlassen würde. Da reichte es mir. Ja, bin ich mir, du Idiot, habe ich ihn angezischt. Die Situation ist dann eskaliert und ich bin dem Schlaumeier an den Kittel gegangen. Er hat sich gewehrt und ich hab die weißfleischige Masse in die Ecke gestoßen. Dann schrie ich ihn an: Und wer spricht von der Narbe in meiner Seele, wer weiß, was da noch bleibt? Die kann ich nicht so einfach rausschneiden.

Alle waren ziemlich schockiert. Ich bin dann wutentbrannt gegangen.

Meine Nerven liegen blank. Zum Glück ist ja nichts Großartiges passiert. Aber verstehen kann ich's noch immer nicht. Was mich beunruhigt, ist Folgendes: Eigentlich bin ich ein rationaler Typ. Das Verhalten passt gar nicht zu mir. Ich meine, ich gehe einen Arzt an, ich schaffe es nicht mal, ein Vorstellungsgespräch bis zum Ende durchzustehen. Ich vermute, das sind die verdammten Medikamente. Und die ganze Situation. Das heißt, zu Ende gedacht: Es ist Evas Schuld.

*

Ein paar Tage später habe ich dann einen Brief von dem Arzt bekommen. Darin stand, ich dürfte mich glücklich schätzen, dass er von einer Anzeige absehen würde. Er überweise mich an einen anderen Arzt. An einen Psychiater.

OK, ich halte das für absolut übertrieben, dass ich jetzt zu so einem Typen gehen soll, der für Geld in fremden Schädeln herumwühlt, aber ich will in meiner jetzigen Situation auch keinen Ärger machen, ich meine, anhören kann man sich ja mal, was der Psycho-Doc so zu sagen hat. Irgendwas scheint ja in der Tat nicht zu stimmen. Ich dachte, Eva wäre wie etwas, das man aus einer Gleichung herauskürzen kann, ohne dass sich das

Ergebnis ändert. Aber offensichtlich hab ich mich getäuscht. Wahrscheinlich muss ich da wirklich was machen.

*

War also gestern bei meinem neuen Arzt. Genauer gesagt: Eine Ärztin. Sie hat mir keine Ahnung wie viele Fragen gestellt, wann welche Symptome begonnen und wie sie sich weiterentwickelt haben, fing mit allen möglichen Tests an, aber ich hab kein Wort rausgebracht. Hab nur so da gesessen in schweigender Regungslosigkeit und sie angestarrt. Ich muss schon sagen. Wie sie mir da so gegenüber gesessen hat ... Schmales, intelligentes Gesicht, so eine 50er Jahre Cat Eye Hornbrille mit schwarzem Gestell, dezent rote Lippen. Ja, die hat mich schon umgehauen. In meinem Kopf spielte sich nur noch der alte Cohen Song ab.

And you want to travel with her, and you want to travel blind,
And you know that she will trust you,
For you've touched her perfect body with your mind.

Sie blätterte eine Weile in meinen Unterlagen, keine Ahnung, was der andere Arzt da reingeschrieben hatte und dann sagte sie, wir sollten erst mal den pharmazeutischen Weg gehen. Jedenfalls hat sie mir ... Moment hier hab ich's... Abilify verschrieben. Ich glaub, das ist irgendwas fürs Oberstübchen. Außerdem sagte sie, ich müsste Ballast abwerfen. Hat irgendwas von Depressionen erzählt und Externalisierung. Sie behauptete meine Impulsivität und meine Reizbarkeit wären eine Verlagerung von inneren Konflikten in die Außenwelt. Da käme auch die Aggressivität her. Ja, sie meinte, dass Wut meistens andere Gefühle überdeckt. Was weiß ich, Scham, Minderwertigkeit oder Verzweiflung. Die sind eigentlich der Auslöser und die Wut überdeckt einfach nur alles. Keine Ahnung, kann schon was dran sein, aber ich muss gestehen, ich hab ihr auch nicht konzentriert zugehört. Ich konnte mich einfach nicht auf ihre Worte konzentrieren. Wie sollte ich das auch machen? Sie saß da mit ihrer halbtransparenten Bluse und ich konnte ihre wundervolle, nein, wenn ich ein angemessenes Wort finden müsste, würde ich eher „lyrisch" wählen, ihre lyrische Brust erahnen. Ich war fasziniert, wie sie sich synchron zu ihren Worten hob und sich langsam wieder senkte. Ich stellte mir die Form ihrer Brust vor,

die wirkliche Größe ohne Push-up Einlagen. Ich stellte mir die Schwere in meiner Hand vor. Nicht, dass es mein Verlangen war. Ich suchte nicht dieses Bild. Ich versichere Ihnen, es kam von selbst, ohne mein Zutun. Ihre ... ich zögere jetzt etwas, weil ich das Wort so unangemessen, fast eklig finde, also kurzum ... ihre Brustwarzen. Da hat die deutsche Sprache keine Meisterleistung abgeliefert, jedenfalls sie drückten sich durch den Stoff, wie eine unmissverständliche Botschaft. Sie scheint also auch etwas für mich zu empfinden.

*

Die Sitzungen mit der neuen Ärztin verlaufen meiner Meinung nach ganz gut. Wir treffen uns in der Regel einmal pro Woche. Ich konzentriere mich meistens auf die Tapete hinter ihr, sonst weiß ich nicht, was passieren würde. Es gibt ja kaum noch Tapeten mit Mustern, finde ich, überall sieht man nur noch diese nüchternen, weißen Raufasertapeten. Aber hier im Therapiezimmer sind Orangen auf der Tapete abgebildet. Reife Orangen, die an verschnörkelten Ästen hängen. Ich konzentrier mich auf die Tapete, weil meine Therapeutin letztes Mal meinte, ihr sei aufgefallen, dass ich ständig auf ihre Brüste starren würde, ja, ich sei brustfixiert und dann kramte sie so alle möglichen Psychosachen raus, von Kindheit, Mutterbeziehung bis was weiß ich, ständig versuchte sie mich über meine sexuellen Erfahrungen aus der Kindheit auszuquetschen. Weil sie glaubt ja, das hätte mein Frauenbild geprägt. Wie dem auch sei, vermutlich hat sie wohl recht. Aber das kann sie vergessen, den Gefallen tue ich ihr nicht. Das bleibt mein Geheimnis. Meins und das meiner zwei älteren Cousinen. Sie haben es immer „Kino schauen" genannt. Ich erinnere mich noch sehr gut. Jedenfalls war mir die Situation ziemlich peinlich und deshalb versuche ich jetzt immer, woanders hinzuschauen.

Mal unter uns. Im Grunde müsste ich da ja gar nicht hin, bin ja im vollen Besitz meiner geistigen Kräfte. Aber auf der anderen Seite ist es im Moment die einzige Möglichkeit, in ihrer Nähe zu sein. Dann fragte sie mich, ob ich angefangen habe, Dinge zu sammeln, nachdem Eva mich verlassen hat, und ich habe gesagt, ja schon, aber nur nützliche Dinge. Oder Dinge, die mal nützlich werden könnten, zum Beispiel die Pizza-Schachteln vom Lieferservice, weil es könnte ja sein, dass mal der Tisch wackelt und da ist man froh, wenn man was zum Unterlegen hat. Da sagte sie, ich solle aufpassen, dass ich nicht zum Messie werde. Ich meine, so hat sie das jetzt nicht ausgedrückt, aber so hat sie es gemeint und ich fragte sie, wie sie darauf komme, nur weil ich ein paar Dinge sammele und sie antwortete, weil das durchaus vorkommt, wegen des Verlustes, das ist manchmal die Ursache. Ich soll einmal überlegen, was mir am meisten fehlt. Was ist mein Verlust?

Ich hab dann lange nachgedacht, was mir am meisten fehlt. Der Jobverlust ist schon ein großes Problem, jedenfalls mittelfristig, finanziell gesehen. Aber im Moment glaube ich, das Hauptproblem ist, dass ich niemanden zum Sprechen habe, außer meiner Therapeutin. Einfach jemanden, mit dem ich mich austauschen kann, ohne dass er mich analysiert. Ich meine, manchmal ist es schon in Ordnung, alleine zu sein, Alleinsein kann wunderbar sein, man muss nicht diskutieren, Kompromisse machen, man muss nichts abstimmen, kann einfach tun und lassen, was man will. Aber bei den schönen Dingen will man nicht alleine sein, die möchte man mit jemandem teilen. Der Mensch ist ein soziales Wesen und wenn man komplett isoliert ist, wird man anti-sozial. Und dann fällt es noch schwieriger, mit jemandem zu sprechen. Darüber habe ich nachgedacht. Also habe ich geantwortet: „Vielleicht Eva?“

Da legte sie ihren Stift bedeutungsvoll zur Seite und antwortete mit einem Nein. Sie sagte, dass es mir im Grunde gar nicht um Eva geht. Es ginge viel mehr um die Leere, die sie hinterlassen hat. Da war ich erst mal still.

Ja, meine Therapeutin meinte, ich solle zu Hause darüber reflektieren und ab jetzt ein Tagebuch führen, meine Gedanken reinschreiben und jeden Tag an etwas Positives denken. Ich weiß ja nicht, ob das was bringt, aber was soll's. Ihr zu Liebe mach ich es.

*

Habe also zu Hause noch einmal genau nachgedacht. Und ich bin zu dem Ergebnis gekommen: Ja, sie hat recht. Ich glaube, das ist der Punkt, es geht um den tiefen Graben, den Eva hinterlassen hat. Der muss aufgefüllt werden. Nature likes no emptiness. Und deshalb muss ich im Grunde noch mal von vorne anfangen. Jemanden Neues suchen. Eigentlich habe ich ja ein Auge auf meine Therapeutin geworfen, aber das kann ich ihr natürlich nicht so direkt sagen. Ist mir schon klar, dass das ziemlich bescheuert ist, sich in seine Therapeutin zu verlieben, wegen der fehlenden Distanz und so weiter. Also hab ich mich bei so einer Partnerschafts-Plattform angemeldet. Selbst wenn das nichts werden würde, ist es eine gute Taktik, die Auserwählte mit vermeintlichem Desinteresse zu ködern und eine Rivalin zu präsentieren. Und Sie werden es wahrscheinlich nicht glauben, aber ich hab direkt was laufen, ja, es hat sich tatsächlich ein Date ergeben.

*

Gestern Abend war es soweit. Was war das noch gleich für ein Wochentag? Man verliert wirklich jegliches Zeitgefühl. Also am Mittwoch vor drei oder waren es schon vier Wochen hatte Eva mich ... ja das war ein Mittwoch. Moment ... Muss gerade mal die Dinger hier schlucken ... OK, es geht wieder. Wo war ich stehen geblieben? Am Freitag, nein Donnerstag, ist auch egal, war die Sache mit dem Brandzeichen gewesen. Da ging es mir gar nicht gut. Aber das war ja letzte Woche gewesen. Oder war das schon die Woche davor? Trotzdem bin ich mir sicher, dass gestern Samstag war. Ja, gestern war Samstag. Ein stinknormaler Samstagabend. Sagen wir, es wäre ein stinknormaler Samstagabend gewesen, wenn Eva noch da wäre.

OK, wie bin ich darauf gekommen. Eva ... Nein. Wovon habe ich gerade erzählt? Ach ja, das Date im Restaurant. Genau. Wir haben uns in einem ziemlich teuren Restaurant getroffen. Ist ja normalerweise nicht so mein Ding, aber lieber am Anfang etwas mehr bieten, dachte ich mir. Sie ... Moment, wie hieß sie noch mal ... Hab ich tatsächlich vergessen, ist aber auch egal. Jedenfalls, wir kommen ins Gespräch. Ich hatte mir eine Strategie zurechtgelegt. Normalerweise fragt man ja, was der andere so mag, zum Beispiel Essen, Musik und so weiter. Ich glaub, das ist der falsche Ansatz. Keine Ahnung, wie Sie das sehen, aber meiner Meinung nach, halten nicht die Gemeinsamkeiten eine

Beziehung zusammen, sondern die Verschiedenheiten bringen sie auseinander. Die Dinge, über die man sich beim Anderen aufregt. Diese entziehen permanent Energie, so wie Kriechstrom in einem schlecht isolierten Stromkreis ... Was ich meine ist, man freut sich ja nicht täglich über die Dinge, die man gemeinsam mag, die werden ja irgendwann Gewohnheit, man streitet sich aber ständig über die Nicht-Gemeinsamkeiten, die Sachen, die einen täglich nerven. Deswegen dachte ich mir, es ist besser, herauszufinden, was sie nicht mag.

Nach ein paar Minuten erkannte ich schon, dass das nicht funktioniert. Sie hatte meine Fragen überhaupt nicht verstanden und entpuppte sich auch sonst als nicht besonders helle. Nicht so wie Eva. Eva hatte was im Kopf. Kunst studiert. Und dann fällt sie auf so einen Guru-Inder rein, das ist das, was ich immer noch nicht verstehe, Freiheit hin oder her. Wie kann man so intelligent sein und dann so etwas machen. Aber Fakt ist, dass mir da jetzt nicht Eva gegenüber saß, sondern diese dumme Nuss. Schulterfreies Kleid, völlig übertrieben geschminkt. Kurz gesagt, eigentlich nicht der Mühe wert, aber ich kann im Moment nicht wählerisch sein. Und wenn nicht alles schief läuft, müsste das eine einfache Nummer werden. Ich schaute auf die Uhr und dachte mir, dass ich hier nicht allzu viel Zeit investieren muss, mit etwas Glück bekomme ich die Zirze noch vor Mitternacht ins Bett und vielleicht, je nachdem, wie es zeitlich läuft, könnte ich mir sogar noch danach das Viertelfinalspiel im Fernsehen anschauen. Nachdem sie also die Was-magst-du-überhaupt-nicht-Frage nicht begriffen hatte, fragte ich sie, was sie am liebsten mag. Sie wollte wissen, ob ich meine, was sie am liebsten zu Essen mag, ich sagte, ja so was meine ich, und sie antwortet, am liebsten mag sie Süßigkeiten. Sie sagte, ihre Lieblingssüßigkeit sei ‚Mentos Grüner Apfelgeschmack'. Ich dachte erst, ich hätte nicht richtig verstanden und hab noch mal nachgefragt. Und sie wiederholte es tatsächlich noch mal. Mentos Grüner Apfelgeschmack. Bäng.

Als ich sie dann nach ihrem Beruf fragte, erzählte sie mir in ihrer fiepsigen Stimme von ihren Karriereplänen. Dass sie lange Zeit als Hand-Model gearbeitet hätte, danach als Body Double, also jemand, der die Nacktszenen der Promi-Schauspielerinnen doubelt, jetzt aber nach Sprechrollen Ausschau hält. Ich

schaute auf ihren Mund, ihre Finger und stellte mir den Rest ihres Körpers vor. Sie sagte, es sei eine Riesenherausforderung immer die richtige Bräune zu haben wie die Hauptdarstellerin in der jeweiligen Szene und das erfordert jede Menge Vorbereitung. Ich wusste nicht recht, was ich antworten sollte, also tupfte ich mir den Mund mit der Serviette ab und dann ist mir nichts Besseres eingefallen, als zu fragen:

„Du arbeitest als Body Double? Interessant. Wo siehst du denn deine Vorbilder im künstlerischen Bereich?" Daraufhin leuchteten ihre Augen. Ich musste auf die Zähne beißen, um nicht loszulachen. Sie antwortete, Marli Renfro sei ihr großes Vorbild. Ich musste kurz überlegen und vortäuschen, dass ich diese Marli was-weiß-ich kenne. Sie sei das Bodydouble aus der Duschszene in „Psycho", sagte sie. Und dann erzählte sie, dass das ja ganz verrückt sei. Es gab mal einen Irren, der hatte Psycho im Kino gesehen und dann wollte er die echte Schauspielerin wirklich ermorden. Und dann fing sie an, mir alle möglichen Geschichten über Hitchcockfilme zu erzählen, ich dachte, OK, die ist auch etwas Psycho, aber egal, ich änderte schnell meine Strategie, ich musste wieder Oberhand über die Unterhaltung gewinnen, außerdem konnte ich ja nicht ewig rumreden mit ihr. Ich erzählte, sie wüsste ja aus meinem Online-Profil, dass ich Model-Scout sei und schon einige Talente in das Business gebracht hätte, manche hätten danach komplett ins Filmgeschäft gewechselt. Ja, auf die Idee hat mich dieser Roman gebracht, den ich gerade lese, mit Kookie und Fynn. Ich nannte einige Beispiele von Models, denen ich als Schauspielerin zum Durchbruch verholfen hatte. Alle natürlich erfunden. Sie fragte, in welchen Filmen die gespielt hätten, da hab ich einfach ein paar aus dem Roman genannt, die kannte sie zum Glück nicht. Sie glauben mir nicht, dass so was funktioniert, dass da jemand drauf reinfällt? Ich sage Ihnen, wenn so ein aussichtsloses Möchtegern-Model verzweifelt genug ist, klammert sie sich an jeden noch so dünnen Strohhalm, da kann ihr die Lüge ins Gesicht schreien, trotzdem will sie es glauben. Sonst hätte sie ja auch nicht das Date ausgemacht. Ja, ich geb zu, dass ich mein Profil etwas gefaked habe auf der Internetplattform. Ich meine, hat sie ja auch, auf ihrem Profilfoto sah sie schon noch etwas besser aus. Na ja, am Ende des Tages kämpft jeder für sich alleine.

An den Rest des Gesprächs kann ich mich jetzt nicht mehr erinnern. Auch nicht an alles, was später passiert ist, als wir bei mir waren. Ehrlich gesagt, will ich mich am liebsten auch gar nicht mehr an alles erinnern. Sie sagte, etwas Musik wäre schön. Ich habe dann die Joy Divison Platte angeschaltet. Aber die fand sie nicht so toll, dann hab ich irgendwas von Eva aufgelegt, das noch im Regal stand, das hat ihr besser gefallen. Ich geb zu, an ein paar Sachen kann ich mich schon noch erinnern, es ging eigentlich alles seinen Gang und ich fragte sie, ob sie so was schon mal gemacht hätte und sie antwortete, das wäre kein Problem, und tatsächlich wurde es immer besser, sie hatte so Kamasutra Zeug drauf und ich denke, es wäre auch alles OK gewesen, wenn sie nicht, kurz bevor ich so weit war, in dem Moment, da hatte ich plötzlich Evas Gesicht vor mir, es kam ohne Ankündigung, ich kämpfte dagegen an, aber es wollte einfach nicht verschwinden, sie starrte mich mit diesem Ich-will-ein-Kind-Blick an und ich wusste nicht, was ich machen sollte, ja, nennen Sie es abscheulich, wenn Sie wollen, da stellte ich mir spontan das Gesicht meiner Therapeutin vor, und das hat auch richtig gut funktioniert, und tatsächlich Evas Gesicht verschwand, das ist doch schon ein Schritt in die richtige Richtung, um von Eva loszukommen, das sehen Sie doch sicher genauso, und alles wäre OK gewesen, wenn dieses blöde Body Double nicht genau in diesem Moment gegen meine Wunde gekommen wäre. Ihr Bein rieb an meinem Unterarm und der Verband löste sich, und das Zeug kam dann so rausgelaufen, und was soll ich sagen, ich kann ja auch nichts dafür, dass unter der Haut alles noch entzündet war und dass der Eiter nur so rausgequollen kam, ich meine so, wie bei einem Vulkan auf Island, vielleicht übertreib ich jetzt, aber es hat dann gar nicht mehr aufgehört und all die Erinnerungen wurden herausgeschwemmt und ich konnte nichts dagegen tun, das müssen Sie mir einfach glauben. Und ich schrie Stopp, Stopp, ich muss mich kontrollieren, ich darf nicht solche Gedanken haben und wenn sie kommen, muss ich sie stoppen oder umlenken oder einen Anker finden.

Als sie die offene Wunde am Unterarm gesehen hatte, ist sie für einen Moment still geworden, hat gar nichts gesagt, dann bekam sie Panik und ich wollte sie beruhigen, aber bin selber abgedreht, lag wohl an dem Zeug, das ich vorher genommen habe, ja, wegen der Schmerzen, den unglaublich tiefen Schmerzen und damit meine ich jetzt nicht nur die körperlichen, nein ich meine die seelischen Schmerzen, weil da stand ja mal ihr Name, ja, Eva stand da mal. Ich weiß nur noch, wie das Flittchen mich anstarrte, als ich sie anbrüllte, dass hier mal der Name meiner Frau stand, ja, von der echten Eva, das müsste sie respektieren und ich hab mir das Brandzeichen selbst entfernt, als ich so schlecht drauf war, da hab ich mir kurzerhand das Brandzeichen rausgeschnitten, mit so einem Teppichmesser, genau dem hier, das ich jetzt hier in der Hand halte, und sie flehte mich an, dass ich ihr nichts tun sollte, und ich fragte sie, ob sie noch ganz klar im Kopf sei, es geht hier nicht um sie, es geht hier um mich. Und Eva. Verdammt noch mal, ist das so schwer zu verstehen? Ich kämpfe gegen mich selbst. Und den Konflikt, sie zu vergessen und gleichzeitig nicht vergessen zu wollen. Und jetzt verschwinde hier. Sie keifte mich an, dass ich wohl nicht mehr richtig ticke und sie würde die Polizei rufen und ich schrie zurück dann mach doch und dann hab ich angefangen zu heulen, bin zusammengesackt und hab wie ein Embryo auf dem Boden gelegen. Und nur noch geheult. Sie stand dann ratlos da. Dann setzte sie sich zu mir und nahm mich in den Arm. Wie ein Baby, das gestillt wird, und strich mir über den Kopf. Aber aus ihrer Brust kam keine Milch.

Ja, sorry, das war alles wieder ziemlich viel jetzt, geb ich ja zu.

*

Einen Tag später habe ich wieder eine Sitzung bei meiner Mental-Coachin, wie ich meine Therapeutin manchmal nenne. In meinem Kopf schwirrt noch der Tag davor rum. Ich meine, davon sag ich ihr jetzt besser nichts, obwohl ich sie ja vielleicht eifersüchtig machen könnte. Weil das mit dem Body Double, also bevor sie gegen den Verband kam, war ja wirklich nicht schlecht, ich hoffe nur, dass es keinen Ärger geben wird.

Wir sprachen über das Brandzeichen. Ja klar, das Rausschneiden hätte ich vielleicht doch einem Arzt überlassen sollen, aber es war ja nicht so riesig groß, also dachte ich, das krieg ich hin und hab ich ja irgendwie auch, oder ich hätte es einfach übertätowieren lassen sollen, aber das wollte ich nicht, rein symbolisch nicht, ich erklärte ihr, übertätowieren ist nicht rausschneiden, vergraben ist nicht entfernen, und ich wollte sie entfernen aus meinem Körper, aus meinem Kopf, aus meinem Leben. Und das ist ja das Entscheidende, dass ich den Entschluss gefasst und es auch selbst durchgeführt habe. Wie bei einer Revolution von innen.

Eva ist wie ein Punkt in meinem Hirn, sagte ich zu der Therapeutin. Sie hat zwar keine Dimension mehr, aber immer noch einen Platz. Und mir gelingt es nicht, diesen Punkt wegzuradieren. Aber du kannst etwas nur bewältigen, wenn du es zu Ende gebracht hast.

Sie hat dann lange nichts gesagt, nur ein paar Notizen gemacht. Dann schlug sie einen neuen Ansatz vor. Ja, sie fing jetzt mit diesem Achtsamkeitszeug an. Sie meinte, damit könnte ich besser meinen Stress bewältigen. Meine Güte, wir machen jetzt immer so Übungen, ich soll dann meine Aufmerksamkeit auf den Moment fokussieren, mit einer akzeptierenden wertfreien Haltung, ich meine, wie soll das gehen, wenn immer wieder ablenkende Gedanken an sie selbst oder an Eva auftauchen, wie soll ich die Gedanken wertfrei beobachten und loslassen, die hat gut reden. Muss sogar Hausaufgaben machen.

Also, von mir aus, ich gebe der Sache mal eine Chance, dachte ich mir und hab das mal ausprobiert. Ich brühte mir also eine Kanne grünen Tee auf. Die Packung war noch nicht angebrochen. Ein sehr hochwertiger Tee, hab ich mal von einer Geschäftsreise aus Tokyo mitgebracht. Man sollte diesen Tee nicht lange ziehen lassen, wurde mir gesagt, vielleicht zwei Minuten, nicht mehr.

Ich sitze also auf meiner Couch, habe die Augen geschlossen und achte auf die Geräusche in meiner Umgebung. Als Erstes nehme ich den Kühlschrank wahr, wie Helikopterrotorblätter aus Apocalypse Now, dann Geräusche von der Straße, die Straßenbahn, Hupen. Plötzlich höre ich ein helles, hochfrequentes Summen. Erst sich nähernd, dann wieder entfernend. Oszillierend. Schließlich vermute ich, dass es ein Insekt ist, das erst um meinen Kopf fliegt und sich dann auf meinen Unterarm setzt. Ich öffne die Augen. Eine Wespe. Sie hat wohl meine Wunde gerochen. Ich lasse mich also völlig auf diesen Moment ein und nehme bewusst jedes Detail wahr. Auf dem Kopfschild der Wespe erkenne ich eine Zeichnung mit drei schwarzen Punkten. Zwei kleine und ein großer in der Mitte. Ihre zwei Kieferzangen sind leuchtend gelb, im inneren Bereich schwarz. Sie knabbert an meiner Wunde. Versucht mit ihren Kieferzangen einen Teil abzutrennen. Ihre zwei schwarzen Fühler bewegen sich dabei. Die Flügel hingegen sind still. Ihr Hinterleib hebt sich. Der Stachel ist nicht zu sehen. Auf dem Rücken des mittleren Körpergliedes befinden sich ausgedünnte Haare.

Ich versuche, mich in die Wespe hineinzuversetzen. Sie kam aus dem Rollladenkasten, wahrscheinlich ist es eine Arbeiterin, die beim Nestbau hilft. Oder das Nest ist schon fertig und ihre Aufgabe ist es, Futter zu suchen. Was denkt sie über ihr Leben? Wie nimmt sie es wahr? Sie lebt maximal ein Jahr. In diesem Jahr dient sie ausschließlich der Königin und der Gemeinschaft, widmet ihre kurze Existenz dem Fortbestand des Volkes. Ist nicht der an- und abschwellende Ton, den sie beim Fliegen erzeugt, aufsummiert symbolisch für ihr wertneutrales Leben? Sie fragen warum wertneutral? Weil das Integral ihres Lebens null ist. Ihr Leben ist eine Nullsumme. Tragen wir doch mal ihre Lebenslinie ab. Die positiven und negativen Dinge, die sie erlebt hat. Dann sehen wir, dass die eingeschlossenen Flächeninhalte über und unter der x-Achse genau gleich groß sind. Der Wert des bestimmten Integrals ist also null. Heißt: Ihr Leben ist wertneutral, vielleicht sogar wertlos. Ob sie das weiß? Denkt sie manchmal daran, einfach auszubrechen, wegzufliegen in andere Regionen? Um dort glücklich zu werden. Den Wert über der X-Achse zu erhöhen? Die gleichen Gedanken, die ich noch vor ein paar Wochen hatte? Wahrscheinlich nicht. Aber sie leidet auch nicht, sie kennt nur den Moment. Denkt sie auch manchmal noch an Eva? Sie hat Eva ja wie ich tagein tagaus gesehen. Im Grunde sind die Wespe und ich Seelenverwandte. Denke ich an Eva? Ja, immer noch zu oft. Es ist schwer, nicht an Eva zu denken.

Die Wespe ist mittlerweile weiter gekrabbelt. Sie befindet sich jetzt auf meinem Handrücken. Langsam hebe ich die Hand über sie. Ich versuche, sie nicht aggressiv zu machen. Sie bleibt sitzen. Ich frage mich, ob sie die Bedrohung wahrnimmt. Ein kurzer, heftiger Schlag. Ich treffe sie zur Hälfte. Teile ihres Inneren

hängen heraus. Sie schleppt sich vorwärts und zieht einen weißen Faden hinter sich. Ich schaue ihr in die dunklen Augen. Sie
sieht traurig aus. Ich schlage noch einmal auf sie ein. Wische
die Reste vorsichtig an der Wolldecke ab. Für eine Weile bleibe ich sitzen. Es tut mir leid, was ich getan habe. Was soll ich
sagen. Es war eine Abwehrreaktion. Sie erinnerte mich an Eva.
Obwohl ich von der Meta-Ebene aus ihre Bedürfnisse verstanden habe, ist es passiert. Und dann höre ich sehr subtil, am
Anfang kaum vernehmbar, die ersten Klänge eines Liedes. Es
kommt von ganz tief unten in mir und steigt langsam in mir auf.
Wie aus dem Mittelschiff einer Kathedrale. Leise beginne ich
mitzusingen.

Now there's no point in placing the blame
And you should know I suffer the same, if I lose you
My heart will be broken

Love is a bird, she needs to fly
Let all the hurt inside of you die, you're frozen
When your heart's not open

If I could melt your heart
We'd never be apart

Give yourself to me
You hold
The key

Ein wunderbarer Song von Madonna. Einer der wenigen.

Eva

Eva malte schon in ihrer frühen Jugend ein Bild nach dem anderen, experimentierte mit Lacken und Farben. Sie liebte den Geruch des Bindemittels, des Terpentins, den Duft frisch aufgetragener Ölfarbe, wenn er das ganze Haus erfüllte.

Wie die meisten jungen Künstler suchte sie nach dem Studium ihren eigenen Stil. Leider malte sie keine Bilder, mit denen man Geld verdienen konnte. Sie erkannte sehr schnell, wie die Kunstszene funktioniert. Der zentrale Aspekt ist die Vita. Das ist das Zauberwort. Wie hat man seine künstlerische Karriere aufgebaut, wer ist der Mentor, wo hat man ausgestellt, welche Preise gewonnen, wer ist dein Galerist. Natürlich verstand sie auch die Situation der Galeristen. Kunst zu verkaufen ist ein hartes Geschäft und nur wenige schaffen es, finanziell zu bestehen. Einen jungen Künstler zu fördern ist ein Zuschuss-geschäft. Und wenn er es tatsächlich zu einer Marke geschafft hat, und der Galerist an ihm verdienen kann, wechselt er zu einer Galerie, die mehr zahlt. So sind die Mechanismen. Die Abhängigkeiten. Auch wenn man ironischerweise den kreativen Berufen diese Abhängigkeiten ungern eingesteht, sie mit dem Mythos der Freiheit verbinden will. Es war vermessen von ihr anzunehmen, dass es bei ihr anders verlaufen würde. Schleichend verlor sie ihren Anspruch. Die endlosen Diskussionen, die sie während des Studiums geführt hatte, spielten plötzlich keine Rolle mehr. Die hohen Ziele, die Ideen, ihre Kreativität - all dies wich immer mehr der Notwendigkeit, Bilder verkaufen zu müssen. Kunstbetriebe bejubeln kapitalis-muskritische Beiträge, aber leben gleichzeitig genau davon, unterstützen also den Kapitalismus.

Ein offener Austausch mit anderen Künstlern war selten möglich. Künstler, deren Selbstwertgefühl nicht besonders hoch ist, und das war bei den meisten ihrer Kollegen der Fall, wollen keine Kritik hören, sie wollen nur hören, wie bewundernswert sie sind. Und Eva wollte keine Beziehung gefährden. Sie vermied Konflikte mit anderen Künstlern, Kritikern, dem Publikum. Denn der oder die könnte später einmal wichtig für die Karriere werden. Bei dieser Person will man vielleicht einmal ausstellen, bei jener könnte man Fördergeld erhalten. So verbrachte sie die meiste Zeit auf Ausstellungen damit, Kontakte zu knüpfen. Sie begriff, dass es in keiner Weise um die Bilder geht. Nur um Ränkespielchen. Nach und nach verachtete sie die Verlogenheit der Kunstszene.

Auf einer Vernissage, die Ausstellung trug den Titel 'Coming soon', lernte sie Adam kennen. Er war zu der Zeit mit einer Bekannten von Eva befreundet, die an diesem Abend eingeladen war. Obwohl er sich nicht sonderlich für Kunst interessierte, gefielen ihm die Bilder. Besonders eines hatte ihn beeindruckt. Ein Selbstporträt von Eva. Er kaufte das Bild. Er war der Einzige, der an diesem Abend ein Bild erworben hatte.

Am Ende der Vernissage, als alle anderen gegangen waren, die wie zuvor erwähnt, nur kamen, um Networking zu betreiben, saß Eva noch mit Adam am Tisch und unterhielt sich bei den Resten des Rotweins. Dem Wein war es sicher auch geschuldet, dass sie plötzlich eine Serviette und einen Kugelschreiber nahm und ihm erklärte, worum es bei der Malerei geht.

„Man fängt mit einer leeren Oberfläche an", begann sie ihre Ausführung. „Sie repräsentiert die Freiheit des Willens. Du entscheidest dich für ein Sujet, den Gegenstand der Gestaltung. Dabei ist das Sujet nicht so wichtig. Die Interpretation ist wichtig. Es gibt sowieso nur wenige relevante Sujets, aber nahezu unendliche Möglichkeiten sie zu malen. Du entscheidest dich für Farben, Stil, Komposition und Schritt für Schritt während des Malprozesses bist du gezwungen, Entscheidung nach Entscheidung zu treffen. Jede der Entscheidungen engt dich weiter ein, bis du letztlich die wichtigste Entscheidung treffen musst: Wann ist der richtige Zeitpunkt aufzuhören. Im Prinzip weißt du das nie. Malen bedeutet, sich von einer maximalen Freiheit aus immer weiter dieser Grenze zu nähern. Denn wenn du zu weit gegangen bist, hast du alles zerstört. Und wenn du ehrlich zu dir selbst bist, arbeitest du ohne Sicherheitsnetz." Dann legte sie den

Stift zur Seite und schob Adam die Serviette zu. Mit nur wenigen Strichen hatte sie ein Porträt von ihm gezeichnet. Er war fasziniert und fragte, ob er es behalten dürfte. Sie nickte.

Eva und Adam trafen sich seitdem häufiger. Es war ein neues Erlebnis für Eva. Sie konnte endlich wieder ehrlich mit jemandem über Kunst sprechen. Adam war wirklich daran interessiert, was sie sagte.

An das erste Gespräch mit Adam über Kunst konnte sich Eva noch sehr gut erinnern. Sie saßen in einem rustikalen portugiesischen Restaurant und Adam fragte sie: „Eva, was ist für dich Kunst?"
Eva deutete auf ein Foto von Pessoa an der Wand.
„Pessoa sagte, Kunst sei der intellektuelle Ausdruck von Emotion. Das sehe ich auch so. Wenn die Intention ist, Emotionen auszulösen, dann ist es Kunst."
„Das sehe ich nicht so."

Eva zog eine Augenbraue hoch und fragte ihn nach seiner Meinung. „Wie würdest du denn Kunst definieren?"

Adam legte sein Besteck auf Seite.
„Ich glaube, es gibt keine grundlegende Gesetzmäßigkeit. Kunst ist das, was wir als Kunst bezeichnen. Oder kurzgesagt: Kunst ist Kunst."
„Das hört sich aber sehr nichtssagend an", antwortete Eva.
„Das stimmt. Und darin liegt auch der Grund, warum wir Schwierigkeiten haben, eine Definition für Kunst zu finden. Alle Definitionen laufen auf diese triviale hinaus. Wollen wir eine anwendbare Definition haben, müssen wir eine andere Herangehensweise wählen."
„Die wäre?"
„Wir fangen mit einer beliebigen Definition an. Finden wir eine Ausnahme der Regel, so ergänzen wir die Definition. Sind wir der Meinung, etwas ist keine Kunst, das in der Definition enthalten ist, oder wenn wir der Meinung sind, etwas sei Kunst, das in der Definition noch nicht vorkommt,

dann modifizieren wir die Regel. Durch diese fortwährende Präzisierung der Regel nähern wir uns einem Fixpunkt. Eine Definition die vollkommen beantwortet, was Kunst ist."

„Wie könnte denn so eine Definition aussehen?"

„Als Beispiel könnte ich sagen: Kunst ist alles, was Van Gogh gemalt hat, außer die Bilder, die montags entstanden sind."

„Wieso montags?"

„Spielt doch keine Rolle, es könnte auch dienstags sein, es könnte jedes beliebige Kriterium sein. Genauso wie: Kunst ist alles, das Emotionen ausdrückt. Oder: Kunst ist alles, das in einem Rahmen ist, aber keine Familienfotos."

„Wenn ich dich richtig verstehe, ist das dann ja nur eine lange beliebige Aufzählung."

„Genau, im Grunde ist es die Mengenlehre, die uns die Lösung für das Problem liefert. Und noch etwas kommt hinzu. Und das ist entscheidend: Diese Definition ist für jede Person anders, da die Fragen der Präzisierung subjektiv beantwortet werden. Für jede Person existiert eine persönliche, vollkommene Definition von Kunst."

„Du meinst, wenn man akzeptiert, dass letztlich jeder nur seine persönliche lange Aufzählung hat und es keine andere universelle Regel gibt, außer 'Kunst ist Kunst', dann brauchen wir uns nicht mehr darüber streiten, warum der eine etwas als Kunst bezeichnet und der andere nicht."

„Genau. Das erklärt, dass ein und dasselbe Objekt zur gleichen Zeit Kunst sein kann und nicht sein kann, je nach dem, wen man fragt und welche Definition er oder sie hat ..."

„Hm, nicht schlecht. Was mir gefällt ist, dass du im Grunde sagst, die Kunstdefinition ist ein kontinuierlicher Prozess, also fragen, analysieren und beantworten - Kunstwerke sind die sich daraus ergebenden schönen Beschwörungen. Aber was mir nicht gefällt, oder anders gesagt, was ich schwach an der Definition finde, ist, dass sie keine Aussage über die Zukunft trifft, sondern immer nur über die Objekte, die durch deine Regel abgedeckt sind. Wenn ich also ein neues Objekt habe, das bisher nicht in der Aufzählung vorkommt, bzw. durch eine Regel in deiner Aufzählung, könnte ich nicht sagen, ob du es als Kunst bezeichnen würdest oder nicht. Mir fehlt in deiner

Definition der Grund, warum du etwas in die Aufzählung genommen hast. Das ist, was ich eher verstehen möchte. Zum Beispiel ästhetische Aspekte."

„Hierfür gibt es eine Vielzahl von Gründen. Erziehung, kulturelles Umfeld, persönliche Erfahrungen etc. Deswegen ist es ja so schwierig, eine universelle Regel zu finden."

Sie diskutierten noch eine Weile über das Thema und verfeinerten die Aussage. Eva griff diese Idee auf und entwickelte daraus eine Kunsttheorie, die sogar in einigen Fachzeitschriften aufgenommen und kontrovers diskutiert wurde. Selbst skeptische Kritiker mussten eingestehen, dass diese Theorie eine neue Sichtweise auf die Kunstdiskussion öffnete und vielleicht die zu diesem Zeitpunkt brauchbarste war, die man kannte.

Das Folgende ist schnell erzählt.
Sie zogen in eine gemeinsame Wohnung und heirateten ein Jahr später. Adam wechselte zu einem internationalen Konzern und stieg innerhalb von drei Jahren zum Marketingleiter auf. Dies zog längere Arbeitszeiten und häufigere Dienstreisen mit sich. An den Wochenenden besuchte Eva Ausstellungen oder malte selbst in einem Gemeinschaftsatelier außerhalb der Stadt. Sie sahen sich also nur noch selten und so schlug Adam vor, dass Eva die Malerei reduzierte, da er mittlerweile genug Geld für beide verdiente. Auf diese Weise würden sie wenigstens die Wochenenden gemeinsam verbringen können.

Es ist nicht ganz genau klar, was die Ursache war, aber wahrscheinlich war es die fehlende Ausdrucksmöglichkeit, sowohl beruflich als auch kreativ. Evas Unzufriedenheit nahm Tag für Tag zu. Sie suchte eine Kompensation, eine neue Aufgabe, vielleicht war das der Grund, warum sich Eva nach einem Jahr ein Kind wünschte, obwohl dies zuvor nie ein Thema für beide war. Es stellte sich jedoch als schwierig heraus. Am Anfang scherzten sie noch, aber mit jedem weiteren gescheiterten Versuch nahm der Stress zwischen ihnen zu. Sie konsultierten verschiedene Ärzte, aber keine Methode führte zum Erfolg. Je aussichtsloser es wurde, desto mehr verrannte Eva sich in diesem übersteigerten Kinderwunsch. Im Internet stieß sie auf eine Gruppe, die sich regelmäßig zum Yoga zusammenfand. In der Hoffnung, hier würde sich die mentale Spannung lösen, nahm Eva teil. In Adams Firma verschlechterte sich währenddessen die Situation. Das Unternehmen hatte seit mittlerweile fünfzehn Quartalen keinen Gewinn mehr verzeichnet und alles lief auf eine Fusion mit einem Mitbewerber hinaus. Die Kosten sollten über Synergieeffekte reduziert werden, was zwangsläufig Entlassungen mit sich brachte. Um Eva nicht zu belasten, erzählte Adam ihr nichts von der schwierigen Lage und so nahm sie davon keinerlei Notiz, was Adam als mangelnde Empathie interpretierte. Denn insgeheim, auch wenn es paradox klingt, wünschte er sich, dass Eva seine Frustration spürte und ihn auf seine Sorgen ansprechen würde.

Zu Beginn der heutigen Sitzung kann ich mich wieder nicht auf die Fragen meiner Therapeutin konzentrieren. Diesmal ist es aber nicht ihre bloße Anwesenheit, die meine Gedanken woanders sein lassen. Nein, diesmal ist es so ein kleiner Aufsteller mit Kalendersprüchen, der auf ihrem Schreibtisch steht. Auf dem Blatt sind ein paar Vögel abgebildet und folgender Spruch:

Die Krähen behaupten, eine einzige Krähe könnte den Himmel zerstören. Das ist zweifellos, beweist aber nichts gegen den Himmel, denn Himmel bedeutet eben: Unmöglichkeit von Krähen. / Franz Kafka.

Ich muss den Satz mehrmals lesen, um irgendwie zu verstehen, was er damit meint, der Kafka. Dann überlege ich mir, man könnte ja auch das Bild reduzieren auf: Ein schwarzer Punkt kann eine weiße Fläche zerstören. Das sagt aber nichts über die weiße Fläche aus, denn eine weiße Fläche schließt eben schwarze Punkte aus. Wenn man das weiterdenkt, könnte man sagen: Eine Störung kann den Idealzustand zerstören. Das sagt aber nichts dagegen aus, dass es einen Idealzustand geben kann, denn ein Idealzustand definiert sich ja über das Fehlen von Störungen. Wenn ich so darüber nachdenke, dann ist das natürlich eine recht triviale Aussage, quasi eine Tautologie. Auch wenn ich zunächst sonst keinen Zusammenhang sehe, denke ich kurz darüber nach, ob ich das auf die Beziehung zwischen mir und Eva übertragen kann, als meine Therapeutin mich fragt:

„Herr Volta, über was denken Sie nach?" Ich sage, über den Satz, der da steht. Sie ist verwundert und dreht den Aufsteller zu sich. Sie liest laut den Spruch vor und ich frage sie, was ihrer Meinung nach der Spruch bedeuten soll. Zunächst ist sie überrascht, weil normalerweise sie die Fragen stellt und nicht ich. Fast ist es ihr unangenehm, aber dann überlegt sie eine Weile und sagt, vielleicht bedeutet es, dass etwas Kleines, also eine Krähe, etwas sehr Großes, also den Himmel beeinflussen kann. Dass der Himmel aber die Erhabenheit hat, das einfach ignorieren zu können. Sie fragt mich, was der Spruch für mich bedeutet. Ich sage, dass ich erst dachte, es sei eine einfache Logikaussage, also über Dinge, die sich ausschließen und nichts, was mir praktisch weiterhilft. Aber jetzt fällt mir ein,

dass Krähen in verschiedenen Kulturkreisen ja für Weisheit stehen. Also könnte es bedeuten, dass es einen Bereich der Welt gibt, den man mit Denken erschließen kann und einen Bereich, in den man nicht mit Denken vordringen kann. Das wäre der Himmel. Der Bereich des Nichtdenkbaren schließt ja den Bereich des Denkbaren aus. Sie sagt, das sei eine interessante Interpretation, man könnte in diesem Fall vielleicht auch berücksichtigen, dass sich der Name Kafka vom tschechischen *kavka* ableitet, was Dohle heißt und die gehört ja zur Familie der Raben.

Wir diskutieren noch eine Weile über den Spruch, dann sagt sie, ich solle in drei Tagen wieder kommen. Und dass wir die Dosis erhöhen müssen.

*

Als ich gestern den nächsten Termin bei meiner mentalen Betreuerin hatte, holte sie mich wie immer im Wartezimmer ab. Wir gingen zusammen in ihr Zimmer und sie bot mir einen Platz an. Sie fragte mich, wie es mir geht. Speziell hatte sie gefragt, ob die Gedankenanstöße, die sie mir in den Sitzungen zuvor gegeben hatte, mich zum Nachdenken gebracht hätten. Ich sagte, ja, es gibt positive Neuigkeiten, mir ginge es sehr gut. Ich schlafe jetzt sechs Stunden, kann mich wieder besser konzentrieren und verhalte mich anderen gegenüber nicht mehr so aggressiv. Habe auch nicht mehr so extreme Stimmungsschwankungen. Insgesamt geht's wirklich bergauf, eigentlich besser als in all den Wochen zuvor, und ich hätte mir das überlegt, was sie mir gesagt hatte, also ich glaube, das Hauptproblem ist im Moment die fehlende Nähe zu jemandem. Das hätte sie ja selbst angesprochen. Dass das so wichtig ist, weil man sonst vereinsamt und auch vielleicht aggressiv wird. Oder depressiv. Sie hat daraufhin bekundet, dass es sie freut, dass ich jetzt so glücklich bin, und mich gefragt, warum ich denn so glücklich sei und ich antwortete, weil Eva wieder da wäre.

Da war sie zunächst einigermaßen erstaunt, aber dann auch froh, auch wenn sie es nicht einordnen konnte. Und ich bestätigte ihr, ja, Eva sei wieder da. Im Laufe des Gespräches hatte sie dann aber verstanden, dass Eva nicht in dem Sinne da war, sondern dass ich mir eine Schaufensterpuppe gekauft habe. Bei eBay. 70 Euro. Ist vor einigen Tagen per Post angekommen. Die Beine und Arme musste ich noch anschrauben. Auch etwas Schönes zum Anziehen habe ich ihr bestellt. Jetzt sitzt sie im Wohnzimmer auf dem Sofa. Habe sie mir lange angeschaut und ihr dann die Augen blau gemalt. Und eine blonde Perücke hab ich besorgt. Ja, jetzt sieht sie aus wie Eva. Ich unterhalte mich oft mit ihr, über alle möglichen Themen. Über Kunst, Kinder, Sekten und was es alles so gibt. Man muss jemanden zum Reden haben, sonst wird man wahnsinnig mit der Zeit, da hat die gute Frau völlig recht. Manche Leute haben ja einen Hund oder ein anderes Haustier mit dem sie reden, also finde ich das jetzt nicht besonders außergewöhnlich. Ich erklärte ihr, dass ich jetzt schon eine Woche mit Eva, also genauer gesagt, mit der Schaufensterpuppe, die aussieht wie Eva, zusammen lebe, und es läuft prächtig. Die Welt funktioniert wieder. Wir schauen gemeinsam fern, hören zusammen Musik. Hin und wieder sehen wir uns im Internet ein paar Clips an.

Nach und nach wurde meine Therapeutin nervöser, als ob sie mir etwas sagen wollte und dann kam sie mit der Sache raus. Sie sagte, dass das so nicht ginge und was ich hier erzählen würde, deute schon auf einen Realitätsverlust hin, also genauer gesagt, meine Wahrnehmung, mein Denken würde sich schon so stark von der Realität abkapseln, dass man fast von Schizophrenie sprechen müsste.

„Also bei allem Respekt", sagte ich zu ihr, „es mag ja sein, dass Sie das studiert haben, und ich nicht, aber ich glaube, im Gegensatz zu mir, haben Sie da etwas nicht verstanden."

Da hörte sie auf, sich Notizen zu machen und blickte mich an. „Wie bitte?"

„Wenn Sie mal kurz nachdenken würden, kommen Sie vielleicht von alleine darauf, dass unser Hirn, unsere Input/Output-Maschine hier oben, uns pausenlos etwas vorgaukelt."

„Wie meinen Sie das?"

„Die ganze Show hier wird doch nur für uns selbst veranstaltet. Alles was reinkommt, wird in einen Topf geworfen, durchgequirlt und ausgespuckt, dann wird diesem Brei eine Bedeutung gegeben. Ob man will oder nicht. Alles spielt sich nur im Kopf ab. Und irgendwann stellt man fest, dass dieser Haufen Fleischwindungen sich wie eine Würgeschlinge um einen gelegt hat, aus der man nicht mehr herauskommt."

„Darf ich fragen, was Sie mir genau damit sagen wollen?"

„Ja, klar, dieser selbstherrliche Autokrat hier unter der Schädeldecke lügt uns ständig etwas vor. Er erzählt uns ein Lügenmärchen, bei dem wir die Hauptrolle spielen. Und wir merken das nicht. Wir merken nicht, dass es eine selbst erfundene Geschichte ist."

„Das heißt, Sie zweifeln an dem, was Ihre Sinnesorgane Ihnen mitteilen."

„Natürlich. Korrigieren Sie mich, wenn ich falsch liege Frau Doktor, aber das, was die meisten Leute meinen, mit ihren Sinnesorganen wahrzunehmen, nennen sie ja gemeinhin Wirklichkeit. Aber das ist leider nicht so. Wie mit den Gesichtern in den Wolken. Hat doch Kookie auch gesagt.

„Wer ist Kookie?"
„Na, die Hauptperson aus dem Roman, den ich gerade lese."
„Ach so. Und was sagt diese Kookie?"

„Sie sagt, wenn ich die Wolken beobachte, sehe ich immer Gesichter."

„Das nennt sich Pareidolie. Der angeborene Drang, Strukturen eine Bedeutung zu geben."
„Genau davon spreche ich. Nur weil unser Gehirn eine erstaunliche Sensibilität für Gesichter hat, glauben wir in allen möglichen Dingen Gesichter zu sehen, in Wolken oder Astlöchern im Holz oder was weiß ich wo. Wir sehen also ständig eine Interpretation. Und das ist ja nicht nur bei Gesichtern so, das ist ja bei fast allem so. Das betrifft doch alle Strukturen um uns herum. Nehmen Sie zum Beispiel eine Rolltreppe."

„Eine Rolltreppe?"

„Ja. Sie sind doch sicher schon einmal auf eine Rolltreppe gestiegen, die nicht funktioniert hat. Sofort kamen Sie ins Straucheln, weil Ihr Hirn die Bewegung der Rolltreppe erwartete und mit ihrer Bewegung synchronisieren wollte. Alle Informationen, die das Auge geliefert hatte, wurden also zugunsten einer Erwartung ignoriert. Was ich meine ist, wir akzeptieren nur das, was mit unseren bereits gespeicherten Informationen übereinstimmt. Alles komplett gefiltert. Ich denke, Sie wissen, worauf ich hinaus will."

„Ehrlich gesagt nicht."

„Na, wenn das Gehirn die Ursache von Ereignissen zu kennen glaubt, meint es zu wissen, wie es mit ihnen umgehen soll. Es präsentiert uns irgendwas, das wir als Realität akzeptieren sollen. Ja, und verheimlicht uns, dass unsere Wahrnehmung nur eine ständige Rekonstruktion der äußeren Welt ist. Und weil die Rekonstruktionsarbeit still und heimlich im Kämmerlein verrichtet wird, vermittelt uns das Gehirn den Eindruck, dass wir die Realität wahrnehmen und nicht seine Interpretation."

„Gut, das sollte man unserem Hirn auch nicht übel nehmen, es ist ja seine Aufgabe, unser Überleben zu sichern. Auch wenn es, wie Sie es ausdrücken, uns permanent anlügt. Und was schließen Sie nun daraus?"

„So, das ist das, was ich die ganze Zeit sagen wollte: Wenn es die Realität für uns nur in Interpretationen gibt, heißt das im Umkehrschluss, es gibt keine interpretationsfreie Realität. Ich bin ja kein Philosoph, aber das liegt ja wohl auf der Hand."

„Können Sie es mir trotzdem erklären?"

„Tut mir leid, ich kann Ihnen das jetzt nicht alles im Detail erläutern, Sie würden das wahrscheinlich sowieso nicht akzeptieren, aber denken wir das Ganze weiter, bedeutet das, es gibt nicht nur eine einzige Realität, sondern gleichzeitig unzählige Interpretationen von ihr. Streng genommen könnte ich also jetzt behaupten, dass das, was mit Eva passiert ist, nur eine mögliche Interpretation oder sagen wir Wahrnehmung der Wirklichkeit ist. Und dass es Interpretationsmöglichkeiten gibt, in denen Eva mich gar nicht verlassen hat."

„Gut, aber offensichtlich haben Sie die Beziehung zu einer Schaufensterpuppe aufgenommen, weil Eva nicht bei Ihnen zu Hause ist. Und außerdem, warum funktioniert denn das Zusammenleben in der Gesellschaft ganz gut, wenn jeder eine andere Realitätswahrnehmung hat?"

„Kann ich Ihnen verraten: weil man sich in der Regel auf die statistische Häufung einigt. Jeder hat eine eigene Realität, aber um miteinander auszukommen, einigen wir uns unausgesprochen tagein tagaus auf eine gemeinsame Realität, die in den allermeisten Fällen auch gut für uns alle funktioniert. Trotzdem gibt es einzelne Fälle, wo Menschen die Realität deutlich unterschiedlich interpretieren. Dann sagt derjenige, der auf der Seite der statistischen Mehrheit steht, zu dem, der sich eher am Rand der Gaußschen Glockenkurve befindet, dass er eine Illusion hat oder sich das einbildet. Dabei vergisst er, dass er sich seine Realität genauso einbildet."

Sie machte sich wieder Notizen.

„Und daraus folgt ja wohl, dass keine Interpretation besser ist als die andere, nur weil sie häufiger ist. So, Sie können mich also nicht schizophren nennen, nur weil ich nicht Ihrer Interpretation der Welt folge."

„Ich habe niemals behauptet, dass Sie schizophren sind, wie soll das auch in so einer kurzen Zeit geschehen. Ich habe nur gesagt, wenn Sie mit einer Schaufensterpuppe zusammenleben, dann sind dies schon Ansätze einer Realitätsstörung. Und, dass keine Interpretation besser ist als die andere, nein, das können Sie so nicht sagen. Es gibt schon Fakten."

„Was soll das heißen, Fakten? Es gibt keinen absoluten Referenzpunkt, jede Wahrnehmung der Realität ist eine Interpretation und damit gleich gut oder schlecht, keine ist letztlich besser als die andere, nur anders, wie oft soll ich das denn noch sagen."

Ich wurde ärgerlich.

„Was sind denn letztlich Fakten? Doch auch nur die Einigung auf einen gemeinsamen Nenner. Fakten existieren nicht absolut gesehen. Wenn wir generell nur die verzerrte Abbildung einer Realität wahrnehmen, dann sind die Fakten Teil dieser Menge. Sie kennen doch wohl Platons Höhlengleichnis?"

Daraufhin schob sie ihre Brille zurecht und antwortete mit überlegter Stimme: „Ja, kenne ich. Da haben Sie schon einen guten Punkt. Aber die Frage der Fakten ist keine, die sich mit dem Höhlengleichnis in Einklang bringen lässt. Das Höhlengleichnis beschreibt ja vielmehr die Kritik an Fakten. Persönlich stimme ich der Logik des Höhlengleichnisses völlig zu. Andererseits gibt es im täglichen Leben durchaus so was wie Fakten - jedenfalls solche, die durch die überwiegende Mehrzahl der Menschen bestätigt würde. Selbst wenn alle Fakten verzerrt wahrgenommen werden, so gibt es Fakten, deren Grad der Verzerrung so gering für uns ist, dass es vernachlässigbar wird. Sie denken einfach zu extrem, Herr Volta."

Oh Mann, dachte ich mir. Die ist aber ganz schön unprofessionell. Ich meine, dass sie sich auf eine Diskussion mit mir einlässt. Wie kann sie das ernsthaft machen? Sie kann sich als Therapeutin nicht auf eine Diskussion mit einem Patienten einlassen. Na ja, ich schätze, meine Argumentation hat sie ordentlich provoziert und sie hat dadurch den Fehler begangen.

Sie war also ganz schön am Wackeln, als ich ihr klar machte, dass meine temporären Abweichungen von der gemeinsamen Realitätsinterpretation vor allem an den Medikamenten liegt, die sie mir ständig verschreibt. Daraufhin sagte sie nur, dass ich anscheinend eine Resistenz entwickelt hätte, und verschrieb mir wieder Antidepressiva, aber andere als sonst.

++

„Wenig später hatten sie die Stadt hinter sich gelassen und fuhren in gleichmäßigem Tempo über eine weite flache Landschaft. Kraniche, die sich neben der Straße gesammelt hatten, flogen auf, als der Wagen sich näherte. Die Seen, die Farben der Felder, übersät mit Kornblumen, Margeriten und Unmengen von Mohn erschienen wie choreografiert. Die Landschaft war nicht einfach nur ein beiläufig erstelltes Werk, eine zufällige Laune der Natur, nicht einfach nur eine zur Erlangung von Fertigkeit dienende Fingerübung. Nein, die Natur nahm sich hier Zeit. Nachdem ein Bild ausformuliert war, erlaubte sie es Fynn und Kookie in ihre Idee einzutauchen, eine perfekte Vorlage, um sich in verschiedenen Lesearten treiben zu lassen. Roggenfelder, vereinzelte Windmühlen, ein milder Sommerwind. Die Natur stellte Dinge in den Raum, die Fantasie ersetzte sie."

++

Ist das nicht eine schöne Stelle?

Eva hat nicht viel dazu gesagt, als ich ihr die Zeilen aus dem Roman vorgelesen habe, also habe ich ein paar Seiten weitergeblättert, da erzählt Kookie von einem Skript, das sie sich ausgedacht hat, eine Geschichte, in der man sich selbst als Anhalter mitnimmt und dadurch sich fragen kann, was man in seinem Leben anders hätte machen können. Die Stelle ist jetzt schwer zu erklären, müssen Sie vielleicht mal selbst lesen. Ich frage mich, worauf die Fynn & Kookie Story wohl hinausläuft. Überhaupt denke ich, die reden so viel über Skripte, weil sie sich nicht trauen, einander einfach mal offen ins Gesicht zu sagen, was sie füreinander empfinden, aber das nur nebenbei. Jedenfalls zurück zu dieser Was-wäre-wenn-Sache in dem Roman. Ehrlich gesagt, alles schon mal gelesen. Schicksal und so. Klar, im Mikrokosmos brauchen wir erst gar nicht anfangen drüber nachzudenken, da spuckt uns die Quantenmechanik schon in die Suppe. Sprechen wir also nur mal über unsere erfahrbare Welt. Die groben Rahmen sind doch gesteckt durch Gene, Erziehung, Naturgesetze und so weiter. Innerhalb derer kann man sich bewegen.

Auf der Ebene spielen Zufälligkeiten keine große Rolle, ich korrigiere mich, doch bei Genen schon, im Detail vielleicht schon. Aber wenn Sie mich fragen: Hätte Fynn nicht angehalten, dann wäre Kookie in den nächsten Wagen gestiegen. Und hätte sie sich dann wirklich gefragt, warum bin ich nicht in das Auto eines Fynns eingestiegen, den sie gar nicht kennen kann? Was wäre, wenn Eva nicht in den Yoga-Kurs gegangen wäre? Was wäre, wenn ich Nata nicht im Fahrstuhl getroffen hätte? Keine Ahnung, es wäre halt etwas anderes passiert. Wo liegt das Problem? Ich bin jedenfalls noch nie morgens aufgewacht und hab mir gesagt, Wahnsinn, dies und das von dem ich nichts weiß, ist nicht passiert. Ich wunder mich nur über die Dinge, die wirklich eintreten. Verstehen Sie, was ich sagen will? Und meine Meinung über den freien Willen kennen Sie ja schon. Aber egal, ob freie oder unfreie Entscheidungen, es wäre interessant, die wichtigen Entscheidungen einmal auf eine Landkarte des Lebens einzutragen. Ich stelle mir das so vor: Man nimmt ein großes Stück Papier und dann zeichnet man eine Linie. Die Linie ist der Lebenslauf, der sich wie eine Straße durch die unberührte Landschaft, die Zukunft, führt und immer dort wo etwas wirklich Entscheidendes passiert ist, zeichnet man die Abzweigung ein. Ich meine, nur um das mal zu visualisieren und sich dadurch vor Augen zu führen, dass es wahrscheinlich nur eine Handvoll entscheidender Momente im Leben gibt, die die Richtung verändert haben und alle, das behaupte ich einmal, sind mit einem Menschen verbunden.

Wie auch immer, ich glaube, ich schweife gerade vom Wesentlichen ab. Und was ist das Wesentliche? Merkwürdig, je näher man sich damit beschäftigt, desto unklarer wird es.

*

Tagebucheintrag 8. Mai 2016
Gestern Abend haben wir, also ich und meine Schaufensterpuppe, uns einen Film angeschaut, und ich hab ihr erklärt, dass man hier Filme synchronisiert und dass ich das eigentlich in Ordnung finde, manchmal finde ich sogar die Synchronstimme schöner als die Originalstimme. Ich meine, bei Büchern ist es doch nicht anders, da liest man doch auch meistens eine Übersetzung und nicht den Originaltext. Ehrlich gesagt, war der

Film nicht besonders gut und ich hab auch den Titel vergessen, aber die weibliche Synchronstimme war so faszinierend, dass ich den Film nur wegen dieser Stimme zu Ende geschaut hatte. Danach habe ich gegoogelt, um ihren Namen herauszufinden. Auf der Website waren ein paar weitere Filme gelistet, in der sie eine Sprechrolle hatte. Ich war so fasziniert von der Stimme, dass ich mir auch diese angeschaut habe. Das war absoluter Trash, aber kein cooler B-Movie Trash. Das war richtig schlecht. Aber trotzdem hab ich mir alles angeschaut. Ich hab mich richtig in die Stimme verliebt. Und da ist mir etwas aufgefallen. Mir ist aufgefallen, wie wichtig es doch ist, eine Stimme zu hören. Das ist ein Aspekt, den ich stark unterschätzt habe. Ja, manchmal habe ich mich schon ertappt, wie ich anfing, mit mir selbst zu sprechen. Weil von Eva, meiner Schaufensterpuppe, kommt da ja nichts. Sie blickt nur stumm, hört zu, sagt aber kein Wort. Das stört mich schon manchmal.

*

Es sind wieder ein paar Wochen vergangen. Merkwürdig, ich habe noch einmal mein Tagebuch durchgelesen, mehrmals sogar, aber ich kann nicht entdecken, wann es genau passiert ist. Keine Ahnung, irgendetwas ist passiert zwischen Eva und mir. Ja, ich spreche immer noch von meiner Schaufensterpuppe. Ich weiß auch nicht was. Dissonanzen halt. Erste Anzeichen konnte ich schon herauslesen. Aber kein konkretes Ereignis. Und ich wusste nicht, wie ich es ihr sagen sollte. Eigentlich haben wir gut zueinander gepasst und es lief alles perfekt. Aber in der letzten Zeit fühlte ich einfach nichts mehr in ihrer Nähe. Ich kann mir das auch nicht erklären. Sie ist ja immer noch dieselbe und sie macht auch nichts falsch. Aber es ist einfach so. Warum soll ich ihr da was vormachen? Ich denke, es ist besser, es ihr zu sagen, ich war mir nur nicht sicher, ob ich die richtigen Worte finden würde, wenn ich vor ihr stehe. Wie würde sie reagieren? Außerdem, und dieser Aspekt ist nicht zu unterschätzen, vielleicht sogar der Entscheidende, habe ich neulich ein Video im Internet gesehen und ich glaube, das wird vieles ändern. Ich habe sie wieder gesehen.

Nata.

Und ich habe Angst, dass Ersatz-Eva, wenn sie es erfährt, und sie würde es früher oder später erfahren, ja ich habe Angst, dass sie eifersüchtig wird, weil ich sie wahrscheinlich verlassen werde für Nata.

Aber ich will nicht so grausam zu ihr sein, wie Eva, also die Echte, zu mir war. Auch wenn sich das alles jetzt nach Rache anhört. Nein, ich will es ihr schonend beibringen.

Jedenfalls habe ich mir gestern Abend noch, als sie schon schlief, einen russischen Film angesehen und in dem Film kam ein Gedicht vor, das sprach jemand mit einer melancholischen Stimme, während die Kamera durch eine Landschaft fuhr, und da dachte ich mir, vielleicht ist das eine Möglichkeit, ihr die Nachricht mitzuteilen, über ein Gedicht, weil sie ja so sensibel ist. Das macht die Kookie in gewisser Weise ja auch, wenn sie Liedtexte schreibt. In verschlüsselter Form drückt sie ihre Gefühle aus. Und Gefühle ausdrücken, ist ja nicht gerade meine Stärke. Ich hab mir also ein paar Zeilen des Gedichts aufgeschrieben, was ich mir merken konnte, und hab dann selber daraus was gebaut, ich meine, ich bin ja kein Dichter, aber ich dachte mir, so geht es vielleicht am besten. Na ja, dann hab ich es ihr in einem passenden Moment vorgelesen:

Der Tag ist vorbei
Als wäre er nie gewesen
Ich hielt deine Hand,
aber das ist zu wenig.

Alles was du mir geben konntest
Hab ich wie vierblättrigen Klee getrocknet,
gepresst und in ein Album geklebt,
aber das ist zu wenig.

Deine zarten Finger räumten Steine fort,
Erinnerungen,
du gabst mir Trost,
aber das ist zu wenig.

Denn wenn ich dir zärtlich war,
zeigtest du keine Träne,
nahmst es nur hin,
und das ist zu viel.

Nachdem ich ihr das Gedicht vorgelesen habe, war es still. Lange Zeit. Letztlich, so glaube ich, hat sie es eingesehen. Ja. Was soll ich machen, ich muss gestehen, dass mir etwas fehlte. Da funktionierte die Welt dann doch nicht mehr. Wir glauben, wir seien vernünftige Wesen, aber all unser Denken ergibt sich dem Fühlen. Dem Hunger nach menschlicher Berührung, Verlangen. Sehnsucht. Ich habe vergessen, wie sich Nähe anfühlt. Nähe ist wichtig. Dann wird Oxytocin ausgestoßen. Der Klebstoff der Zweisamkeit. Hab ich gelesen in einer Zeitschrift beim Arzt. Es aktiviert das parasympathische Nervensystem, was die Muskeln entspannt und die Gefäße weitet.

Heute Morgen habe ich mich hingesetzt und eine Bestandsaufnahme meiner Situation gemacht. Hab mir ein weißes Blatt Papier genommen und einfach mal alle relevanten Punkte aufgeschrieben. Damit meine ich eine bestmögliche Beschreibung des Ist-Zustands und daraus eine Ableitung auf die Zukunft. Wenn ich Ihnen jetzt erzähle, was meine Schlussfolgerung war, werden Sie wahrscheinlich sagen, das kann man doch nicht machen, das ist doch widerlich, vielleicht sagen Sie sogar, das ist menschenverachtend. Besonders nachdem ich vorher groß über Besitz in einer Beziehung daher erzählt habe, und wie Besitzenwollen alles zerstört. Aber urteilen Sie bitte nicht vorschnell. Ich habe mir das gründlich überlegt. Zunächst einmal muss man das ganz pragmatisch sehen. In meinem Alter, also Mitte 40, findet man nicht mal eben so eine neue Frau. In der Regel sind die schon verheiratet. Und ich mach nicht so einen Scheiß, dass ich jemandem die Frau wegnehme, das können Sie mir glauben, ja entweder sie ist in dem Alter meistens verheiratet oder schon geschieden und das hat oft seine Gründe. Da hole ich mir doch nur wieder neue Probleme ins Haus.

Außerdem, und das ist der zweite Grund, kostet das verdammt viel Zeit, und das mit der Dating-Plattform hat am Ende ja auch nicht richtig geklappt. Ich will nicht, dass das noch mal so endet, wie mit dem Body Double neulich. Und ich hab auch schon eine Idee. Nehmen wir doch nur einmal an, ich würde eine halbwegs gescheite Frau treffen, ich meine eine, die nicht direkt wieder eine Macke hat, die man am Anfang nicht merkt, aber nach und nach zum Vorschein kommt, also nehmen wir das mal an, und nehmen wir außerdem noch an, dass sie tatsächlich auch ganz passabel aussieht und nicht wie ein Monster aus einem Fantasyfilm, so, was meinen Sie denn, wie lange ich an so einer rumbaggern muss, bis daraus was wird. Ich meine, das dauert ein paar Jahre, aber die Zeit habe ich nicht, ganz zu schweigen von dem Geld, das ich da investieren muss, bis es zu einer Heirat kommt. Restaurantbesuche, Schmuck, teure Reisen, Klamotten, Empfänge, Theaterbesuche oder worauf immer sie stehen mag, wenn man das alles einmal durchrechnet, da kommen wir auf eine stolze Summe. Und das alles ohne Garantie, dass es am Ende auch was wird. Und obendrein noch die ganze Konkurrenz. Außerdem habe ich mir überlegt, nach alldem, was passiert ist, wünsch ich mir eine Beziehung, in der ich nicht wieder enttäuscht werde. Und das ist, glaub ich, am schwierigsten. Ich muss genau aufpassen, wie viel über die emotionale Ebene läuft, ja, ich bin zu alt für Enttäuschungen. Das ist für mich bei der ganzen Sache enorm wichtig: Ich will nicht wieder enttäuscht werden, wie bei Eva. Das soll mir nie wieder passieren. So blöd abserviert zurückzubleiben. Also darf meine Partnerin nicht die dominierende Person sein, von der ich abhängig bin. Eher muss ich die Beziehung kontrollieren. So, das mal im Hinterkopf.

Die Idee ist mir, muss ich gestehen, nicht ganz von alleine eingefallen, da hat mich schon die eine Textstelle aus dem Roman inspiriert, ja, ich hab ihn immer noch nicht ausgelesen:

++

„Er hat in den letzten Jahren viel Geld gemacht. Jetzt hat er einer Praktikantin angeboten, ein Hotelzimmer für sie zu mieten. Ich meine, dauerhaft zu mieten, übers ganze Jahr. Sie kann dort wohnen, essen, alles ist bezahlt. Sie muss sich ihm nur permanent zur Verfügung halten."

++

Ich habe das mal zu Ende gedacht. Warum nur mieten, das ist ja rausgeschmissenes Geld. Können Sie vielleicht jetzt verstehen, warum ich Nata gekauft habe? Gut, "gekauft" hört sich etwas hart an. So, als ob man feines Silber oder ein Gemälde kauft. Ja, und jetzt sagen Sie natürlich, dass das eine erkaufte Treue ist. Na und? Bei Pretty Woman war es doch auch kein Problem. Nein, das ist nicht was anderes und natürlich würden Sie persönlich so etwas nie tun. Aber Sie sind ja auch nicht in meiner Situation. Sie sehen ja, wie es mir geht, ich muss mein Leben wieder aufbauen, ich muss mich irgendwie am eigenen Schopf aus diesem Sumpf herausziehen, sonst bin ich bald am Ende. Jedenfalls, als ich letztes Mal ein Video im Internet angeschaut habe, war ich mir sicher, dass ich Nata wieder erkannt habe. Das war hundertprozentig Nata aus Budapest. Das Muttermal auf der Brust war unverwechselbar. Auch das neben dem Mundwinkel, das am Hals konnte man nicht richtig sehen. Da feuerten die Synapsen in meinem Hirn. Ich habe sofort das ganze Haus auf den Kopf gestellt. Und tatsächlich, ich hab die Visitenkarte mit ihrer handschriftlichen Telefonnummer gefunden. Sie lag noch in meinem Arbeitszimmer. In einer Schublade neben den Abfindungspapieren.

06-209658-033 Die Nummer hat tatsächlich noch funktioniert. Allerdings ist nicht Nata selbst rangegangen. Am Anfang war ich mir nicht sicher, ob es ihr Mann oder ein Freund ist, aber nach ein paar Sätzen war klar, dass es ihr Arbeitgeber ist. Der Typ hat sich das alles angehört. Also meine Idee. Er war dem Deal prinzipiell nicht abgeneigt, aber er meinte, das wäre nicht so einfach, wie ich mir das vorstelle. Da müsste ich schon etwas Geld auf den Tisch legen. Also habe ich ihm ein Angebot gemacht, dann gab es ein Hin und Her, aber letztlich haben wir uns geeinigt. Immerhin ist fast meine gesamte Abfindung dabei drauf gegangen, aber wie gesagt, aus einer reinen Kosten-Nutzen Betrachtung heraus, ein guter Deal. Ich bin sogar unter meinem Limit geblieben. Abgesehen davon, ist es eine Win-Win-Situation. Für alle Beteiligten. Denn ehrlich gesagt, ich kann mir nicht vorstellen, dass es Nata in ihrem Beruf besonders toll geht.

*

War relativ einfach, den Geldtransfer zu gestalten. Musste die Anzahlung in einem Wettbüro tätigen, dessen Adresse sie mir zukommen ließen, den Rest Cash bei Übergabe. Das Problem ist, dass mir langsam das Geld ausgeht. Von der Abfindung ist ja nicht mehr viel übrig, einen neuen Job bekomme ich nicht und die Sozialleistungen reichen gerade so für meine Medikamente. Die sind wirklich teuer und werden auch nicht weniger. Ein Kredit ist jedenfalls nicht drin. Keine Bank würde mir einen geben. Nach und nach verkaufe ich meine Internetdomänen. Das bringt wenigstens ein paar Tausend pro Stück. Den Ring, den ich damals für Eva gekauft habe. Auch 1000 Euro. Ja, da fängt man schon an, sich Gedanken zu machen, wie das Geld reinkommen soll. Sie werden lachen, aber ich bin schon so weit, dass ich mit meinen Sondermünzen bezahlen will, die ich seit meiner Jugend regelmäßig gesammelt habe.

Habe mich deswegen auch entschlossen, mir meine Lebensversicherung vorzeitig auszahlen zu lassen. Hätte nie gedacht, dass das mal mein Joker wird. Eigentlich wollte ich davon eine Weltreise machen, das war damals mein Traum, als ich die Versicherung abgeschlossen habe. Na ja, kann ich jetzt vergessen. Ende des Monats wird das Geld eintreffen.

*

Tagebucheintrag 15. Juni 2016
Finanzielle Sorgen hin oder her, Sie können sich gar nicht vorstellen, was für einen Schub die Vorfreude auf Nata mir gibt. In zwei Wochen wird sie hier sein. Ich weiß gar nicht, wohin mit meinen Emotionen. Ich bin zwar körperlich nicht auf der Höhe, aber ich stecke alle meine Energie in das Renovieren der Wohnung. Die Wohnung, in der mich noch so viel an Eva erinnert, in der ich bisher nicht die Kraft aufgebracht hatte, die Erinnerungen zu vertreiben, den Geruch von ihr aus dem Kleiderschrank zu entfernen. All das werde ich ändern. Es wird ein Neuanfang. Für Nata und für mich.

*

Tagebucheintrag 2. Juli 2016
Die Übergabe ist erfolgreich über die Bühne gegangen. Das hört sich jetzt etwas dramatisch an. Jedenfalls hab ich Nata gestern am Flughafen abgeholt. Jetzt ist sie raus aus ihrer alten Welt und ich glaube, das kann sie noch genauso wenig wie ich realisieren. Und was sagte meine Therapeutin dazu? Sie meinte, dass offensichtlich ein Mangel mich vorwärtstreibt. Mir ginge es aber, so sagte sie, nicht um die tatsächliche Beseitigung des Mangelzustands, sondern nur um das Gefühl, dass ich dabei empfinde, wenn sich der Mangelzustand aufhebt. Das sei aber nur ein kurzfristiges Glücksgefühl, daraus wird nie etwas Langfristiges, hat sie gesagt. Das werden wir ja sehen, du blöde Kuh. Ich glaube, in Wirklichkeit ist die Psychotante eifersüchtig auf Nata und will mich nur an sich selbst binden.

*

Tagebucheintrag 7. Juli 2016
Die ersten Tage verliefen eigentlich ganz gut, allerdings habe ich den Eindruck, dass Nata noch etwas Eingewöhnungszeit

benötigt. Sie ist noch sehr still. Manchmal sitzt sie den ganzen Morgen am Fenster und beobachtet die Katzen des Nachbarn, wie sie spielen. Das Problem ist, dass ich von den Medikamenten geschwächt bin und Nata geht es nicht viel besser, sie nimmt ja auch so ein Zeug. Ich weiß nicht warum, will das Thema aber nicht anschneiden. Ach ja, den Punkt hatte ich noch gar nicht erwähnt. Als ich sie nach der langen Zeit zum ersten Mal wieder gesehen hatte, sah sie nicht mehr ganz so aus, wie ich sie in Erinnerung hatte. Ihr Gesicht war ziemlich aufgedunsen. Ihre körperliche Konstitution nicht gut. Ich fragte sie, ob sie sich eigentlich noch an den Abend erinnern konnte, in Budapest, sie sagte, ja, sie hätte ihn nie vergessen. Weil es ihre eigene Entscheidung war.

*

Tagebucheintrag 30. Juli 2016
Wir unterhalten uns immer noch auf Englisch, klar, so schnell geht das nicht, aber vielleicht wird sie irgendwann meine Sprache lernen. Ich weiß nicht, was der Auslöser war, vielleicht, weil ich gestern einen plötzlichen Zusammenbruch hatte. Jedenfalls, es kam aus dem Nichts, sie sagte plötzlich: „Wir müssen das aufhören." Ich schaute sie verblüfft an. Das war ihr erster Satz auf Deutsch. „We need to stop this", sagte sie dann noch einmal auf Englisch. Ich fragte sie, was sie meint. Es ist vielleicht nicht alles perfekt, aber so schlimm ist es doch auch nicht, ich meine nicht schlimmer als zuvor. Will sie wieder zurück? Ich behandele sie doch gut. Und dann sagte sie, wir müssen aufhören, diese Medikamente zu nehmen.

Ja, der Antrieb kam von Nata. Sie war es, die beschlossen hatte, dass wir die Medikamente absetzen. Das war der Paradigmenwechsel. Sie sagen, da hätte ich auch schon früher von alleine drauf kommen können? Ja. Natürlich. Bin ich auch. Aber es umzusetzen. Die Kraft dazu aufzubringen. Durchzuhalten. Das ist die Schwierigkeit.

*

Tagebucheintrag 7. August 2016
Mein Gesundheitszustand macht wirklich große Fortschritte,

mir geht es jetzt schon wesentlich besser. Ich treibe seit einer Woche jeden Tag Sport. Zusammen mit Nata. Sie half mir, wieder in Form zu kommen. Gewicht abzunehmen. Die letzte Zeit habe ich mich ja kaum noch bewegt. Normalerweise brachte uns der Lieferservice alles. Nahrungsmittel, Medikamente und was man sonst so braucht. Es bestand also keine Notwendigkeit, das Haus zu verlassen. Nata geht es auch immer besser. Wir kämpfen uns zusammen aus diesem Sumpf. Morgens gehe ich mittlerweile mit ihr acht Kilometer laufen, Durchschnittsgeschwindigkeit 6 Minuten pro Kilometer. Wenn man bedenkt, dass ich in den ersten Tagen zwischendurch ein- zweimal anhalten musste, weil ich keine Luft mehr bekommen habe und mein Puls durch die Decke ging. Nachmittags mache ich Krafttraining. Habe auch meine Ernährung umgestellt. Nata kocht regelmäßig für uns, nur gesundes Zeug. Gemüse, exotische Namen, die hab ich vorher noch nie gehört. Auch nicht von den Gewürzen. Trinke nur selten. Insgesamt fühle ich, dass ich viel positiver geworden bin. Auch Nata geht es viel besser, sowohl psychisch als auch körperlich. Ja, sie trainiert auch, macht Yoga-Figuren, die sind verrückt.

*

Tagebucheintrag 17. Oktober 2016
Ein paar Monate sind jetzt vergangen. War eine harte Zeit für uns beide, es gab auch Rückfälle, mein Körper hatte sich ja über die Zeit an all die Pillen und was weiß ich gewöhnt, bei Nata das Gleiche, wir hatten starke Stimmungsschwankungen, ich erspar Ihnen jetzt die Details über diese Zeit, aber jetzt ernten wir die Früchte, ja überhaupt fühlen wir uns sehr wohl und ich frage mich, ob ich irgendwas vermisse und ich schreibe in mein Tagebuch: Nein. Ich brauche es sowieso jetzt nicht mehr. Werde es morgen in den Müll werfen. Zur Psycho-Frau gehe ich übrigens auch nicht mehr. Ein abgeschlossenes Kapitel. Ich schaffe es auch so. Nur mit Nata.

*

Heute ist Nata wieder einkaufen gegangen. Sie kam mit zwei großen Tüten Lebensmittel zurück. Aber diesmal war irgendetwas anders. Ich spürte, dass das ein besonderes Gericht wird.

Sie war den ganzen Abend in der Küche. Fast wie in Trance. Das hätten Sie sehen müssen. Ich durfte sie nicht ansprechen. Sie hatte das Licht gedimmt, elektronische Musik angemacht und gekocht, einfach unbeschreiblich. Mit übertriebenen Bewegungen wie ein DJ beim Plattenauflegen, wenn er das Publikum mit den Armen anfeuert, dann an den Knöpfen dreht. Komplett im Flow.

*

Und danach begannen die drei unglaublichsten Tage, die ich je erlebt habe. Ja, die Tage waren wie ein Rausch, wir waren nicht mehr zu halten. Wie eine von innen kommende Lawine, die nicht zu stoppen war. Wir fielen über uns her. Wir verloren jegliches Zeitgefühl. Verloren den Rhythmus von Tag und Nacht. Alles war nur noch Berührung, Essen und Schlaf. Wer zuerst aufwachte, begann den anderen zu küssen. Lange Phasen, in denen wir nur neben einander lagen und uns anschauten. Solange bis wir wieder in animalische Bewegungen verfielen und der Triebbefriedigung unterlagen.

Wir legten Musik auf, tranken Wein, der zeigte seine Wirkung, weil wir schon lange keinen Alkohol mehr getrunken hatten, wir fütterten uns gegenseitig und fielen wieder erschöpft in einen tiefen Schlaf, bis es nach ein paar Stunden der Erholung weiter ging. Von Zeit zu Zeit duschten wir und küssten uns wieder maßlos, bis unsere Haut rot wurde. Ich wünschte mir, es würde nie enden.

Als ich so da lag, ich weiß nicht warum, vielleicht eine Vorahnung, dachte ich plötzlich an den schwarzen Käfer auf dem Mezzanine Album, das erste Album, das vollständig in DNA-Molekülen gespeichert wurde.

*

Es sind wieder ein paar Wochen vergangen. Letzte Nacht, als sie eingeschlafen war, habe ich irgendwann vorsichtig das Bettlaken von ihr heruntergezogen. Ich hatte das Bedürfnis, sie einfach nur anzuschauen, ich bewunderte ihre Schönheit. Die Silhouette ihrer Schulter, dann ihre Brust, ihr Becken und ihre

wunderschönen Beine. Mir ging der Satz durch den Kopf, den ich einmal in einem Film gehört habe und der hat mir so gut gefallen, dass ich ihn mir gemerkt habe. Er hat mir so gut gefallen, weil er genau beschreibt, was ich im Moment fühle. *Das Staunen über uns zwei, über sie und mich lässt mich erfahren, was kein Engel erfahren kann.* Der Satz hat mich wirklich umgehauen.

Und es ist tatsächlich so. Ich denke, wenn sie mein Traum ist, dann bin ich ihrer und träumen können nur Menschen. Engel nicht. Im Traum haben wir kein Zeitempfinden. An der Dauer des Traumes liegt uns nichts. Stattdessen wollen wir sehen, ob wir ihn in eine Wirklichkeit verwandeln können. Und das kann kein Engel.

Ich bin mir ganz sicher. Wir sind füreinander bestimmt. Zwischen uns ist ein Gleichheitszeichen. Kein Korrekturzeichen.

*

Ja, ich muss es mir eingestehen, ich wollte nichts mehr mit Gefühlen, aber es ist anders gekommen. Ich spüre, dass sich etwas zwischen uns entwickelt. Wie soll ich es beschreiben, so ähnlich, wie es in dem Roman steht: „ ... *wie eine Ranke, die sich fortpflanzt und sich um einen anderen Trieb flechtet und weiter rankt und immer stärker wird. Und die beiden Ranken sind irgendwann so ineinander verflochten, dass man sie nicht mehr trennen kann.*" Ich habe nur Angst, Sie wissen schon wovor. Ich muss aufpassen, dass es nicht den gleichen Weg geht. Dass ich wieder abgefertigt werde.

Dann berührte ich leicht ihr Gesicht. Ganz leicht, um sie nicht aufzuwecken. Aber sie ist dennoch aufgewacht und hat mich gefragt, ob etwas passiert wäre, und ich sagte:

„Nata, I didn't think that I'd ever love anyone again. But I do."
Sie schaute mich mit verschlafenen Augen an.
„That's why you woke me up?"
„Yes."
„Adam, you don't really know me. It's not a good idea to fall in love with me. Actually, it is a total disaster to be in love with me."

Ich strich ihr durch das Haar.

„Nata, you belong to me."
Sie hielt meine Hand fest und sagte:
„No, people don't belong to people."
„Of course they do."

*

Am frühen Morgen, als ich noch schlief, stand Nata auf, zog sich leise an und nahm die Schlüssel vom Tisch. Ich bin von dem Geräusch wach geworden.

„Where are you going, Nata?"
Sie stand an der Tür.
„I'm just gonna go get something."
„When are you coming back?"
„In the afternoon."

Ich blickte sie an. Sie hatte so einen seltsamen Ausdruck im Gesicht und ich hatte gleich das Gefühl, dass etwas nicht stimmte.
„I just have this feeling you're not gonna come back."
Sie antwortete mit unsicherer Stimme:
„I just told you I'm coming back. I'll be back in the afternoon."

Ich stand auf und nahm sie in den Arm.
„Nata, If you're not going to come back, just tell me, don't lie at me. Are you going to come back or not?"
„I told you I'm coming back."

Sie öffnete die Tür, drehte sich noch einmal um, mit einem Blick, als ob ich sie zum letzten Mal sehen würde, und zog die Tür zu.
Dann flüsterte ich: „I love you."

*

Das Warten nimmt kein Ende. Ich male mir alle möglichen Szenarien aus. Warum hat sie mich verlassen? Was habe ich wieder falsch gemacht? Vielleicht hat es etwas mit unserem

Gespräch zu tun, das wir neulich hatten. Sie sagte mir, dass das so zwischen uns nicht funktionieren könnte. Das wäre keine Beziehung, weil ich sie gekauft hätte. Wenn die Beziehung irgendeine Aussicht auf Zukunft haben wollte, müsste sie sich zunächst frei kaufen, sie müsste Geld verdienen und den gesamten Betrag zurückzahlen. Aber wieso, das macht doch nichts, Nata, sagte ich zu ihr, Dinge haben sich geändert, ja am Anfang war es vielleicht ein Besitzenwollen, aber das ist doch jetzt anders, völlig egal, was damals war und sie sagte, Nein, ob ich das nicht verstehen könnte, das ist im Kopf, und wenn überhaupt, dann würde sie das entscheiden, nicht ich, und ich sagte, das geht umgekehrt aber auch nicht, du bist eine starke Person, das weiß ich, aber wenn, dann müssen wir uns auf Augenhöhe treffen.

*

Ich las etwas in dem Roman, konnte nicht meine Gedanken halten, legte ihn wieder weg. Schaltete den Fernseher ein, wechselte die Kanäle, schaltete ihn wieder aus. Alle 5 Minuten schaute ich aus dem Fenster, keine Nata zu sehen. Dann, es war später Nachmittag, als ich ein Geräusch hörte. Ich war gerade in der Küche und plötzlich stand sie in der Tür. Nata war zurück. Und was sie in der Hand hielt, kannte ich zu gut. Von Eva.

*

Sie hatte es nicht an dem Ausbleiben ihrer Periode festgemacht. Das wäre bei der Unregelmäßigkeit, die sie von ihrem Körper gewohnt war, bedeutungslos gewesen. Sie war so sensitiv, dass sie die inneren Zeichen der beginnenden Zellteilung spürte. Ich weiß, das klingt albern, aber so hatte sie es mir erklärt. Sie zeigte mir den Test.

Ich wusste zuerst nicht, wie ich reagieren sollte. Dann umarmte ich sie. Wievielte Woche? Fünfte. Ich weinte vor Glück.

Eine kleine Spinne lief über ihre Hand. Sie sagte, das sei ein gutes Zeichen.

Nata

*Wenn man Natas Leben als Landkarte aufzeichnen würde, so
wie Adam es einige Seiten zuvor vorgeschlagen hatte, würde
man eine Reihe entscheidender Abzweigungspunkte finden, an
denen sich die Richtung geändert hatte. Beginnen wir in ihrer
Jugend. Nata liebte es, nach der Schule durch die Wälder zu
gehen. Sie sammelte Beeren, Kräuter, Pilze, alles was der Wald
zu bieten hatte. Sie liebte es, an den Seen zu angeln. Abends
bekochte sie die Familie. Ihre Eltern erkannten ihr Talent und
die Freude, die Nata beim Zubereiten der Zutaten empfand
und schlugen ihr vor, auf eine Kochschule zu gehen.*

*Ihre erste Anstellung war ein Restaurant, das einfache unga-
rische Küche servierte. Die Arbeit war hart, aber so lernte sie
ihr Handwerk. Nach ihrer Ausbildung wechselte sie zu einem
Budapester Restaurant, das lokale Küche mit moderner asiati-
scher Kochkunst kombinierte. Hier bekam sie eine bessere Idee
davon, welche Aromen zueinander passen und welche sich
zerstören. Sie blieb dort etwa zwei Jahre.*

*Als ihr damaliger Chefkoch ihr nichts mehr beibringen konnte,
nahm sie die Möglichkeit wahr, zu einem Sternerestaurant zu
wechseln. Sie war fasziniert, wie sich ihr Horizont um eine
neue Dimension erweiterte. Der visuelle Aspekt der Kulinarik.
Sie lernte, nur wenn Form und Inhalt im Einklang stehen,
kann ein vollendetes Geschmackserlebnis erzielt werden. Sie
achtete nun in einer ganz anderen Weise auf die Ästhetik der
Speisen und - das Arrangement. Ihr Chef forderte sie auf,
alles frei auszuprobieren. Und fügte hinzu: Be creative, but
don't try to be too creative. So experimentierte sie mit Rezep-
ten aus der ganzen Welt, kombinierte sie, arrangierte sie in
unterschiedlichen Varianten. Und verwarf sie wieder. Auf
diese Weise entstand manchmal ein einzigartiges Gericht. Das
notierte sie in ein kleines schwarzes Buch. Denn sie spürte,
diese Gerichte würden ihr Kapital werden. Sie war sich sicher,
dass sie eines Tages einmal ein eigenes Restaurant eröffnen
würde. Sie zog nach Prag und arbeitete hier noch einige Jahre
mit unterschiedlichen Starköchen zusammen.*

Als sie 30 war, wusste sie, dass sie alles beherrschte, was sie für den nächsten Schritt benötigte. Nata ging zurück nach Budapest, nahm einen Kredit auf und startete ihr neues Konzept. Art2Eat. Kulinarische Gerichte, die wie Kunstwerke zubereitet waren. Keine Karte. Wie früher, als sie in den Wald ging und die Zutaten mitbrachte, wollte sie allein bestimmen, was sie servieren würde. Es wurden lediglich acht Gäste, es mussten Paare sein, an einem Abend bewirtet, die meist lange im Voraus reserviert hatten.

Wie ein solcher Abend aussah?

Der Raum ist vollständig abgedunkelt. Dann öffnet sich leise eine dünne Schiebetür aus Pergamentpapier. Die erste Vorspeise wird hereingeschoben. Langsam, Lichtstrahl neben Lichtstrahl setzend, wird das Bild der Komposition erschaffen. Schichtweise trennt sich das Licht von der Dunkelheit. Im Hintergrund läuft ruhige, fließende Elektronik-Musik.

Der Auftakt repräsentiert die Symbiose aus Ursprünglichkeit und Exotik. Austern serviert auf besonders zubereitetem Moos. Dazu ein kleines Stück Seesaibling garniert mit in Pflaumenwein gekochten Senfkörnern.

Die folgenden acht Gänge sind eine Abfolge von Speisen, die man nicht einfach nur isst, sondern vollständig erlebt. Jedes Gericht bietet eine neue Erfahrung. Das präzise ausgearbeitete Werk, dessen Zerstörung jeden Gast Überwindung kostet, zeugt von einer an Perfektion grenzenden Detailversessenheit. Man realisiert, dieses Werk ist für diesen Moment erschaffen.

Während der Zeremonie ändert sich das Licht gleichmäßig in verschiedene Farben, die Musik, eigens abgemischt, passt sich ebenso wie das Licht den Speisen entsprechend in Geschwindigkeit, Dynamik und Harmonie an.

Am Ende des Abends, der etwa vier Stunden dauerte, in denen sich Nata in der Küche zwischen Konzentration und Trance bewegte, nach einem exakt abgestimmten Takt der

Ruhe, öffnete sich die Tür und sie kam persönlich, um sich zu verbeugen. Sie genoss den Applaus. Dieses Restaurant brachte ihr den ersten Stern. Die Fachmagazine für Kulinarik waren einvernehmlich begeistert. Innerhalb eines Jahres war sie in der Szene bekannt.

Dann, sicher könnte man es als weiteren Scheidepunkt auf der Landkarte des Lebens bezeichnen, erhielt sie eines Abends, als sie das Restaurant schließen wollte, von zwei Männern Besuch. Wie bei vielen Sachen, bei denen Leute Geld machen, kommen Trittbrettfahrer und wollen am Erfolg profitieren. Man erklärte ihr, dass man in diesem Bezirk 20000 Euro pro Monat Schutzgeld bezahle, wenn man nicht gefährlich leben wollte. Außerdem gab man ihr eine Liste, bei welchen Zulieferern sie künftig ihre Lebensmittel beziehen sollte. Nata weigerte sich.

Eine Woche später lag ein erstochenes Schaf vor ihrer Tür. Nata weigerte sich noch immer. Auf der einen Seite wollte sie nicht den größten Teil der Einnahmen für Schutzgeld ausgeben. Auf der anderen Seite wusste sie nicht, was sie tun sollte. Die Männer kamen wieder, Nata drohte, zur Polizei zu gehen. Daraufhin fragten sie Nata, ob sie wisse, worauf sie sich einlasse. Nata wandte sich trotzdem an die Polizei. Die teilte ihr allerdings mit, dass Schutzgelderpressung kein eigener Straftatbestand sei. Sicherlich könne man in Richtung Nötigung und räuberischer Erpressung ermitteln. Dafür bräuchte man aber Beweise. Ein totes Schaf sei das sicher nicht.

Wenige Tage später stand ihr Restaurant in Flammen.

Um es kurz zu machen, die Versicherung weigerte sich zu zahlen. Aufgrund der Ermittlungen wurde behauptet, ein Defekt am Kamin sei der Auslöser gewesen und die vorschriftsmäßige Prüfung durch den Schornsteinfeger hätte nicht stattgefunden. So war Natas Traum beendet. Es blieben ihr die Kreditschulden.

Aber, auch wenn die Situation tragisch war, sie hatte Glück. Der Inhaber eines geheimen Luxus-Restaurants, der schon früher auf sie aufmerksam geworden war, erfuhr von dem Vorfall. Er sprach Nata an, ob sie nicht samt ihres Konzeptes bei ihm anfangen wollte. Sie dachte nicht lange über dieses Angebot nach.

Es war ein Restaurant, das nicht auf Trip Advisor oder durch irgendeine andere öffentliche Quelle zu finden war. Die Buchungen waren ausschließlich über Empfehlung möglich.

Alles lief gut an. Allerdings erkannte Nata recht bald, dass es in diesem Restaurant nicht nur um Kulinarik und Ambiente ging. Es ging in erster Linie um geheime Geschäfte. Das Restaurant bot den Top-Entscheidern der Wirtschaft und Politik eine intime Atmosphäre, um Abmachungen zu treffen, Deals abzuschließen.

Innerhalb weniger Jahre verdiente sie mehr, als sie selbst begreifen konnte. Der Kredit konnte abbezahlt werden. Dann kam der Burn-out. Sie versuchte, den Stress mit Aufputschmitteln im Griff zu halten. Am Anfang hatte sie genug finanzielle Mittel, sie konnte sich alles leisten, doch mehr und mehr ließ ihre Konzentration nach. Sie begann, Fehler zu machen, verlor die Präzision und in Folge die Qualität. Die ersten Beschwerden kamen. Ein Kartenhaus fasziniert, weil es labil ist und gleichzeitig stabil steht. Doch entfernt man nur einen Baustein, versteht man, dass es keinen Zwischenbereich gibt. In einem Restaurant auf diesem Niveau wird nichts verziehen. Innerhalb eines Monats war alles zusammengebrochen, was sie aufgebaut hatte. Sie verlor die Kontrolle. Bald konnte sie keine Rechnungen mehr begleichen.

Sie musste akzeptieren, dass sie wieder mit leeren Händen da stand.

Wie schon nach dem Brand bekam sie ein paar Tage später einen Anruf. Nur diesmal war es kein Restaurantbesitzer, der sie anwerben wollte. Es war ein ehemaliger Kunde, der

um die Situation wusste. Er unterbreitete ihr ein lukratives,
aber spezielles Angebot. Hauptsächlich ging es darum, für ein
gutes Gehalt einen Abend mit reichen Geschäftsleuten, also
einem ähnlichen Klientel, das sie schon kannte, zu verbringen.
Zunächst im Restaurant, als Blickfang, als Unterhaltung,
danach auf dem Zimmer. Gehobener Begleitservice. Sie sah in
ihrer Situation nicht viele Alternativen. Die Zusage war ein
weiterer Abzweigungspunkt in ihrer Landkarte des Lebens.
Verständlicherweise waren die ersten Buchungen für sie
schwierig, sie empfand die Dienste als Demütigung. Also ver-
suchte sie, die Zeit zu überstehen, bis sie einen Ausstiegsplan
entwickelt hätte.

Die Kundschaft war weitestgehend situiert und wünschte sel-
ten extreme Dinge. Bis auf einen Kunden. Ein namhafter Poli-
tiker buchte Nata häufiger. Danach exklusiv. Zunächst wollte
er nur, dass sie für ihn privat kochte. Auf ihre Weise. Nata
dachte schon, dies sei der Hauptgewinn, den sie sich nach all
den Schwierigkeiten verdient hatte. Nach einer Weile bestand
er aber darauf, die Gerichte, die sie zubereitet hatte, von ihrem
Körper zu essen. Dafür musste sie sich nackt auf einen Tisch
legen und die Speisen wurden auf ihr drapiert. Während der
gesamten Zeit durfte sie sich nicht bewegen.

Ihre Sorge, dass es mit den Vorlieben des Politikers nicht mehr
lange gut gehen würde, war nicht unbegründet, wie sich her-
ausstellte. Die Buchungen wurden von Mal zu Mal unange-
nehmer. Sie begann, vor den Treffen Rauschmittel zu nehmen,
um den Abend zu ertragen.

Auch an dem Abend im Marriot Hotel Budapest. Sicherlich
ein weiterer Scheidepunkt, der aber erst später zum Tragen
gekommen ist. Nach einer Buchung lernte sie Adam Vol-
ta kennen. An der Bar. Wie der Abend verlief, wissen Sie.
Er erzählte von seinen Problemen, sie hörte zu. Es war ihre
bewusste Entscheidung, mit ihm auf sein Zimmer zu gehen.
Vielleicht, um seit Langem wieder das Gefühl der Selbstbe-
stimmung zu erleben, vielleicht war es auch nur der Versuch,
für einen Moment die Realität zu vergessen.

Nata befand sich in einer Abhängigkeit, aus der sie ähnlich
wie bei der Schutzgelderpressung keinen Ausweg sah. Diesmal
wollte sie aber nicht die Gegenseite unterschätzen. Sie begriff,
dass sie aus dieser Maschinerie nicht ohne weiteres ausbrechen
konnte.

Als ihr Arbeitgeber eines Tages einen Anruf erhielt, konnte sie
es kaum glauben, dass es jemanden gab, der bereit war, für sie
eine stattliche Summe zu bezahlen. Aber es gab ihr Hoffnung,
als sie erfuhr, wer es war.

Dem Politiker, ihrem ehemaligen Stammkunden, gefiel die
Transaktion in keiner Weise. Als er davon erfuhr, schwor er,
sich Nata zurückzuholen. Aufgrund seines Netzwerkes war
es nicht allzu schwierig für ihn, Nata ausfindig zu machen.
Sie würde ihm nicht entkommen. Eines Tages standen seine
Unterhändler bei Adam Volta vor der Tür.

++

„Selten verlassen Menschen, die im Leben eines anderen eine große Rolle gespielt haben, dessen Leben endgültig. Oft kreuzen sie den Pfad unvermittelt noch einmal, mischen mit ihren Schritten das fast verrottete Laub auf, bevor sie für immer verschwinden. Und so wurden in Fynn die Erinnerungen an seine Kindheit, seine Jugend, die bittere Liebe, wieder geweckt."

++

Ja, dem stimme ich völlig zu. Ist auch bei mir so eingetroffen.

Gestern war die Gerichtsverhandlung. Ich meine die Scheidungssache mit Eva. Auf diese Weise konnte ich sie doch noch einmal sehen. Ihr Äußeres war stark verändert. Sie hat extrem abgenommen. So wird das aber nichts mit dem Kind, dachte ich mir nur. Und dann ihre Haare. Hennarot. Schrecklich. Sie trug eine sehr dunkle Sonnenbrille, daher konnte ich nicht erkennen, ob sie mich im Sitzungssaal beobachtete. Wie auch immer, innerhalb von einer dreiviertel Stunde war alles entschieden. Diese Hilflosigkeit, zu sehen, wie einem alles durch die Finger rinnt. Klar, ich hätte mir vielleicht einen anderen Anwalt nehmen sollen, aber da war's schon zu spät. Sie hat es irgendwie hinbekommen, dass ein Arzt ihr Arbeitsunfähigkeit attestiert hatte, psychisch bedingt. Dass ich nicht lache. Jetzt kann ich jahrelang für sie zahlen und der Guru zieht das ganze Geld ab. Ich frage mich nur, wo ich es hernehmen soll, ich hab ja selbst kaum noch was. Aber eines hat das Wiedersehen mir gezeigt. Dass ich nichts mehr für sie empfinde. Dass ich abgeschlossen habe. Sie kümmert mich genauso wenig, wie die Geschichte einer erfundenen Romanheldin, wenn das Buch zu Ende gelesen ist. Und einer Sache bin ich mir jetzt auch sicher: Mein Herz schlägt nur für Nata.

*

In der Nacht hatte ich dann einen Albtraum. Ich war mit Nata zusammen im Bett und plötzlich ging die Tür auf. Ein Mann stand mit einem Eisenstab vor mir. Es schien, als ob Nata ihn kennt. Er nahm mich mit und ich wurde in ein Gefängnis eingeliefert.

Der Mann erklärte mir in ruhiger und nüchterner Form, dass ich mir aussuchen könne, ob ich nach einer Woche getötet werde oder mit dem Eisenstab das Gehör zerstört bekomme. In diesem Fall würde man mir kostenlos einen Gebärdendolmetscher stellen. Ich prüfte die ganze Woche Möglichkeiten, der Situation zu entkommen, aber es gab keine.

Nata rüttelte mich wach. Ich war schweißgebadet, schaute mich angsterfüllt um. Der Traum war so real, dass ich einige Zeit benötigte, um zu mir zu kommen. You were shivering, Adam. What did you dream? Schon bald sollte ich verstehen, was der Traum zu bedeuten hatte.

*

Gestern entstand die Situation, die der Traum angekündigt hatte. Zwei Typen standen vor meiner Tür. Keine Ahnung, woher sie meine Adresse hatten. Ich öffnete und spürte sofort, dass sie nicht besonders umgänglich waren. Dass das richtig unangenehm werden würde. Einer sah in der Tat so aus, wie der Mann aus meinem Traum. Nicht genauso, aber schon sehr ähnlich.

Sie baten mich um Einlass, für ein Gespräch. Mir war sofort klar, dass dies keine Bitte, sondern ein Befehl war und ich keine Chance hatte abzulehnen. Wir gingen ins Wohnzimmer. Ich setzte mich auf das Sofa, die beiden anderen nahmen sich jeweils einen Stuhl und platzierten sich vor mich. Das Gespräch fing ganz freundlich an, aber ich ahnte schon, dass das nicht lange so bleiben würde. Sie fragten, wo Nata sei. Ich antwortete, sie sei einkaufen, warum sie das wissen wollten.

Ich stellte mich schon auf so eine Story ein, dass sie Natas Brüder seien und sie wollten Geld. Wegen der Familienehre und all so einem Blödsinn. Klar, in Wirklichkeit scheren sie sich natürlich einen Dreck um Nata und sind nur an der Kohle interessiert. Wahrscheinlich haben sie irgendwie davon Wind bekommen, dass Nata nicht mehr bei diesem Begleitservice arbeitet und überhaupt von der ganzen Transaktion und wittern jetzt ein Geschäft. Aber es kam anders.

Der Wortführende sagte, er wollte Nata zurückkaufen. Ich habs erst nicht verstanden, dann erklärte er mir ruhig, dass es einen Käufer gibt, der daran interessiert ist, Nata wiederzuhaben. Er dürfe keine Details nennen, aber es war wohl ein Ex-Kunde. Und äußerst zahlungskräftig. Meine Auslagen würde ich natürlich erstattet bekommen. Sogar Gewinn machen.

Ich wollte ihm erst mutig ins Gesicht sagen, dass er sich zum Teufel scheren sollte und dass er Nata nie von mir zurückbekäme, aber das würde ihn nur provozieren und mir war schon klar, dass ich damit nicht weit kommen würde. Also deutete ich ihm erst mal nur an, dass ich an dem Geschäft nicht sonderlich interessiert wäre.

Er räumte ein, dass er natürlich dafür Verständnis hätte, aber ich müsste auch ihn verstehen, denn, wenn er nicht liefern würde, dann hätte er ein Problem und es wäre ihm lieber, wenn ich ein Problem hätte und nicht er. Letztlich wäre es sowieso nicht etwas, dass ich entscheiden könnte. Wenn ich nicht freiwillig Nata aushändigen würde, käme er trotzdem und würde sie holen ... dann machte er eine kurze Pause, weil er meine Narbe am Unterarm sah und fragte mich, woher die stamme. Ich erklärte ihm, dass dort der Name meiner Ex-Frau stand, den ich mit einem Teppichmesser rausgeschnitten hatte, ich dachte, vielleicht würde ihn das beeindrucken, beziehungsweise einschüchtern, die Sache mit meiner Ex-Frau sei jetzt aber erledigt und die Wunde wachse ganz gut zusammen und ich möchte nicht von Nata lassen. Er nickte mehrmals, sagte, dass er das verstehe, und gab dem anderen ein kaum wahrnehmbares Zeichen, daraufhin stand der auf und zog sein Messer raus, das war so ein Ding, mit dem man problemlos einem Rind das Entrecôte aus den Rippen schneiden kann. So stand er hinter mir und der Ranghöhere bat mich, die Augen zu schließen. Ich wusste nicht, was ich davon halten sollte, aber gehorchte. Er flüsterte dann, ich solle mir jetzt mal vorstellen, wie sein Kumpel mit dem Messer langsam den Buchstaben N, in meinen Unterarm schneidet, durch die Wunde des alten Brandzeichens hindurch, ein N für Nata. Sozusagen: „As a reminder".

Dann sagte er immer noch ruhig, freundlich, aber sehr bestimmt, dass sie in ein paar Tagen wiederkämen, ohne Anmeldung

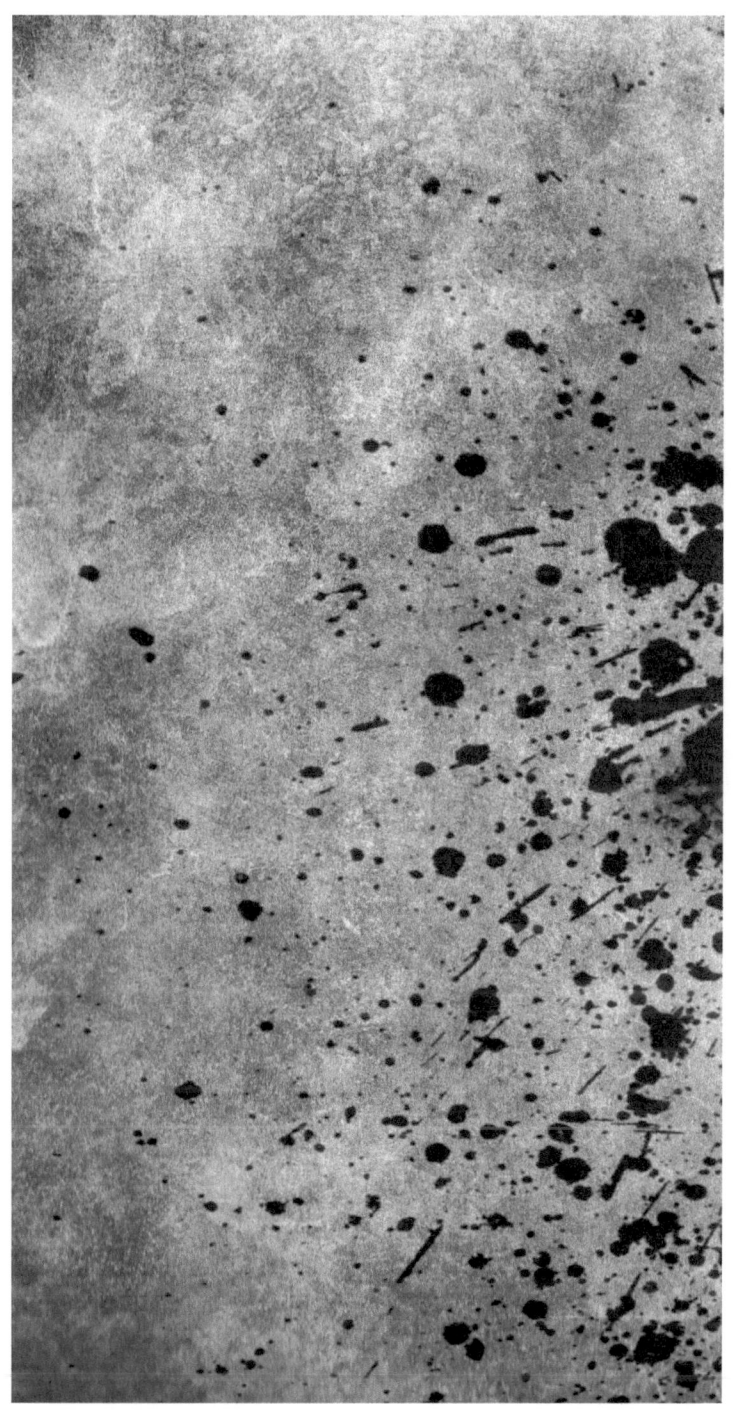

versteht sich, und wenn Nata dann nicht da sei, würde mich keine Frau mehr ansehen wollen. Aber der Grund wäre dann nicht allein der Buchstabe N auf meinem Unterarm.

Ich begriff, dass sie es ernst meinten, aber was sollte ich unternehmen. Mein Körper begann zu schwitzen. Fühlte Stress. Puls 180. Versuchte Primzahlen zu zählen. Mir fiel keine ein. Dann. Bekomme Panik. Öffne die Augen. Nata hinter ihm. Was macht sie da? Eine Gabel in den Nacken des Fleischklopses. Sinkt zu Boden. Messer fällt. Der andere springt auf. Nata greift nach dem Messer. Spritz. Tritt in den Rücken. Verdammte... Wieder Messer rein raus. Achtung Nata. Tritt. Mund tritt Blut aus. Tu was. Schreit. Adam, tu was. Ich? Meine Faust. Schlag, Schlag. Wieder Schlag. Blut aus der Nase. Mund. Ekelhaft. Winseln. Tritt ins Gesicht. Messer. „N". As a reminder. Winselt. Das reicht. Was jetzt? Scheiße. Panzerband. Wo? In der Schublade. OK, halt ihn fest. Ja, gut. Auch um die Fußknöchel. Ja. And the eyes. OK, jetzt der andere. Hilf mir. Take the pills! Aus dem Bad? Ja, and Whisky. OK. Kopf nach hinten, halt ihm Mund auf. Ja, alles rein. Jetzt den Whisky. OK, Klebeband drüber. Sehr gut. Geschafft.

Beide liegen auf dem Boden. Nata und ich lassen uns aufs Sofa fallen. Erschöpft. Beruhigen uns. Langsam.

Was machen wir jetzt?

Als Erstes dachte ich, zur Polizei zu gehen, aber Nata fragte mich, ob ich verrückt sei, das wäre quasi ein Todesurteil. Für uns beide. Und unser Kind. Sie habe ihre Erfahrungen. Und jetzt? Wir sind keine Killer. Wir haben doch keine Ahnung. Ja, aber sie leben. Wir haben etwas Zeit. Es wird dauern, bis sie aufwachen. Die sind erst mal voll Drogen.

Also noch mal. Was sollen wir jetzt machen?

„Let's run away! How much money do you have left?"
„9.000."

Wir müssen weit weg, ziemlich weit weg. Wohin? Australien? Asien? ... Hier, das ist es. Das Reisemagazin aus der Business Lounge. Es lag immer noch in der Ablage des Wohnzimmertisches. Die Seychellen. Sie fragte, ob ich verrückt sei, die Seychellen seien doch viel zu teuer und ich sagte Nein, vor Ort kann man mit wenig Geld auskommen, wenn man nicht zu anspruchsvoll ist. Ich habs hier in dem Flugzeugmagazin gelesen. Ich fragte, ob sie denn fliegen kann, wegen des Babys, sie sagte, es sei riskant. Risikoabwägung. Und die beiden hier? Wir legen sie irgendeinem Arzt vor die Tür. Deinem Hausarzt? Nein, das wäre zu offensichtlich. Irgendeinem Arzt. Sie werden überleben. Aber das fällt doch auf. Wenn es Zeugen gibt, wenn das jemand sieht. OK, dann machen wir es anders. Wir schaffen sie in den Wald. Hier in der Nähe gibt es einen, der oft für Filmaufnahmen verwendet wird, für Krimis. Da laden wir sie ab. Und dann stecken wir einfach eine Notiz in den Briefkasten einer Arztpraxis. Meinst du das schaffen wir? What? Die ins Auto zu schleppen? Sure, together we will make it. Und danach, Sachen packen. Also los. Wir haben keine Zeit zu verlieren.

Die Vertreibung ins Paradies. Es ist die Sünde, die uns dorthin gebracht hat.

Der Flug geht ab Frankfurt. 21.30 Uhr am zweiten Weihnachtstag mit Ethiopian Airlines. Nach etwa einer Stunde überqueren wir die Alpen, ich erinnere mich, wie ich etwa vor einem Jahr über die gleiche Stelle geflogen bin und was seitdem geschehen ist.

Es gibt kaum Turbulenzen. Der Flug verläuft ruhig und unspektakulär. Wir haben eine Zwischenlandung gegen halb drei morgens in Addis Abeba. Das heißt, es ist durch die Zeitdifferenz schon 5.30 h. Hinter den Fensterscheiben der Halle geht die Sonne vor einem Berg auf. Zunächst denke ich, es sei ein riesiges Werbebanner, dann erkenne ich, dass es wirklich geschieht und bin von der Schönheit des Schauspiels überwältigt. Nach einer Weile setze ich mich auf einen Stuhl und versuche zu schlafen. Nata hat sich einen Platz auf einer Bank gesucht und sich quer hingelegt. Die wenigen Liegen sind alle belegt. 3,5 Stunden Aufenthalt bis zum Anschlussflug auf die Seychellen. Durch die ungünstige Körperhaltung und das ständige Treiben gelingt es mir nicht einzuschlafen. Ich suche etwas zu lesen, da bemerke ich, dass ich bei unserer Abreise das Buch zu Hause habe liegen lassen. Jetzt werde ich zwar nie erfahren, wie die Geschichte ausgeht, aber was soll's. Ich frag mich, ob dieser Fynn mit Kookie zusammen kommt. Ich denke, das Signal muss von ihr kommen, wenn das was werden soll. Jedenfalls kann das Buch jetzt ein anderer weiterlesen oder auch sein lassen, ich denke, es ist auch gut so. Ich will nichts mitnehmen, was mich an Eva erinnert.

Ich scanne stattdessen auf meinem iPhone die E-Mails, die Messenger. Niemand schreibt mir mehr, aber ich kann mich sowieso nicht konzentrieren. Bin einfach zu müde. Plötzlich durchfährt es mich. Wie bescheuert bin ich eigentlich? Sie werden mich doch orten können. Vielleicht tun sie es schon. Ich schaue mich um, wo der nächste Mülleimer ist, und entsorge die SIM-Card. Auf den Seychellen werde ich mir eine neue kaufen. Am besten Pre-Paid. Was für ein Fehler, dass ich nicht früher daran gedacht habe.

Endlich um 10 Uhr ist Boarding. Der Flug dauert etwa 3 Stunden. Unter mir liegt der afrikanische Kontinent. Es ist das erste Mal, dass ich über Afrika fliege. Nata sagt, sie wäre noch nie südlich

des Äquators gewesen. Zunächst sehe ich aneinandergereihte Felder, wie Patchwork-Decken, dann weite Flächen durchtrennt von einer einzigen langen Straße und endlich die scharfe Kante, die Erdmasse und Wasser trennt. Ich bestelle einen Kaffee gegen die Müdigkeit. Der Landeanflug beginnt. Das Flugzeug zieht lange durch die Wolken, hin und wieder werden wir durch Luftströme geschüttelt.

Landung. Als ich aus dem Flugzeug steige, kommt mir eine warme, schwüle Wand entgegen. Es ist 28 Grad, bedeckt, leichter Regen. Das sind also die Seychellen. Wir nehmen das Auto in Empfang, das Nata zuvor online reserviert hatte. Charles, der Autovermieter sagt, dass das reservierte Modell nicht zur Verfügung steht, dafür erhalten wir ein größeres Modell, einen Honda. Ich muss in bar bezahlen. Ich hatte 600 in einem Briefumschlag eingesteckt. Das Auto kostet 495. Der Bankschalter im Flughafen hat geschlossen. Öffnet erst wieder um 6. Ich stecke meine Mastercard in einen Geldautomaten. Falscher PIN. Obwohl ich mir ziemlich sicher bin, welchen PIN ich habe. Meine EC PIN kenne ich natürlich im Schlaf. Die Kreditkarten PIN benutze ich fast nie. Dennoch bin ich mir sicher, dass ich sie richtig eingegeben habe. Ich versuche es noch zweimal. Nach dreimaliger Falscheingabe ist die Karte für den Automaten gesperrt. Die einzige Möglichkeit, Geld abzuheben, wäre in einer Bank per Unterschrift, aber außer diesem Schalter sehe ich keine Chance, hier an Geld zu kommen.

Wir steigen ins Auto ein und sind zumindest zufrieden über seine Größe. Der Tank ist so gut wie leer. Als ich auf die Straße einbiegen will, merke ich, dass hier Linksverkehr herrscht. An der gegenüberliegenden Tankstelle nimmt man nur Bargeld an, keine Karten. Ich tanke für 15 Euro.

Wir fahren zur Unterkunft - Richtung Süden der Insel. Die Straßen sind sehr eng. Zudem wird an der linken Seite die Fahrbahn nicht durch eine Leitplanke begrenzt, es geht sofort steil bergab. Ich muss mich stark konzentrieren, um nicht entweder links von der Straße abzukommen oder rechts mit dem Gegenverkehr einen Unfall zu verursachen. Gleichzeitig nimmt der Regen zu. Ich bin so müde, dass ich kaum noch die Augen offen halten kann. Das Gleiche gilt für Nata.

An einem kleinen Supermarkt halte ich an, kaufe eine Flasche Wasser und Erdnüsse. Ich frage den indischen Verkäufer nach dem Weg. Er erklärt ihn mir mit einem Lächeln. Nach etwa zwanzig Minuten finde ich endlich unsere Unterkunft. Die Coté Sud Villa liegt versteckt im Wald. Eine unglaubliche Vegetation empfängt uns. Palmen, Bananenstauden, Brotbäume. Wir erhalten die Schlüssel von der Eigentümerin, einer älteren Dame namens Josée. Es gibt einen alten Fernseher, kein Internet. Hier würden sie uns nie finden. Hier würde ein neues Leben beginnen. Ich setze mich auf der Veranda in einen Klappstuhl und öffne die Flasche Wasser. Noch bevor ich sie ausgetrunken habe, schlafe ich auf dem Stuhl erschöpft ein.

In der Nacht weckt mich starker Regen auf. Ich höre ungewohnte Tierlaute. Ein Vogel macht Geräusche wie eine alte lachende Frau. Ich stehe auf, gehe hinein, lege mich neben Nata aufs Bett und schlafe erneut ein.

*

Am späten Nachmittag des nächsten Tages wache ich von einem dumpfen Knall auf. Es dauert einen Moment, bis ich begreife, dass es Mangos sind, die reif von dem Baum auf unser Dach fallen. Die Sonne strahlt über den Garten. Es ist heiß. Nata sonnt sich auf dem Liegestuhl. Wir beschließen, den nächstgelegenen Strand zu besuchen. Auf dem Weg kaufe ich am Straßenrand Obst. Mangos, Sternfrüchte, eine Jackfrucht. Und einen Oktopus. Für 25 Rupien mehr macht die Verkäuferin ihn sogar sauber. Dann entdecken wir zufällig eine Bank. Es gelingt mir endlich, Geld abzuheben. Die Geldscheine in meiner Hand geben mir sofort ein Gefühl der Sicherheit.

Aber nur für einen Moment. Dann kommt mir der gleiche Gedanke wie mit der SIM-Karte. Vielleicht kann man anhand der Transaktionen herausfinden, wo wir sind. Wenn der Typ so ein wichtiger Politiker ist, hat er sicher seine Möglichkeiten. Ich kenne mich da nicht aus, aber auszuschließen ist es nicht. Es wäre also besser, die Karte nicht mehr zu benutzen und ein neues Konto hier anzulegen. Hoffentlich ist es nicht zu spät.

Die Anse Intendance ist überwältigend, so wie im Bild auf dem Reiseführer versprochen. Es sind nur wenige Menschen hier. Auf dem lang gezogenen Strand gibt es allerdings kaum Schatten, nur am Rand der Felsen. Ich tränke mein T-Shirt im Wasser und binde es mir um den Kopf zur Kühlung. Die Hitze und die Helligkeit sind kaum zu ertragen. Wir bekommen Durst. Es ist nicht perfekt, das Paradies.

Wir steigen wieder ins Auto und fahren die enge, kurvenreiche Straße bergauf, um im Supermarkt Wasser zu holen. Gelegentlich kommt uns ein öffentlicher blauer Bus entgegen. Ich halte an, bis er passieren kann. Hinter mir hupen die Autos.

Zurück in unserer Unterkunft zünde ich den Außengrill an, während Nata den Oktopus zubereitet. Sie schneidet mit dem Messer drei lange Rillen in das Fleisch und streicht eine Marinade aus Olivenöl und Gewürzen hinein. Dazu macht sie Reis mit Curry und Nüssen.

Den Rest des Abends verbringen wir auf der Veranda. Wir sprechen wenig. Es ist, als ob wir lange, tief durchatmen. Auch wenn wir es nicht aussprechen, unsere Gedanken sind noch bei dem Vorfall. Ich sehe es Nata an. Vermutlich überlegt sie, wie wahrscheinlich es wohl ist, entdeckt zu werden. Wir hören dem Wind zu, der durch die Palmen geht, er klingt wie Regen. Aus der Küche kommt immer wieder ein helles Knallen, als ob man eine Luftpolsterfolie zerdrückt. Es sind die Insekten, die in eine elektrische Abwehrmaschine fliegen und verbrennen. Oft hört man das Geräusch zweimal schnell hintereinander. Ich trinke ein Glas Rosé und esse Erdnüsse, Nata möchte nichts. Zwischen den Nüssen sind Chilischoten und Kugeln, die nach Zitronengras schmecken.

Nata verabschiedet sich ins Bett, ich bleibe noch etwas auf und schalte den Fernseher ein.

Es läuft der Film *10 Cloverfield Lane*. Nichts Herausragendes, aber es gibt nichts anderes. Ein paar Personen sind in einem Atombunker untergekommen, während draußen die Welt verseucht ist. Sie spielen Unterhaltungsspiele, um sich die Zeit zu vertreiben. Aber sie wissen, dass irgendwann die Lebensmittel

zu Ende sein werden. Ein bedrückendes Szenario. Aber ist das Gegenteil nicht auch bedrückend? Ich habe mir oft überlegt, wie es für Adam und Eva im Paradies gewesen sein muss. Eva. Ich empfinde nichts mehr, wenn ich den Namen Eva denke. Es ist für mich eine Person aus der Schöpfungsgeschichte, nicht eine Person, mit der ich sieben Jahre zusammen war. Und das Paradies? Wenn Dichter das Paradies beschreiben, dann ist es immer etwas Zauberhaftes, Erstrebenswertes. Aber haben sie sich je Gedanken gemacht, wie es sein muss, jeden Tag die Zeit totschlagen zu müssen? Vielleicht ist es ja doch nicht etwas Erstrebenswertes, unsterblich zu sein, muss meine Meinung noch mal überdenken, vielleicht soll man einfach nur die begrenzte Zeit erfüllt leben. Aber warum sollte man das nicht auch in der Unsterblichkeit können? Wie auch immer, ich glaube, es geht in dem Film nicht um die Apokalypse. Es geht genau um diesen Punkt: Wie verbringt man das Leben? Wenn man genügend Zeit hat, ist Unterhaltung ein Vergnügen. Wenn man nur noch wenige Jahre hat, ist es eine Verschwendung. Oder ist es genau das Gegenteil, dass nur noch Unterhaltung etwas bedeutet? Jedenfalls wird es für mich unerträglich sein, da bin ich mir sicher, dass die Angst, mich damit abfinden zu müssen, dass ich meine Erinnerungen, mein Bewusstsein nicht mitnehmen kann, zu wissen, dass man bald in das große Nichts übergehen wird, alles bestimmen wird. Manche Menschen sehen zufrieden dem Tod entgegen, wenn sie ein erfülltes Leben hatten und nichts mehr erwarten. Aber ich könnte nicht so gelassen sein. Wie kann man es sein, wenn man feststellt, dass ein Leben nicht viel mehr ist als ein paar Fotos in irgendeiner Cloud, sortiert nach Gesichtern, Orten, Zeitpunkten. Fotos, die aufgenommen wurden für ein Später, in dem jeder Tag nur noch aus Erinnerung besteht. Für eine Powerpoint Präsentation auf der Beerdigungsfeier. *Life's a bitch and then you die.* Hat mal irgendein Rapper gesagt. Recht hat er.

Pegasus, der große Wagen, der Gürtel des Orion. Die gleichen Sterne. Jeden Tag. Sie alle machen uns was vor. Und selbst die Sterne, die schon längst erloschen sind und deren Licht erst jetzt ankommt, auch sie machen uns was vor. So wie unsere Sonne. Sie macht jeden Tag die gleichen Versprechungen. Sie lügt uns ins Gesicht: Wir haben noch Zeit, wir haben noch ganz viel Zeit. Sie will uns einreden, dass jeder Tag wie der Vorherige ist und keiner ein Teil des Schwindens bedeutet. Und so nimmt man, durch den Verlauf der Tage abgelenkt, nicht wahr, wie die Zeit vergeht.

*

Silvester. Der letzte Tag des Jahres. Gegen Mittag fahren wir zur Anse Soleil, das Wasser reflektiert in türkisfarbenem Licht, der Himmel ist mittlerweile wolkenfrei. Wir setzen uns ins Restaurant Chez Julien und bestellen Haifischsteak. Ich trinke ein Seybrew Bier und genieße die Aussicht. Hin und wieder ein Bier oder ein Glas Wein ist in Ordnung. Habe die Balance gefunden. Ein paar Hunde bellen und schaukeln sich gegenseitig hoch. Am Tisch nebenan sitzt eine ältere Frau. Sie fragt, was wir bestellt haben. Haifisch, antworte ich. Sie sagt, man sollte keinen Hai essen, sonst wird der Hai uns fressen. Ich lache. Ich solle Flughund probieren, das sei gut. Diesmal ist *sie* es, die lacht, weil ich mein Gesicht verziehe. Sie sagt, dieses Jahr seien die Wellen im Süden stärker und im Norden sei das Meer flach. Normalerweise sei es in dieser Jahreszeit umgekehrt. Ich trinke einen Schluck und erzähle, dass ich beim Tauchen ein merkwürdiges Tier gefunden habe. Es hatte eine harte Schale wie ein Seestern und der innere Teil sah aus wie ein Einsiedlerkrebs. Sie sagt, manche Krebse gehen in eine Muschel und bleiben dort solange, bis ihnen das Gehäuse zu eng wird. Dann suchen sie sich einfach ein neues. Manche Menschen machen es genauso, sage ich.

Wir schauen aufs Meer. Dann sagt sie, dass sie zwei Lobster auf dem Schwarzmarkt gekauft habe und bietet mir einen an. Fürs Silvesteressen. Sie erklärt, nur wenn man eine Lizenz hat, darf man Hummer fangen. Weil nur die Fischer, die eine Lizenz haben, aufpassen, dass keine Weibchen gefangen werden. Ich nehme das Angebot an.

Wir brechen auf, um den restlichen Silvestereinkauf zu tätigen. Säfte, Salat, Champagner. Am Abend bereitet Nata den Lobster zu. Man sieht ihr die Professionalität an. Sie schlägt ihn mit einem Hackmesser in zwei Teile. Dann bestreicht sie ihn mit Butter und Knoblauch und brät ihn in der Pfanne. Dazu spielt sie Rock Lobster der B52. Lange nicht gehört. Der Hummer ist köstlich. Ich öffne die Flasche Champagner. Nata stößt an, trinkt aber nicht. Zwei junge schwarze Katzen streunen um mich herum und hoffen auf Kleinigkeiten, die vom Tisch fallen. Sie sagt, wenn das Kind erst mal auf der Welt ist, könnte man ja hier ein Strand-Restaurant eröffnen. Nichts Großes, ganz entspannt. Ja, das wäre toll. Das werden wir machen.

Kurz vor Mitternacht gehen wir in den kleinen Pool vor unserer Veranda. Das Wasser sprudelt aus einer Fontäne, die der Coco de Mer nachgeahmt ist. Der Pool ist blau gekachelt. Eine Unterwasserbeleuchtung wäre schön. Es ist Mitternacht, neues Jahr. Nichts ist los. Kein Feuerwerk, keine Menschen. Alles ist still.

Am nächsten Morgen halte ich den Kopf unter kaltes Wasser zum Wachwerden. Von der kleinen Blumeninsel vor der Veranda bis zu dem Baum, an dem die Außendusche befestigt ist, bilden sich zwei lange Ameisenstraßen. Wir trinken Kaffee. Aus der Ferne hört man kreolische, ruhige Musik im 3/4 Takt. Kokos-Kekse liegen auf dem Tisch. „Everyday Nice" steht auf der Verpackung. Danach fahren wir zur Anse Royal. Schnorcheln. Kleine schwarze Fische begleiten mich. Sie beißen an den Beinen mit einem knallenden Geräusch. Beim Tauchen sehe ich eine Schildkröte, majestätisch gleitet sie unter mir entlang. Ein Schwarm blauer Fische schwimmt um mich herum. Regen setzt ein, es ist wunderbar, im Meer zu sein, während es regnet, inmitten der Tropfen, die aufschlagen und beim Hochspringen einen Regenbogen bilden. Der Regen verzieht sich schnell wieder. Eine Familie kommt mit einem Ghettoblaster, sie machen die Musik so laut, als ob sie den ganzen Strand beschallen wollen. Wir flüchten von diesem Ort. Auf der angrenzenden Straße ist ein Markt. Wir essen gegrillten Fisch. Hühnchenspieße. Dann fahren wir über die Berge, eine abenteuerliche Fahrt zum Beau Vallon Beach. Unterwegs sehen wir Flughunde. Sonnenuntergang. Rückfahrt im Dunkeln. Das Leben reduziert sich aufs Erleben. Es ist wie eine nicht enden wollende Teilhypnose.

*

Tags darauf stehen wir früh auf, um die Fähre nach Praslin zu nehmen, von da aus fahren wir mit einem kleineren Schiff nach La Digue. Wir leihen uns ein Fahrrad und erkunden die Insel. Hier wurde der Original Werbespot von Bacardi gedreht. Leider ist Ebbe. Eine vereinzelte Qualle liegt am Strand, ein kleines, durchsichtiges Häufchen Gallert. Nata stößt es mit dem Fuß an. „Stupid animals", sagt sie.
Nein, sage ich, sie sind nicht dumm. Es ist die perfekte Lebensform. Manche Arten können den Alterungsprozess umkehren und quasi endlos leben. Nata fragt mich, ob ich endlos leben möchte? Ich sage, ja, aber nur mit dir. Sie lacht. Dann fragt sie mich, ob ich glaube, dass ihr Ex-Kunde sie doch aufspüren wird? Oder die Polizei. Ich lüge in meiner Antwort. Ich glaube, wir werden niemals sicher sein.

Auf dem Rückweg mit der Fähre bekommen wir es mit stark einsetzendem Regen zu tun. Während Nata unter Deck geht, bleibe ich draußen auf dem Oberdeck an der Reling stehen. Der Regen peitscht mir ins Gesicht. Ich rechne nach, wann der Zeitpunkt der Befruchtung gewesen sein muss. Ich sehe die Ultraschallbilder von unserem Baby vor mir, in Farbe, aber ich kann nichts erkennen, sind es meine Gesichtszüge oder die eines Anderen? Ja, ich weiß, es ist absurd.

*

Wir sind jetzt schon eine Weile hier. Die Schwangerschaft ist fortgeschritten. Nata geht es verhältnismäßig gut. Sie schläft viel. Während sie im Bett liegt, lernt sie deutsch. Sie spricht schon sehr gut. Ich kaufe ihr am Kiosk deutschsprachige Magazine, immer wenn es welche gibt. Sie kann auch schon viele Felder in den Kreuzworträtseln lösen. Ich versuche, etwas Geld nebenher zu verdienen, einfache Hilfstätigkeiten, für die Nahrung und die Miete reicht es. Die Vermieterin lässt uns fast umsonst wohnen, weil wir auf ihr Haus aufpassen und uns um den Garten kümmern, während sie weg ist. Im Grunde braucht man nicht viel. Die Abende verbringen wir oft auf der Veranda. Ich lege dann vorsichtig meinen Kopf auf Natas Bauch und warte auf ein Zeichen von unserem Baby.

*

Heute sind wir wieder zur Anse Soleil gefahren. Das Auto mussten wir etwas abseits parken und dann einen Fußweg nehmen. Es geht steil herunter, so steil, dass man im leichten Lauf endet. Der Strand ist klein, aber wunderschön. Ich werfe mich in eine Welle, lege mich danach kurz in den Sand und beobachte die anderen Menschen. Das Pärchen ein paar Meter entfernt von mir macht Fotos. Ich mache auch ein paar Fotos von Nata. Sie posiert vor einer Palme. Dann beschließen wir, in den angrenzenden Wald zu gehen. Nach ein paar Metern höre ich ein Summen, dann Schreie. Nata ist mit dem Kopf an ein Insektennest in einem Baum gestoßen. Dann geht plötzlich alles ganz schnell. Ein Insekt sticht sie in den linken Unterarm, ein anderes unter die Augenbraue, ein drittes in den Hinterkopf. Ich sehe wie die Einstichstellen sofort anschwellen. Wir beeilen uns, schnellstmöglich in ein Krankenhaus zu kommen. Auf dem Weg zum Auto frage ich hektisch im Chez Julien nach Eiswürfeln. Die Bedienung bringt mir drei Eiswürfel in einer Serviette. Wir kühlen Natas Stiche und laufen, so schnell sie kann, zum Auto. Der Schweiß läuft mir unter meiner Kappe die Stirn entlang. Ich fahre so schnell es die schmale, kurvenreiche Strecke erlaubt ins Krankenhaus nach Victoria. Jeder entgegenkommende Wagen wird zum Problem. Ich trete abwechselnd aufs Gas oder auf die Bremse, schalte ständig zwischen dem zweiten und dritten Gang hin und her. Eine rote Frucht zerschlägt mit einem lauten Knall auf der Windschutzscheibe.

*

Eine weitere Woche ist vergangen. Die Insektenstiche sind überstanden, aber der Arzt sagt, dass wir besser auf Natas Ernährung achten müssen, sie verliert sonst zu viel Gewicht. Wir müssen jetzt auch viele Untersuchungen machen, wegen des Babys. Ich nehme noch mehr Gelegenheitsjobs an. Helfe bei Computerproblemen, Internetschwierigkeiten, was so anfällt. Hat meine Ausbildung doch noch einen Zweck erfüllt. Wenigstens können wir die Arztrechnungen damit bezahlen. Hier in unserer Nähe gibt es keine Gynäkologen, deswegen müssen wir immer nach Victoria fahren. Das Auto haben wir abgegeben. Aus Kostengründen. Wir nehmen jetzt nur noch den Bus. Hin und wieder habe ich richtige Paranoia und sehe am Straßenrand Gespenster. Ich fürchte immer, dieser Zwischenhändler könnte uns auflauern oder die Polizei, weil ich die Zahlungen an Eva eingestellt habe. Ist zwar unrealistisch, aber das macht mich manchmal wahnsinnig. Nata sage ich nichts davon.

10. Januar 2016.
Habe in der Zeitung gelesen, dass David Bowie gestorben ist. Nata ist sehr sensibel bezüglich Vorahnungen, noch mehr als ich, deshalb habe ich ihr nichts davon erzählt. Ich hoffe, es ist nichts mit unserem Baby. Bin dann etwas nach außerhalb gewandert, dort, wo ich Internet-Empfang bekomme, und habe das ganze Black Star Album gehört. Ich hielt eine Weile inne. Dann wählte ich noch ein weiteres Lied von Bowie. Eines, bei dem ich immer sentimental werde.

Where are we now?
Where are we now?
The moment you know
You know
You know

As long as there's sun
As long as there's sun
As long as there's rain
As long as there's rain
As long as there's fire
As long as there's fire
As long as there's me
As long as there's you

Ich komme gegen Abend zurück. Nata steht auf der Veranda. Sie nimmt mich in den Arm und flüstert mir ins Ohr den Satz, den ich an diesem Tag zum ersten Mal von ihr gehört habe:

Ich liebe dich.

*

Im Sommer wird das Kind auf die Welt kommen. In der rechten Iris oberhalb der Pupille hat es einen kleinen braunen Pigmentfleck, so wie ich ihn habe. Es wird gesund sein. Wir werden hier bleiben für den Rest unseres Lebens. Wir werden ein Strandrestaurant an der Anse Soleil eröffnen. Es klingt wie ein nicht möglicher Traum.

Natürlich ist es schwer, im Anfang einer Liebesgeschichte schon ihr Ende zu sehen. Obwohl man vom ersten Moment an den Ausgang ahnt. Wie in einem Film. Same story. Told over and over.

Dennoch. Man bleibt bis zum Ende sitzen.

Denn da ist die Hoffnung. Die Hoffnung auf Einmaligkeit. Eine Hoffnung in großen Buchstaben.

Eine Landstraße.

Einer von mehreren möglichen Anfängen.

Schon seit Stunden hatte sich niemand mehr hierhin verirrt.

Rostbrauner Staub. Eine weite Ebene. Das ausgetrocknete, vergessene Ackerland hatte sich im Laufe des Sommers der Hitze ergeben. Die Windräder standen still. 42 Grad.

Das Geräusch eines Dieselmotors. Sie stellte Rucksack und Gitarre ab, wischte sich mit dem Handrücken über die Stirn. Schweißperlen. Perlen vermengt mit feinen Sandkörnern. Ihre Gestalt gewann an Kontur.

Normalerweise nahm er keine Anhalter mit.

Jedoch, die Konstellation war ein Versprechen. Eine diffuse, lichtscheue Mischung aus Erwartung und Neugier. Ein Spiel mit unvollständigen Informationen.

Sein Unterbewusstsein wägte die Situation für einige Sekundenbruchteile ab, trotzte seinen Prinzipien und ließ ihn das Ergebnis als geistige Reflexhandlung empfinden. Als Überlegung, dass es durchaus in Ordnung sei, einmal etwas Ungeplantes, Unvorhergesehenes zu tun. Eine Entscheidung zu treffen, ohne die möglichen Konsequenzen zu durchdenken. Er folgte dem Befehl dieses Gedankens. Es war also schwer zu sagen, ob es Zufall war oder doch Notwendigkeit, die sie zusammenkommen ließ.

Stopp.

„Wo soll's hingehen?", fragte er.

„Egal wohin, einfach weiter."

„Ich fahre Richtung Grenze."

„In Ordnung."

„Mehr an Gepäck hast du nicht?"

„Nein. Das ist alles, was ich brauche."

„Gut, steig ein."

Sie legte Gitarre und Rucksack auf die Rückbank. Die Sitze, vorne und hinten, waren mit rotem Leder bezogen. Dann öffnete sie die Beifahrertür und ließ sich erschöpft auf den Sitz neben ihm fallen.

„Alles in Ordnung bei dir?"

„Ja. Danke fürs Mitnehmen."

„Wasser?"

„Gerne."

Er griff hinter sich in den Fußraum. Reichte ihr eine 0,5 Liter Plastikwasserflasche. Sie öffnete den Drehverschluss und nahm mehrere lange Züge. Das Wasser war warm. 30 Grad Innentemperatur.

Sie stellte die Lüftungsklappen in ihre Richtung. Die Fahrtluft kühlte ihr Gesicht. Er nahm ihren subtilen Geruch wahr. Den nicht unangenehmen Duft ihres geschwitzten Körpers, in den sich die leichten Aromen eines Parfums mischten. Zitrusfrüchte, exotische Blüten, vielleicht wilde Kräuter. Sie hingegen vernahm den Geruch des Leders. Er nahm ihn schon lange nicht mehr wahr.

„Man sollte so was nicht machen. Nicht mehr heutzutage."

„Was nicht machen?"

„Per Anhalter fahren. Ist zu gefährlich, erst recht für eine Frau."

„Findest du?"

„Versteh mich nicht falsch. Man sieht heutzutage nur noch selten jemanden trampen."

Sie schob ihre Sonnenbrille ins Haar und sagte: „Du hast recht, das Vertrauen ist verloren gegangen."

Er nickte. „Ja, das gegenseitige Vertrauen."

Sie sahen sich direkt in die Augen. Wenn sich zwei fremde Menschen das erste Mal in die Augen sehen, dann ist dieser singuläre Moment der Moment, in dem sich ihre Welt neu ordnet. Ob sein Anfangsversprechen eingelöst wird, bleibt offen, die Beweislast liegt bei der Zukunft. Das mag zwar auf einem Blatt Papier trivial klingen, trifft

aber den Kern der Sache, denn dieser Moment hebt das Unschuld-
hafte auf. Er behauptet alles Folgende. Seine Augen waren blau. Ihre
dunkelbraun.

Um die Länge des Augenkontakts sich nicht ins Unangenehme wen-
den zu lassen, richtete er seinen Blick auf den Innenspiegel, dann
in Fahrtrichtung. Er schaltete einen Gang höher und fragte sie nach
ihrem Namen.
Ohne ihn anzusehen, antwortete sie.

„Kookie."
„Kookie?"
„Ja."
„Was bedeutet der Name?"
„Er hat keine Bedeutung. Und wie heißt du?"
„Fynn."
„Gefällt mir, ist ein schöner Name."
„Danke."

Fynn war nicht der Typ Mann, dem Frauen sofort Aufmerksamkeit
schenken. Er war eine Person des zweiten Blicks. Wegen seines zu-
rückhaltenden Erscheinens? Vielleicht. Vielleicht wegen seiner stillen
Intensität, seines klug und unvoreingenommenen wirkenden Ge-
sichts, das dem Gegenüber das Gefühl gab, über jedes Thema sprechen zu können. Über philosophische, existenzielle Fragen, aber auch
über ganz Alltägliches. Denn er hatte dieses Junge-aus-der-Nachbar-
schaft-Gesicht. Wie jemand, der einfach nur sagt, ‚Hallo, wie geht's
dir heute. Wollen wir was trinken?' Das Lächeln, das er dabei seinem
Gegenüber schenkt, bewirkt, dass man sich in seiner Gegenwart wohl-
fühlt. Man sagt, ‚warum nicht' und weiß, dass man die anschließende
Konversation mögen wird. Man wird über nichts Ernsthaftes reden
müssen und eine freudige Leichtigkeit wird das Gespräch tragen.

Aber da war auch dieser undurchschaubare Blick. Ein Blick, der ahnen lässt, dass es eine verschlossene Seite gibt, die vermittelt, dass er
keine Person ist, die sich sofort öffnen würde. So konnte der erste
Eindruck durchaus unterschiedlich sein, den er hinterließ.

Wie auch immer ihr gegenseitiger erster Eindruck gewesen war.
Letztlich wussten beide, dass niemand, den man trifft, so sehr man

sich dies auch wünscht, bei null anfängt. Sie wussten zu gut, dass hinter jedem Gesicht eine Geschichte verborgen ist, und je tiefer man geht, desto mehr kann man sich an den Abbruchrändern der Vergangenheit schneiden.

Wegen einer gesperrten Straße mussten sie eine Umleitung nehmen und fuhren ein paar Minuten, ohne etwas zu sagen. Fynn dachte über das nächste Treffen nach. Kookie schaute gedankenverloren aus dem Seitenfenster. Sie sah knochige, gewundene Olivenbäume, deren silbrige Blätter das Sonnenlicht reflektierten. Verdorrte Wurzeln in einer kargen Erde. Stillgelegte Brunnen. Kein Tier, nicht einmal ein Reptil, war zu sehen.

„Warum trampst du eigentlich? Besuchst du jemanden?"
Als er keine Antwort auf die Frage erhielt, stellte er fest, dass sie mit der Wasserflasche in der Hand eingeschlafen war.

A goddess on a highway. So saß sie neben ihm. Ein Sonnenstrahl wanderte auf ihrem schwarzen Haar. Verteilt über ihren Hals klebten wie dünne Wurzeln einzelne Haarsträhnen. Ihr Pony war etwa zwei Zentimeter über den scharf gezupften Augenbrauen, horizontal die Stirn entlang geschnitten. Ihre Wimpern waren lang und extrem gebogen. Auf beiden Seiten trug sie drei Ohrringe aus dünnem Metall. Ein größerer und darüber zwei kleinere. Hin und wieder blitzte das Metall auf, wenn es von dem Sonnenstrahl getroffen wurde.

Sie trug eine dunkle Jeans, schwarz-weiße Sneakers und ein kirschrotes Shirt. Passend dazu der Lippenstift. Um ihre Handgelenke waren verschiedene Bänder gebunden. Einige aus Stoff, eines aus Plastik, offenbar von einem Konzert. Ihre Finger waren schmal, gerade und lang. Die Nägel sorgfältig lackiert in dunkelroter Farbe. Sie trug zwei Ringe. Er war sich nicht sicher, ob einer davon ein Ehe- oder Verlobungsring sein könnte. Vielleicht war es auch nur billiger Modeschmuck. „Vergiss es", dachte Fynn. „Die ist eine Nummer zu groß für dich."

Kookie hatte eine gute halbe Stunde geschlafen, als Fynn abrupt bremsen und scharf lenken musste, um einem Tier auf der Fahrbahn auszuweichen.

„Entschuldigung, ich wollte dich nicht wecken."

„Was war das?"

„Eine Kröte oder so was."

Kookie klappte die Sonnenblende herunter und betrachtete sich im Spiegel.

„Ich glaube, ich bin kurz eingeschlafen."

„Ja, du hast im Schlaf gezuckt", sagte Fynn.

Sie sprach ihn auf den Wagen an. Dass man solche Exemplare nicht mehr häufig sehe. Es war ein Mercedes W 110, Modell 190 D, Baujahr 1964. Er erzählte, dass er ihn einem alten Taxifahrer abgekauft hatte, als dieser in Rente ging. Anschließend erläuterte er die ungewöhnliche Armatur, deutete auf den senkrechten Walzentachometer und betonte die markante Heckflosse, die dieses Modell auszeichnete. Im weiteren Verlauf unterhielten sie sich über vergangene Reisen und abgelegene Orte. Allgemeinheiten. Hin und wieder machte Fynn einen Scherz. Dann zeigte sie ihr großes, offenes Lachen und er sah für einen Moment zwischen den Schneidezähnen ihre Zahnlücke, die etwas breiter war als die von Brigitte Bardot.

„Du bist Musikerin?" Er deutete mit dem Daumen auf die Rückbank, wo die Gitarre lag.

„Ja, kann man so sagen. Ich arbeite gerade an meinem ersten Solo-Album."

„Was für ein Album?"

„Liebeslieder"

Er verzog den Mundwinkel. „Tut mir leid, aber sind Liebeslieder nicht ... kitschig?"

„Diese nicht. Meine sind besonders."

„Und was ist an ihnen so besonders?"

„Dass es meine sind."

Er lachte kurz auf. Sie schaute ernst.

Kookie griff nach ihrem Rucksack. Sie öffnete den Klettverschluss und nahm ein Notizbuch heraus. Mit der Handfläche strich sie über den Umschlag. Auf der Vorderseite war in roter Farbe ein japanisches Schriftzeichen aufgedruckt.

„Hier!"

„Was ist das?"

„Mein Notizbuch. Da ist alles drin. Meine Ideen, Texte. Kompositionen. Alles. Ich habe sogar ein Aufnahmegerät integriert."

„Für dein Musikalbum?"

„Ja. Ich glaube, du kannst dir nicht genau vorstellen, wie viel Aufwand in so einem Album steckt. Die Ideen zu finden, die passenden Elemente später zusammenzufügen. Da steckt verdammt viel Zeit drin."

„Doch, doch. Kann ich mir gut vorstellen."

Fynn schaltete in den dritten Gang. Er griff hinter sich in einen Beutel und zog eine Packung mit zwei Sandwiches heraus. „Magst du?"

„Danke." Sie öffnete die Packung. Seit gestern hatte sie nichts gegessen.

„Wie heißt dein Album?", fragte er.

Sie biss in das erste Sandwich und sprach mit vollem Mund.

„Ich habe mich noch nicht entschieden, bisher läuft es unter dem Arbeitstitel *13 Songs from the distance.*"

„Hört sich nach einer tieferen Bedeutung an." Er gab sich Mühe, dass sich dieser Satz nicht ironisch anhörte, denn das war er nicht gemeint. Eine leichte Änderung des Tonfalls in diese Richtung, dessen war er sich bewusst, hätte das Gespräch zerstört, ihm zumindest einen falschen Lauf gegeben.

„Mag sein. Vielleicht verbindet die Lieder alle etwas Tieferes. Jeder der Songs hat seine eigene Geschichte und seinen eigenen Weg. Aber so gehe ich nicht daran. Ich sag mir nicht, jetzt schreibst du mal was richtig Bedeutendes. Ich fange mit meinen eigenen Erlebnissen an, schaue in mein Notizbuch, was dazu passen könnte und von da aus entwickelt sich der Song. Manchmal entsteht so etwas wie eine tiefere Bedeutung, manchmal ist es einfach nur eine persönliche Empfindung." Sie steckte den Rest des Sandwichs in den Mund und wischte ihre Hände an ihrer Hose ab.

„Wenn ich dir irgendwie mal dabei helfen kann, lass es mich wissen."

Sie schmunzelte.

„Danke, ich werde dich daran erinnern, wenn es so weit ist."

Dann prüfte sie den Belag des zweiten Sandwichs und sagte:

„Und du? Was machst du so?"

„Ich handele mit Drehbüchern."

„Mit Drehbüchern?"

„Ja. Ich würde es Drehbuch-Scout nennen."

„Was soll das sein?"

„Ich halte Ausschau nach guten Drehbuch-Ideen. Wenn ich ein aussichtsreiches Skript finde, kaufe ich es und versuche, es mit Gewinn weiter zu verkaufen. In der Regel einer Produktionsfirma. Manchmal stoße ich auch auf ein Skript, das noch nicht perfekt ist, aber Potenzial hat. Dann übernehme ich es und überlege, wie man es optimieren kann."

Er deutete auf eine Ledermappe, die auf dem Armaturenbrett lag.

„Ich habe ein paar Skripte in die engere Auswahl genommen und plane, mich in den nächsten Tagen mit den jeweiligen Autoren zu treffen. Deswegen bin ich unterwegs. Tja, das ist, was ich mache."

„Und davon kann man leben?"

„Na ja, ich versuche, mich über Wasser zu halten. An die großen Fische, die amerikanischen Produktionen komme ich nicht ran, also halte ich mich an eher unbekannte europäische Autoren. Aber auch hier kann ich mir keine Fehlgriffe erlauben. Es geht um einiges an Geld. Weißt du, den Finanziers ist der Film vom künstlerischen Aspekt völlig egal. Sie haben keinerlei Ahnung, ob eine Story das Zeug hat oder nicht. Es interessiert sie auch nicht. Aber das ist in Ordnung, sie wollen einfach nur für ihr Geld mehr bekommen, als sie Zinsen auf der Bank bekämen. Ein Film ist ein reines Investitionsprojekt."

„Ich weiß."

Er schaute sie kurz fragend an.

In dem Moment, als er „Wieso?" fragen wollte, sagte sie schon:

„Was machst du denn für Filme?"

Er schaute wieder auf die Fahrbahn.

„Meistens Mainstream. Ich kann mir kein Risiko leisten. Leider muss ich mein Geld verdienen und kann nicht große Kunstwerke schaffen."

„Verstehe."

„Vorher habe ich eine lange Zeit als Script Doctor gearbeitet. Das ist ähnlich, aber stressiger. So eine Art Notarzt für schiefgelaufene Filmprojekte. Meine Aufgabe war es, mangelhafte Drehbücher in kurzer Zeit zu reparieren, also umzuschreiben. Meistens kam ich erst während des Drehs zum Einsatz, wenn man gemerkt hat, dass die Produktion aus dem Budget läuft oder andere Probleme auftraten. Zum Beispiel, wenn der Schauspieler aus unterschiedlichsten Gründen während der Produktion ausfiel. Obwohl ich so manchen Film gerettet habe, wurde ich aber noch nicht mal im Abspann genannt. Ich meine, jeder Idiot wird im Abspann genannt, aber der Script Doctor nicht. Ich hab auch Filme erlebt, da wurden mehrere nacheinander verschlissen, bis der Produzent zufrieden war. Das war schon frustrierend."

„Kann ich mir gut vorstellen", sagte Kookie im gleichen Tonfall wie Fynn einige Minuten zuvor. Sie aß den Rest des zweiten Sandwichs auf und wischte sich den Mund ab.

Um die Konversation nicht abbrechen zu lassen, fragte Fynn: „Und wie sieht es bei dir aus? Lohnt sich so ein Album denn heute überhaupt noch? Ich meine, die meisten Menschen hören doch nur noch Streamingdienste, picken sich einzelne Lieder heraus oder bekommen Playlists vorgeschlagen, um sich in einer Stimmung zu bewegen. Wer hört sich denn noch ein Album komplett an?" Bevor Kookie antworten konnte, fügte er noch hinzu: „Und bei Spotify verdient man doch kaum etwas daran, oder?"

„Man verdient natürlich nur noch durch die Auftritte. Aber darauf kommt es mir sowieso nicht an", antwortete Kookie etwas pikiert. „Ich mache das Album, nicht um Geld zu verdienen. Mir ist es egal, ob es jemand kauft. Ich mache es für mich. Außerdem können mich die Streamingdienste mal. Ich werde die Songs auf Vinyl pressen. Nichts online. Die Musik soll anfassbar sein."

Er wusste nicht, woran er es festmachen sollte. Wahrscheinlich war es die Kombination aus allem. Ihrem Auftreten, ihrer Stimme, ihrem Äußeren. Das was sie sagte. Diese Unbekümmertheit, aber auch die Bestimmtheit mit der Kookie ihm begegnete, war genau das, was er vom ersten Moment an so anziehend an ihr fand. Sie war der Gegenentwurf zu seinem Weltbild, das auf Vorsicht aufgebaut war. Das ihm riet, im Absehbaren zu bleiben. Einem Weltbild, dessen Längen- und Breitengrade ihm ein Netz der Sicherheit spannten. Kookie war die Perturbation dieser Konstruktion. Sie besaß die Sorglosigkeit, die trotzige Kraft, die ihm fehlte. Wo er eine Bedrohung sah, sah sie eine Herausforderung. Er versteckte sich in der fiktiven Welt von Geschichten, sie hingegen sah dem Leben ins Auge.

Und so verzichtete er auf den nächsten Satz des Zweifelns und sagte stattdessen:

„Find ich gut, diese Einstellung. Vinyl hat was."

An der nächsten Kreuzung bog Fynn in Richtung Norden ab. Die Kalligrafie der Straße änderte sich in eine lange, abschwingende Kurvenfahrt. Sie fuhren im Abendlicht. Kookie kurbelte das Seitenfenster herunter und schoss ein Polaroid. Sie zog das Bild ab und wartete, bis es sich vollständig entwickelt hatte. Derweil legte sich die Sonne nieder wie ein müdes Tier auf der Weide. Fern und schwer, gebettet in ein unendliches, tonales Abendrot.

Es dauerte etwa eine Stunde bis sie das Ziel, ein Dorf am Ausläufer der Berge, erreichten. Fynn parkte das Auto am Marktplatz.

„Und jetzt?", fragte Kookie.
„Ich bleibe hier über Nacht. In einem Hotel."
„Kann ich mit?"
„Wenn du magst."

Vom Marktplatz aus nahmen sie eine steile Treppe hinab in Richtung eines ausgetrockneten Flussbettes. Der Weg führte sie über Kopfsteinpflaster in ein Labyrinth aus schmalen, verwinkelten Gassen. Die Häuser, die teilweise in die Felswand übergingen, waren verkleidet mit handbemalten Keramikfliesen. Zwischen den gegenüberliegenden Fenstern hingen auf Wäscheleinen gespannt, Unterwäsche und Handtücher.

Sie erreichten das Hotel. An der Rezeption wurden sie gefragt, ob sie zusammengehörten. Die Frage erzeugte einen peinlichen Moment. Fynn verneinte und sagte, dass sie zwei Zimmer benötigten. Kookie fragte, ob sie sich etwas Geld von ihm leihen könnte, sie hätte seit Tagen keinen Bankautomaten gesehen. Er bot an, die Rechnung zu übernehmen, es wäre kein Problem. Sie unternahm einen zögerlichen Ablehnungsversuch, um dann das Angebot anzunehmen. „Ich werde es dir zurückgeben", versprach sie.

Es war ein einfaches Hotel, eines in dem man noch Schlüssel mit schweren Anhängern statt Plastikkarten überreicht bekam. Nachdem sie eingecheckt hatten, nahmen sie die Treppe in den ersten Stock. Die Zimmer lagen nebeneinander. Beide standen zögernd vor den Türen.

Fynn dachte, es war zu wenig geschehen, um Kookie noch auf ein Getränk einzuladen, und doch verlangte die Situation etwas mehr, als einfach Gute Nacht zu sagen. Kookie war sich nicht sicher, ob Fynn etwas erwartete, aber nein, dafür, so schätze sie ihn ein, war er nicht der Typ. Und so entstand eine unangenehme Leerstelle, in die plötzlich die Hymne aus Star Wars ertönte. Kookie hatte immer noch den gleichen Klingelton, den sie vor Jahren heruntergeladen hatte. Sie nahm ihr Smartphone aus der Tasche und blickte auf das Display. Fynn versuchte, den Namen zu erkennen, aber es gelang ihm nicht. Zu schnell drückte sie den Anruf weg.

„Gute Nacht", sagte sie.

„Gute Nacht", antwortete er und beide schlossen ihre Zimmertür auf.

Fynn drehte sich noch einmal um, Kookie nicht.

Das Zimmer war schlicht und zweckmäßig eingerichtet. Er stellte seinen Koffer auf die dafür vorgesehene Ablage und zog die Schuhe aus. Dann warf er sich auf das Holzbett. Er blickte zur Decke. Der monoton kreisende Ventilator kühlte den Raum kaum ab. Sein Blick folgte dem Riss, der an der Aufhängung des Ventilators entsprang und sich in der weißen Decke nach außen hin verästelte. Er stellte sich vor, wie der weitere Abend hätte verlaufen können. Dann hörte er die Dusche auf der anderen Seite anspringen.

Ein dumpfer Ton. Kaltes Wasser. Schaum floss über ihren Hals, hinab zu der vernarbten Schnittwunde auf ihrer linken Brust, unterhalb des Schlüsselbeins.

Es gelang ihm nicht, die Gedanken an Kookie zu vertreiben. Gedanken, die er versuchte, wie Rauch aus der Luft wegzuwischen, um freie Sicht auf die Situation zu schaffen. Sie ließ ihn nicht los. Unruhig stand er auf und ging im Zimmer umher. Sein Blick fing sich im Spiegel. Der Spiegel war teilweise blind, an manchen Stellen war die Verbindung aus Zinn und Quecksilber mit den Jahren korrodiert. Er sah seine unrasierten Wangen. Seinen sanft geschwungenen Mund. Alles in allem, kein schlecht komponiertes Bild. Fynn fokussierte auf das Gesicht im Spiegel.

„Was mach ich da bloß? Ich tu mir das auf keinen Fall an. Ich werde mich nicht auf sie einlassen. Sie trägt einen Ring. Jemand ruft sie um die Uhrzeit an. Sie muss einen Freund haben. Oder einen Mann."

„Na und?", entgegnete sein Spiegelbild. „Was heißt das schon? Sie hat den Anruf weggedrückt. Ich bin mir sicher, dass ihr die Person nichts bedeutet."

„Wie kannst du dir da sicher sein?"
„Sicher vielleicht nicht. Aber es ist wahrscheinlich."

„Das Ganze ...", sagte er zu seinem Spiegelbild, „Das Ganze geht mich einfach nichts an. Ich hab kein Recht, mich einzumischen."
„Unsinn", zischte der Spiegel zurück.

Nebenan stoppte die Dusche. Er stellte sich vor, wie sie nach dem Handtuch griff, es um ihren Körper legte. Wie sie eine Weile so da stand, sich ebenso wie er im Spiegel betrachtend. Wenige Meter entfernt von ihm hinter der Wand.

„Sag etwas!", forderte sein Spiegelbild ihn auf. „Wie wird es weiter gehen?"

Machen wir uns nichts vor. Es beginnt immer gleich. Man kommt zusammen, weil man auf der Suche nach etwas ist. Man will den Anderen entdecken, wie ein unbekanntes Land. Und dabei auch selbst neu entdeckt werden. Das Unbekannte im Anderen wechselt nach und nach ins Bekannte, es entstehen gemeinsame Erlebnisse. Man tauscht vertrauliche Geschichten aus. Lieder mit versteckten Botschaften. Die langsame Annäherung. Das Beobachten der Gesten. Ein Lachen. Dann das zweideutige Spiel mit diskreten Signalen. So wird es auch bei Fynn und Kookie sein. Irgendwann werden sie sich scheinbar zufällig berühren. Den nächsten Schritt wagen, dabei die süße Angst spüren, zurückgewiesen zu werden. Aber niemand kommt heil aus einer Liebesgeschichte heraus. Damit sei nicht gemeint, die Vorzeichen auf die kommenden Schwierigkeiten zu deuten. Nein, es geht darum: Je mehr wir entdecken, desto weniger Geheimnisvolles wird übrig bleiben. Bis irgendwann der Satz fällt: „Du hast dich verändert". Der Wunsch, das Ziel zu erreichen, ohne den unbekümmerten Zustand des Auftakts zu verlieren, den Umstand zu ignorieren, dass in jedem Anfang das Ende innewohnt - das ist die unbarmherzige Narration.

Seine Augen blickten ins Leere. Nein, er will es nicht zerdenken.

Und wissen wir nicht alle, wie es ist, wenn man dem Kurs der Gedankenmöglichkeiten verfällt? Die Möglichkeit ist der Reiz, die zentrale Kraft, in deren Sog man geraten ist. Allein die Möglichkeit lässt uns den Weg begehen.

Er sprach es leise vor dem Spiegel aus:

Fynn und Kookie.

Ein zögerliches, wandelbares Bündnis, geeint durch den Kompass der Suchenden. Es könnte ihre Geschichte sein. Zwei unfertige Ideen, die zusammen einen Sinn ergeben. Fynn und Kookie. Mehr und mehr konnte er sich an den Klang gewöhnen. An den Zweiklang.

Das Frühstück nahm Fynn auf der Terrasse ein. Es bestand aus frischgebackenem Brot, hausgemachter Marmelade, Spiegelei und süßem Gebäck, das nach Mandeln und Ei schmeckte. Dazu trank Fynn wie jeden Morgen ein Glas kalten Orangensaft und viel Kaffee. Es ging ein leichter Wind. Wenn die Morgensonne gelegentlich hinter den Wolken hervorkam, wurde ihm heiß auf der rechten Gesichtshälfte, sodass er etwas vorrückte, um von dem Schornstein des angrenzenden Hauses Schatten zu bekommen. Rechts von ihm waren im Garten Schmucklilien mit blauer Blüte gepflanzt. Daneben Rosmarinbüsche. Die Sonnenstrahlen verfingen sich in zwei langen Spinnennetzfäden, die von einer gelben Amaryllis bis zu dem Zaun verliefen, der das Grundstück begrenzte. Ein Insekt hing gefangen im Netz. Zwischen den alten, teils zerbrochenen Tonziegeln des Steinhauses tauchten hin und wieder kleine graue Echsen auf, die aber sofort wieder in den Ritzen verschwanden. Auf der linken Seite der Terrasse lag eine Katze im Gras und sonnte sich. Die Morgenstimmung war erfüllt von dem Zwitschern kleiner Vögel, vielleicht Finken, vielleicht Spatzen, die auf der Stromleitung, die zum Dach führte, saßen. Fynn hätte es als idyllisch bezeichnen können, wäre er nicht immer wieder durch einen in der Ferne hell kläffenden Hund und ein nervendes Geräusch einer elektrischen Heckenschere in seiner Konzentration gestört worden. Er blickte von seinen Notizen auf und sah Kookie auf die Terrasse kommen.

Die Nacht hatte ihr augenscheinlich gut getan. Sie wirkte ausgeruht und gut gelaunt. Ihre Haare waren noch nass. Sie hatte die Gelegenheit genutzt, ihre Wäsche mit Hotel-Shampoo zu waschen und über Nacht zu trocknen. Freudig begrüßte sie Fynn und setzte sich zu ihm an den Tisch.

Fynn schenkte sich eine Tasse Kaffee nach. Es war ziemlich lange her, dass er mit jemandem zusammen gefrühstückt hatte. Er konnte sich kaum daran erinnern, beinahe hatte er vergessen, wie es sich anfühlt.

„Was machst du da?", fragte sie ihn.
„Ich plane die Route für den Tag. Und du? Wo geht dein Weg hin?", fragte er.
„Mal sehen. Ich lass mich treiben." Kookie versuchte, nie weiter als drei Tage in die Zukunft zu schauen. Das teilte ihr Leben in über-

schaubare Stücke, denn sie hatte sich vorgenommen, nur von Schritt zu Schritt zu denken. Wie bei einer schwierigen Wanderung im Gebirge.

„Wo fährst du heute hin?“
„Morgen habe ich ein Treffen mit einem Autor in Valpagoa. Das heißt, es wäre gut, wenn ich heute bis Medes käme.“ Er sagte ‚wenn *ich* heute bis Medes käme‘, nicht, wenn *wir* heute bis Medes kämen‘.

Kookie war sich nicht sicher, ob die Formulierung bewusst gewählt war, also suchte sie den Weg nach vorne. „Macht es dir etwas aus, wenn ich noch einen Tag mitfahre?“ In diesem Moment stach Fynn mit der Gabel in das Eigelb und es verteilte sich auf dem Teller.

Um etwas Zeit zu gewinnen, schob er die flüssige Masse sorgfältig mit dem Besteck zusammen. Denn er wusste, dass er mit der Antwort alles, was zukünftig geschieht, bestimmen konnte. Und er war froh, dass sie ihn zuerst gefragt hatte, dass nicht er den Vorschlag machen musste.

Im exakt richtigen Zeitabstand sagte er, ohne aufzuschauen, in einem Tonfall, der nicht aufgeregt, fast beiläufig klingen sollte, dass es überhaupt kein Problem sei. Auf langen Autofahrten schade Gesellschaft nie. „Wie gesagt, es wäre gut, wenn wir heute bis Medes kämen.“

Über das Internetportal buchte er noch ein Zimmer hinzu, dann brachen sie auf, weiter in Richtung Nordwesten.

Normalerweise bevorzugte Fynn Autobahnen. Die ruhige, abwechslungslose Fahrt gab ihm Gelegenheit, über die Skripte nachzudenken. Dinge gedanklich zu sortieren. Kookie hingegen mochte die kleinen, authentischen Nebenstraßen, auch wenn sie mehr Zeit verlangten. Sie seien wilder. „Versuche einfach, die Umwege zu genießen, Fynn“, überredete sie ihn, die Strecke umzuplanen.

Je weiter sie Richtung Norden kamen, desto milder wurde das Klima. Die große Hitze war vorbei. Als sie den Fluss überquerten, der gleichzeitig die Landesgrenze darstellte, zeigte die Natur sich grüner. Weinanbaugebiete, alte Dörfer mit Landhäusern, Zypressen, die auf einem kraftvollen Boden wuchsen, bestimmten hier die Topologie der Landschaft. Felder und Flächen von opaker, kräftiger Farbe.

Auf der Hälfte des Weges hielt Fynn an einer Tankstelle an. Während er volltankte, befreite er die Windschutzscheibe vom Blütenstaub und fragte Kookie durch das Seitenfenster, ob sie hungrig sei.

„Nein, Danke. Aber ein Tee wäre nicht schlecht", antwortete sie.
Er nickte ihr zu, steckte den Zapfhahn in die Halterung und zahlte am Schalter.

Nach ein paar Minuten kam Fynn zurück.
Er reichte ihr den Pappbecher. „Vorsicht, heiß."
Kookie nahm den Becher entgegen und bedankte sich.

Fynn startete wieder den Motor. Ein kurzer Blick in den Seitenspiegel, die Straße war leer, dann setzte er den Blinker und beschleunigte. Nach ein paar Minuten schaltete Fynn das Radio an. Er drehte solange am Senderknopf, bis er einen stabilen Sender gefunden hatte. Kookie nahm vorsichtig einen Schluck von dem Tee, der immer noch sehr heiß war.

„Verrätst du mir deinen Lieblingsfilm, Fynn? Ich meine, wenn du die ganze Zeit mit Skripten zu tun hast ..."

Fynn drehte das Radio leiser und fuhr sich mit der Hand über den Kopf. Er nahm die Frage sehr ernsthaft an.

„Schwierig zu sagen. Ich hab einige. Am liebsten mag ich Dramen. Einer meiner Lieblingsfilme ist beispielsweise *Breaking the waves*."
Er nahm einen Schluck Wasser.
„Manchmal sehe ich einen Film und er beeinflusst mich sehr stark, und dann denke ich, wie hätte ich den Film ein paar Jahre früher oder später wahrgenommen. Ich glaube, das Situative ist sehr entscheidend. In welcher Phase man sich gerade befindet. Und du?"
„Und ich?"
„Hast du einen Lieblingsfilm?"
„Nein. Aber ich habe in ein paar mitgespielt", sagte Kookie.
Fynn schaute sie verwundert an.
„Du hast in einem Film mitgespielt?"
„In mehreren."
„Ich dachte, du bist Musikerin?"
„Ja, auch."
Fynn war sichtlich verwirrt.

„In welchem Film hast du gespielt?"
„The Inner Heart"

Er warf ihr jetzt einen mehr als überraschten Blick zu. „Willst du mich hochnehmen?"
„Hey, pass auf die Straße auf."
Sie griff ins Lenkrad und korrigierte die Richtung.
„Ist schon OK", beruhigte er sie. „Hab alles unter Kontrolle. Noch mal ... Du hast in *The Inner Heart* mitgespielt? Von David Lynch? Du meinst wahrscheinlich als Statist."
„Nein. Ich spielte die weibliche Hauptrolle."
„Was?" Er bremste und hielt am Seitenrand.
Er blickte sie nun genauer an, aber war sich immer noch unsicher.
„Tut mir leid, dass ich dich nicht direkt erkannt habe. Ich geb zu, es ist eine Weile her, dass ich den Film gesehen habe."
„Ist schon gut. Hab ja auch eine Perücke getragen und jede Menge Schminke."
„Also, damit ich das richtig verstehe. Du bist eigentlich Schauspielerin?"
„Nein. Es ist mehr zufällig dazu gekommen."
„Wie denn?"
„Das ist eine längere Geschichte."
„Eine längere Geschichte? Haben wir es gerade eilig?"
„OK, aber du kannst wieder losfahren."
Fynn schaute in den Außenspiegel und setzte die Fahrt fort.
„Schieß los."
„Also gut. Dann aber von vorne."

Er schaltete das Radio aus und Kookie begann zu erzählen.

„Meine Mutter stammt aus Tokyo. Sie war 17, als sie einen Franzosen kennenlernte. Soviel ich weiß, war er beruflich für ein paar Monate in Japan. Sie arbeitete als Kellnerin. Die beiden trafen sich öfter und es entwickelte sich eine Affäre. Ich kürze einmal diesen Teil der Geschichte ab, es sei nur gesagt, dass er offensichtlich nicht wusste, dass sie nicht verhütete. Jedenfalls, als er von der Schwangerschaft erfuhr, ließ er sie fallen."
„Wieso?"
„Wieso wohl? Es passte nicht in seinen Plan. Er ließ von ihr ab und ging zurück zu seiner Frau nach Frankreich. Von Zeit zu Zeit schickte er meiner Mutter Geld und das war's."

„Dann nehme ich mal an, du hast kein sonderlich gutes Verhältnis zu ihm."

„Ich weiß noch nicht mal, wie er aussieht. Das Einzige, was ich mit meinem Vater verbinde, ist der Geruch von dem stinkenden Käse, den er uns immer geschickt hatte. Zusammen mit dem Geld."

Während Kookie weiter erzählte, begann sie, ein Blatt Papier zu falten.

„Als Kind hab ich wirklich eine Menge Mist angestellt, aber meine Mutter hat mir alles verziehen, immer versucht, die Dinge wieder geradezubiegen. Oft kam ich spät nach Hause, aber sie kümmerte sich um mich, wusch meine Haare, sie schrubbte den Dreck von mir ab, auch wenn sie kurz danach wieder Schichtdienst hatte. Ich erinnere mich noch bis heute an das Zimmer, an die kleine enge Wohnung. In Tokyo hat man nicht viel Platz, die Wände sind dünn und die Nachbarn hören immer mit. Deshalb lief ich die meiste Zeit mit Kopfhörern rum. Immer in maximaler Lautstärke. Das war der Ozean, in dem ich schwamm. Und so entwickelte sich meine Liebe zur Musik. So hab ich auch mein Englisch gelernt. Aus den Pop-Songs. Irgendwann habe ich mir gedacht: Du musst selber Musik machen, da war ich zehn."

„Zehn Jahre?"

„Ja, mit zehn ist man ja viel klüger, als alle glauben, da habe ich angefangen, mir Gitarre spielen beizubringen und Lieder zu schreiben. Ich weiß nicht mehr genau, worüber ich gesungen habe und was für Gedanken in den Songs steckten, aber ich sah mich damals schon als Star auf der Bühne. Tagträume halt. Vielleicht hole ich doch etwas zu weit aus, oder?"

„Nein, nein. Erzähl weiter."

Kookies Smartphone klingelte. Sie warf einen kurzen Blick auf das Display.

„Willst du nicht rangehen?"

„Nein." Sie drückte den Anruf weg. „Jedenfalls war für mich klar, dass ich Musik machen wollte."

So schön ihre Kindheit, so eng die Beziehung zu ihrer Mutter auch war, Kookie zählte die Tage, bis sie endlich 16 war und von zu Hause ausziehen konnte. Jetzt würde sie alleine fliegen dürfen. Es war ein langes Gespräch gewesen, dessen Ausgang ihre Mutter von Beginn an kannte. Sie wusste, dass es zwecklos sein würde, Kookie umstimmen zu wollen. Denn wenn Kookie sich etwas in den Kopf gesetzt hatte, konnte sie nichts mehr davon abbringen. Und genau das hatte sie dann gemacht. Sie ging ihren eigenen Weg. Zweifelsohne, dem werden Sie zustimmen, es ist gut, wenn man seinen eigenen Weg geht. Aber was man dabei oft vergisst, ist der Umstand, dass einen vielleicht niemand begleitet. Man muss in Kauf nehmen, dass man am Ende möglicherweise alleine dasteht.

Das Ziel lag auf der Hand. Schon seither, wenn draußen das Wetter schlecht war, reiste Kookie nach Europa. Auf dem Küchentisch, mit einem bunten Stift über die Seiten in ihrem Atlas. Hier lag alles so dicht beieinander, wie in Tokyo. Sie wollte nach England. Wegen der Musik und der Sprache. Und so flog sie ein paar Tage nach ihrem Geburtstag mit einem Koffer und ihrer Gitarre nach London.

Sie zog in einen Vorort, fand ein paar Freunde. Aber schon bald musste Kookie feststellen, dass London ein widerwärtiges Biest ist, wenn man kein Geld hat. Nach langem Suchen fand sie einen Job in einem Plattenladen. Für tagsüber. Nachts war sie mit ihren Freunden unterwegs. Bald kannte sie fast jeden angesagten Londoner Club. Und eines Abends sah sie ein Konzert von Sonic Youth.

„Hast du die mal spielen sehen?"
„Nein"
„Unglaublich kraftvoll. Ich war so beeindruckt, dass ich sofort mit ein paar Freunden eine eigene Band gründete. Noch am gleichen Abend. So wollten wir auch sein."

Sie nannten sich 'Rest in Noise'. Der Name kam ihnen in den Sinn, als sie einmal in einem Hotel übernachteten, in dem die ganze Nacht Lärm war und sie kein Auge zu machen konnten. Und er passte gut zu ihrer Musik. Laut, ungeschliffen. Am Anfang spielten sie nur Cover Songs. Nach und nach kamen ein paar eigene Lieder hinzu. Schnell hatten sie einen Bekanntheitsgrad in der Szene erreicht. Erst kamen 25 Besucher, dann 50, bald 200 zum Konzert. Die Leute mochten die Bühnenshow, immer passierte etwas Unberechenbares. Es lief also nicht schlecht. Von den Einnahmen produzierten sie eine Demo-Aufnahme. Eine Woche später wurde Kookie nach einem Konzert angesprochen.

„Am Anfang dachte ich, der Typ versuchte nur, mich anzumachen, und ich wollte ihm schon die kalte Schulter zeigen, aber dann sagte er, dass er ein kleines Plattenlabel besitze, da sah ich meine Chance."

Das Stück Papier, das sie während des Erzählens faltete, nahm langsam eine Form an.

Kookie spielte ihm tags darauf das Demo-Band vor. Er war überrascht. Hörte es sich ein zweites Mal an und sagte, man könnte es mal probieren. Noch am gleichen Abend unterbreitete er ihr ein Angebot. Sie produzierten ihr erstes Album. Gingen auf Tour. Das zweite Album folgte, war aber zu schnell zusammengestrickt, dann die nächste Tour. Doppelt so viele Städte. Je populärer sie wurden, desto komplizierter wurde es. Der Bandmanager forderte neue Songs, mischte sich immer mehr in die musikalische Ausrichtung ein. Aber Kookie wollte selbst bestimmen, welche Lieder wann gespielt werden. Sie wollte die Kontrolle behalten über die Setlist, die Texte, die Geschwindigkeit des ganzen Projektes. Immer öfter gab es Streit zwischen ihr und dem Manager.

Selbst wenn die Motivation der Bandmitglieder unterschiedlich war, die einen wollten bloß etwas Spaß und ein mehr oder weniger akzeptables Einkommen, die anderen Teil von etwas Größerem sein, so waren sich doch alle einig, dass der Konflikt zwischen den beiden Egos nicht mehr zu ertragen war.

„Wir spielten gerade in Paris, es war unsere zweite Tour, da geschah das Wunder."

Sie trank einen Schluck von dem jetzt abgekühlten Tee.

„Auf dem Konzert war ein Journalist einer angesagten Musikzeitschrift anwesend. Der Auftritt war ... sagen wir ... ziemlich verstörend für manche im Publikum. Ich erinnere mich noch. Die Stimmung war aufgeladen und ich hatte mich nicht so ganz im Griff. An diesem Abend schoss er ein Bild von mir und brachte es auf dem Cover seiner Zeitschrift. Ich war damals 21. Wie es der Zufall wollte, sah David Lynch das Foto und ließ mich zum Casting einladen."
„Lynch macht auch Musik, oder?"
„Ja, richtig, er hat ein paar Platten aufgenommen. Jedenfalls kannst du dir vorstellen, wie aufgeregt ich war. Ich hatte ja überhaupt keine

Schauspielerfahrung. Heute glaube ich, das war genau das, was er suchte. Aber egal, ich hab sofort unterschrieben. Noch nicht mal das Drehbuch habe ich vorher gelesen."

„Du hast nicht in das Drehbuch reingeschaut?"

„Warum auch? Ich habe ihm blind vertraut. Was immer er gewollt hätte, ich hätte es getan. Ohne Limit."

Fynn zog die Augenbrauen hoch.

„Letztlich hat ja alles geklappt. ‚The Inner Heart' ist ein großer Erfolg geworden, ich meine für Independent-Verhältnisse."

„Da hast du recht."

„Ehrlich gesagt, ist mir immer noch schleierhaft warum. Jedenfalls hat der Film mich über Nacht in der Indie-Szene berühmt gemacht. Und eins kann ich dir sagen, unser Bandmanager war ziemlich sauer deswegen. Ich glaube, er konnte einfach nicht damit umgehen, dass ich mit einem einzigen Film mehr Erfolg hatte als er mit all seinen Bands. Und das, obwohl ich viel jünger war. Wenn du mich fragst: Er fühlte sich neben mir minderwertig und das hat sein Ego nicht verkraftet."

„Was hast du dann gemacht?"

„Ich hab die Band verlassen."

„Einfach so?"

„Na und? Ich fühlte mich eingeengt. Es lief sowieso nicht mehr alles so gut innerhalb der Band. Ich habe dann versucht, mich alleine in der Filmbranche durchzuschlagen, allerdings hatte ich überhaupt keinen Plan von dem Business. Ich bekam zwar ein paar Vorsprechtermine, aber meistens war nur Mist dabei. Low-Budget-Filme, in denen die Nebendarsteller mehrere Rollen übernehmen und so ein Zeug. Aber einmal, da bekam ich noch eine große Chance. Wieder so ein Sechser im Lotto. Ich sollte die Frau von Bruce Willis in *Sixth Sense* spielen."

„Aber?"

„Aber?"

„Da muss ein Aber kommen."

„Ja, das Aber ist: Ich hab keine Arbeitserlaubnis in den Staaten bekommen, weil ich bei einem Dreh mal jemanden geschlagen hatte."

Er blickte sie fragend an.

„Es war im Affekt... Na ja, Olivia Williams hat dann die Rolle bekommen."

David Lynch? Bruce Willis? Was Kookie erzählte, klang immer mehr
wie eine Aneinanderreihung von erfundenen Geschichten. Eine
Montage von Hirngespinsten. Fynn war sich nicht sicher, ob er all
dies glauben sollte. Mit jeder Wendung in der Geschichte wurde er
skeptischer. Er nahm sich vor, das alles später, wenn er die Möglichkeit dazu hätte, zu überprüfen.

„Also *Sixth Sense* war geplatzt. Und dann?"
„Na ja, hin und wieder machte ich noch ein internationales Projekt,
aber kein Film wurde noch einmal ein Erfolg. Im Gegenteil, die Filme
waren sowohl finanziell als auch künstlerisch ein Desaster. Meistens
Rollen, in denen ich nur meine Brüste zeigen sollte. Wenigstens war
dadurch die Gage höher. Nebenbei bemerkt, ich verstehe das nicht.
Ich halte meine Brüste nicht für besonders schön."

Fynn war sich nicht sicher, welche Reaktion sie auf diese Äußerung
erwartete. Die Gefahr, etwas Falsches zu sagen, war ihm zu groß, und
so beschloss er, die Bemerkung zu übergehen.

„Der Tiefpunkt war dann ein französischer Film. Der Regisseur war
einfach nur ein Irrer. Permanent änderte sich seine Vorstellung von
dem Film. Mal wollte er ihn dynamischer machen, mal üppiger, dann
wieder atmosphärischer. Ständig wollte er mehr Ideen einbauen. Die
einzige Konstante war, dass wir keinerlei Skript hatten. Alles improvi-
siert. Am Ende war es reine Quälerei. Ich wünschte mir nichts sehn-
licher, als endlich fertig zu werden. Die Produktion zog sich über drei
Jahre. Hauptsächlich, weil wir immer wieder Pausen machen mussten. Alle paar Monate ist das Geld ausgegangen, niemals konnten wir
kontinuierlich über einen längeren Zeitraum arbeiten. Und wie du
weißt, wenn man an einem Film über drei Jahre dreht, wird es hart.
Vor allem, wenn die Arbeitsweise darin besteht, mit leerem Kopf zum
Set zu kommen und zu hoffen, dass beim Ausprobieren irgendetwas
Brauchbares entsteht. Am Ende wurde der Film nie fertig gestellt.
War mir aber letztlich egal."

„Und das war es dann mit der Schauspielkarriere?"
„Ja. Ich hab mit der Schauspielerei komplett aufgehört. Hab mir
sowieso nichts mehr daraus gemacht. Nervige Interviews, endloses

Warten an den Drehtagen, du kennst das ja alles. Ich bin im Grunde keine Schauspielerin. Ich meine, ich kann mich gut in Rollen versetzen, aber ich habe es letztlich nicht gelernt. Und im Prinzip ist Schauspielerei doch nur das Nachplappern von Texten, die andere aufgeschrieben haben. Mit etwas Gehampel drum rum."

Fynn schaute sie kritisch an. „Na ja, das würde ich nicht so sehen. Ich meine ... richtig gute Schauspieler, die haben schon was erlebt und deswegen können sie das spielen. Emotionen auf Kommando des Regisseurs abrufen ... dass sie authentisch wirken. Das ist kein Gehampel."

„Was weiß ich, ist halt meine Meinung. Ich glaube, im Nachhinein betrachtet, war es ein Fehler, in die Filmbranche zu gehen. Wie du siehst, ich weiß noch nicht mal, was ein Script Doctor ist. Auch wenn meine meisten Filme einen gebraucht hätten."

Der Tee war leer. Sie nahm einen Schluck aus einer Wasserflasche und betrachtete ihr Papierkunstwerk. Drehte es mehrmals und faltete dann weiter.

„Sting hat mal in einem Interview gesagt: Erst brauchst du Glück und dann eine Strategie."
„Ich würde sagen, erstmal musst du richtig gut sein. Und dann muss das Glück hinzukommen", merkte Fynn an.
„Mag sein. Glück hatte ich jedenfalls mehrmals gehabt. Eine Strategie bis heute nicht."
„Ist es OK, wenn ich auch daraus trinke?" Fynn hielt die Wasserflasche hoch. „Wir haben nur die eine."
„Warum fragst du? Denkst du, ich hätte irgendeine Krankheit?"
„Nein, natürlich nicht", sagte er etwas beschämt und nahm einen Schluck aus der Flasche, aus der zuvor Kookie getrunken hatte.

„Was machst du jetzt ... stattdessen?"
„Ich konzentriere mich jetzt auf meine Musik."
„Wieder in der Band?"
„Nein, allein. Mit der Band habe ich nichts mehr zu tun. Außerdem ist mein Interesse an Indie-Musik gegen Null gegangen. Damals hatte mich das Subversive fasziniert. Aber später wurde mir bewusst, dass wir eigentlich nichts zu sagen hatten. Wir hatten keine Botschaft. Wir waren einfach nur dagegen. Und einfach nur gegen das Bestehende zu

sein, ist verdammt einfach, man muss sich keine Gedanken machen. Gleichzeitig fehlte uns der Mut, das offen einzugestehen. Wir hatten Angst, selbst etwas gestalten zu müssen, das andere angreifen können. Und das ist der Unterschied zu meinem jetzigen Album, jetzt habe ich etwas zu sagen."

„Und was?"
„Warte, bis es fertig ist."
Sie stellte einen kleinen Papierkranich auf das Armaturenbrett und lächelte Fynn an.
„Hier, schenke ich dir."
„Wow, beeindruckend."
„Das lernt in Japan jedes Mädchen von seiner Mutter. Ich kann das mit Augen zu."

*

Sie erreichten gegen acht Uhr abends das Hotel. Es war noch zu früh, den Tag zu beenden, also beschlossen sie, in ein fußläufig gelegenes Kino zu gehen und sich einen Film gemeinsam anzuschauen. Beide waren schon lange nicht mehr im Kino gewesen, seit einigen Jahren schauten sie sich Filme nur noch online an. Da nichts Besonderes lief, fiel ihre Wahl ohne große Überlegung auf den Film *Two Lovers*. Das Provinzkino war nur spärlich besetzt. In der Mitte des Saales saß ein Pärchen, am Rand ein älterer Mann. Vereinzelt ein paar Jugendliche. Sie nahmen zwei Plätze in den hinteren Reihen. Man konnte ahnen, dass der rote Polsterbezug schon einige Dekaden an Filmen gesehen hatte.

Der Film lief in der Originalfassung. Es war eine Mischung aus Romanze und Drama. Während des Films lag sowohl Fynns als auch Kookies Unterarm auf der Lehne. Getrennt von einem etwa 1 Zentimeter geringen Abstand. Fynn hoffte, dass sie sich im Verlauf des Films berühren würden. Was aber nicht geschah. Gegen Ende des Films musste Kookie zur Toilette. Fynn nutzte die Gelegenheit, nahm sein Smartphone heraus und gab auf der Filmdatenbank imbd.com ‚The Inner Heart' ein. Und tatsächlich erschien der Name ‚Kookie Kamara'. Er tippte auf ihr Profil und es erschienen noch einige Filme, von denen er aber nie etwas gehört hatte. Was sie sagte, war offensichtlich die Wahrheit. In diesem Moment sah er sie zurückkommen. Hastig steckte er das Smartphone weg. Einerseits empfand er die Geschichte merkwürdig, andererseits war er beruhigt, dass sie ihn nicht angelogen hatte. Sie setzte sich wieder neben ihn und fragte, ob sie etwas verpasst hätte. „Nein, der Mann ist ihr auf das Dach gefolgt", flüsterte er ihr zu.

„Don't go"
„I love you. I do."
„Oh God. Leonard"
„I know you may not want to hear it, but it's true."
„Leonard. You don't love me, okay?"
„Don't say that. He left you. I'd never do that."

„Oh je, was für ein schrecklicher Dialog", sagte Kookie leise zu Fynn.
„Stimmt, so redet doch keiner", antwortete Fynn. „Aber sie spielen ganz gut."
„Ja, nicht schlecht."

Wenn auch niemand so im wirklichen Leben spricht, beide erkannten sich selbst in diesem Dialog wieder. Und so blieben sie während des Abspanns noch etwas sitzen und hingen ihren Gedanken nach, bevor das Saallicht anging und sie in die echte Welt entließ.

Der Schatten der Sonnenuhr außen an der Fassade des Hotels lag auf neun Uhr. Fynn saß am Fenster des Frühstücksraums und arbeitete an einem Skript. Er wägte mögliche Optionen für die Geschichte ab und machte dann eine Notiz am Seitenrand des eng bedruckten Blatt Papiers. Kookie kam wie am Vortag etwas später dazu. Sie nahm sich einen Tee und setzte sich ihm gegenüber. Er wünschte ihr einen guten Morgen und fragte, wie sie geschlafen habe. Sie steckte einen Teelöffel in ein Honigglas, zog ihn wieder heraus, sie sagte, gut. Danach rührte sie in ihrem Tee und leckte den Löffel ab.

„Ist das so ein Skript, das du verkaufen willst?"
„Ja."
„Kann ich es mal sehen?"

Er zögerte kurz und sagte dann:
„Klar, warum nicht."
Fynn drehte die zusammengehefteten Blätter um 180 Grad und schob sie zu Kookie hinüber.
„Hier. Es reicht, wenn du die Kurzfassung auf der ersten Seite liest."
„Laut?"
„Wie du willst."
„OK." Ihre Stimme wechselte von einem normalen Tonfall in eine melodische, betonende Vorlesestimme.

> „Ein berühmter Augenarzt verliebt
> sich in eine Nachtclubsängerin.
> Er verlässt seine Frau und zieht
> mit dem Mädchen auf eine Insel.
> Dort, in einem kleinen Dorf, lebt
> ein blinder Maler. Die beiden ler-
> nen den Maler in einer Gaststätte
> beim Abendessen kennen. Man trifft
> sich häufiger. Die Nachtclubsän-
> gerin verliebt sich in den blin-
> den Maler und geht mit ihm fremd.
> Sie bittet den Augenarzt, den Ma-
> ler zu operieren, damit er wieder
> sehen kann. Der Augenarzt willigt
> ein und die Operation glückt. Ein
> paar Tage später muss der Arzt

auf eine Visite. Er fährt in die
Stadt. Als er am Abend früher als
geplant zurückkehrt, blickt er
von außen durch das Küchenfens-
ter und sieht das Mädchen und den
Maler sich küssen. Verzweifelt
rennt der Arzt fort, irrt durch
die Dünen und begeht Selbstmord.
Die Liebe des Malers zu dem Mädchen erlischt nach einer Weile,
jetzt da er sehen kann. Aus Verzweiflung nimmt sich das Mädchen
das Augenlicht."

„Was hältst du davon?", fragte er.
Sie dachte für einen Moment nach.

„Wenn du mich fragst, guter Handlungsstrang mit einem Touch zu
viel Melodramatik. Ich würde Hoffnung auf ein Happy End lassen.
Und etwas weniger Selbstmord. Der Augenarzt ist ja als Arzt ein relativ klar denkender Mensch. Er würde also nicht sofort Selbstmord
begehen. Es ist aber trotzdem nicht verkehrt, ihn sterben zu lassen."

Sie rührte in ihrem Tee und fügte hinzu:
„Außerdem müsste die Nachtclubsängerin sich nicht das Augenlicht
nehmen. Warum? Nur aus Frustration? Jemand anders könnte ihr
doch noch mal über den Weg laufen. Das ist zu pathetisch. Insgesamt
mag ich Filme lieber, wenn die Chance groß ist, dass es tatsächlich so
passieren könnte."
„Leider ist die Geschichte geklaut."
„Was? Ist so was wirklich passiert?"
„Nein, aber den Film gibt es schon. Die beschriebene Handlung ist
zwar nicht exakt so wie das Original, aber sehr ähnlich."
Er nahm sein Smartphone heraus und suchte nach dem Film auf You-
Tube.
„Hier: *Der Gang in die Nacht* von Murnau. Alter Stummfilm. Die
Geschichte ist aber nicht schlecht. Man müsste sie nur in die heuti-
ge Zeit versetzen und ein paar Elemente verändern. Ich könnte mir
vorstellen, dass mit dem richtigen Regisseur ein gutes Drama daraus
werden könnte. Jedenfalls treffe ich mich heute um fünf mit dem
Autor."

„Bin gespannt, was daraus wird. Mir gefällt, was du machst. Wie bist du dazu gekommen?"

„Du sagtest doch, deine Mutter hätte dich stark beeinflusst. So war es auch bei mir. Meine Mutter kümmerte sich um den Haushalt. Wenn die Arbeit erledigt war und sie Zeit hatte, ging sie oft ins Kino, ich meine tagsüber, in die Nachmittagsvorstellung, bevor mein Vater zurück von der Arbeit kam. Damit ich nicht alleine war, nahm sie mich immer mit. So entstand wohl meine Leidenschaft für Filme. Sie hat sich alles angeschaut. Klassiker, modernes Zeug, ich weiß nicht, auch viele schlechte Filme, aber das Kino hat mich geprägt. Ich glaube, entscheidend war auch, dass sie mir viel vorgelesen hatte. Manchmal hatte ich mir am Ende der Geschichte überlegt, was ich anders gemacht hätte. Oder ich habe Unstimmigkeiten, Fehler in der Handlung gesucht. Ich hab mich gefragt, wie ich die Geschichte hätte enden lassen. Selbst bei Märchen."

„Bei Märchen? Die gehen doch immer gut aus?"

„Ich meine nicht diese weichgespülten Märchen, die man heute zu lesen bekommt. Das war ein uraltes, dickes Märchenbuch der Gebrüder Grimm in der Originalversion. In Leinen gebunden. Mein Vater hatte es aus seiner Kindheit gerettet. Die Titel in alter Schrift konnte ich nie lesen, musste immer fragen, wie das Märchen hieß. Aber ich habe sie verschlungen, obwohl mein Vater mir teilweise sogar Leseverbot gab ..."

„Wieso Leseverbot?"

„Er meinte, das wäre alles viel zu grausam für mich, womit er eigentlich recht hatte. Das war Horror, sage ich dir. Jedenfalls habe ich heimlich mit Bleistift Änderungen an den Geschichten reingekritzelt. Da ich mir schon dachte, dass das Ärger geben würde, habe ich das Buch versteckt. Und immer weiter umgeschrieben. Leider flog es eines Tages doch auf. Mein Vater war wütend, dass ich sein Buch verschandelt hatte, wie er es ausdrückte. Meine Mutter fand es gut. Ich musste jedenfalls alles wieder wegradieren. Damals sagte meine Mutter zu mir: ‚Wenn du mit neun Jahren schon so was machst, wirst du bestimmt mal ein großer Schriftsteller.' Na ja, dazu ist es leider nicht gekommen. Jetzt bearbeite ich Skripte."

Fynn erzählte nicht, dass er später ein Filmstudium begonnen und nie zu Ende gebracht hatte. Aus Selbstzweifel. „Was kann ich denn noch Neues schaffen", fragte er sich. Während des Studiums hatte er immer häufiger das Gefühl, dass alles schon gesagt wurde. Jedes

Thema schon tausendmal durchgekaut und in allen Variationen erzählt sei. Und unter dem Einfluss dieser Gedanken, die verhinderten, dass er auch nur die einfachsten Projekte zustande bekam, brach er ab. Um ihm einen Gefallen zu tun, vermittelte ihm ein Kommilitone einen Job als Script Doctor bei einem kleinen Filmprojekt. Die Aufgabe war überschaubar, aber dennoch anspruchsvoll. Unter dem Wegfall, das große Ganze erklären zu müssen, fiel es ihm leicht, seine Arbeit zu erledigen. Es funktionierte. So zog ein Projekt das nächste nach sich, bis er sich entschloss, davon leben zu wollen.

Fynn trank seinen Kaffee aus. Er blickte aus dem Fenster auf das Gemäuer. Es war ein ehemaliges altes Gutshaus, wie viele hier, mit wilden Rosen bedeckt. Um sie herum schmiegten sich Schlingpflanzen die Mauer entlang, blühend in hellen Farben. Hummeln flogen Staubgefäße ab. Singzikaden kontrahierten ihre Muskeln in der Routine eines Orchesters, das eine Melodie spielt, die es schon hundertmal geübt hat. Eine Zikade hatte sich in den Frühstücksraum verirrt und landete auf dem Tisch. Sie lief über das Skript. Kookie hielt ihren Zeigefinger hin und das Insekt krabbelte daran hoch. Dann sprang es weg.

Sie beendeten das Frühstück und brachen wenig später auf.

Die Route führte zunächst durch eine unspektakuläre Umgebung. Doch so wie ein Triptychon, das normalerweise geschlossen ist und nur zu besonderen Anlässen geöffnet wird, so entfaltete sich das Motiv der Landschaft auf den nächsten Kilometern vor ihren Augen. Zunächst führte die schmale Straße durch Feigenbaumfelder, um sich dann sanft durch ein Dickicht von Pinien zu schlängeln, bis sie die Felder erreichte, auf denen Bauern Orangen auf ockerhaltiger Erde anbauten. Kookie bewunderte die Geduld, die Freude, die die Natur hier besessen hat, all die kleinen Details zu schaffen. Hätte Cezanne jemals ein Triptychon gemalt, dann hätte es sicher so ausgesehen.

*

Am Nachmittag erreichten sie die Stadt. Sie überquerten eine mächtige Steinbrücke, die über einen breiten Fluss führte. Sofort erfuhren sie den Kontrast der geschäftigen Innenstadt zu der menschenleeren Natur der letzten Stunden. Sie mussten mehrere Runden drehen, bis es ihnen gelang, einen Parkplatz zu finden.

Während Fynn sich aufmachte, das Gespräch mit dem Autor zu führen, wollte Kookie etwas Geld mit Straßenmusik verdienen. Sie nahm ihre Gitarre und schlenderte ziellos durch die Gassen.

Wenn Kookie in eine fremde Stadt kam, versuchte sie zunächst deren Charakter zu erfassen. In der Musik ist es die Dichte der Ereignisse, die zum richtigen Tempo führt. Für viele Ereignisse braucht man mehr Raum, also mehr Zeit, um sie zum Klingen zu bringen. In der Architektur der Stadt ist es ähnlich. Der Wechsel von Häusern, Plätzen, Grünflächen - Größe und Dichte - diese Komposition vermittelt uns das Wesen der Stadt. Ob sie ein orchestrales Meisterwerk, ein verbautes kakophonisches Gewirr oder ein verträumtes romantisches Kunstlied ist. Der Wechsel zwischen Freiräumen, die zum Nachdenken und Ergänzen einluden, die Frequenzen von Eindrücken, Geräuschen, Sprachfetzen, die Kookie unversehens überschütteten: Dies waren die Fundstücke, die sie aufforderten, aus ihnen etwas Neues zu schaffen - neue Melodien, neue Textzeilen. Alles mit einer zu Grunde liegenden Idee zu verbinden, zu einer Stimmung, einem perfekten Lied, das am Ende keiner Korrektur mehr bedarf. Das Ergebnis notierte sie als Titel für ein neues Lied in ihr Notizbuch. "All the things we gave up to survive".

Als sie einen geeigneten Ort gefunden hatte, stellte sie vor sich einen Schuhkarton, den sie zuvor in einem Geschäft erfragt hatte. Sie klappte den Deckel auf und schrieb auf dessen Innenseite mit dickem schwarzem Stift: „Take what you need, give what you want." Dann warf sie ein paar Münzen hinein. Sie nutzte die Möglichkeit, direkt vor Publikum, die unfertigen Entwürfe ihrer Lieder auf ihr Potenzial auszutesten. Manchmal zart, verletzlich und melancholisch, manchmal schonungslos und hart interpretiert. Von Zeit zu Zeit streute sie ein Cover ein. Am besten gelang ihr eine langsame Akustikversion des Hot Chip Songs *Boy from School*. Sie nahm dem Lied die enge, hektisch-nervöse Klammer und ließ die schüchterne Melodie sich frei entfalten. Darüber setzte sie ihre klare Stimme.

Am Ende des Liedes riss die D-Saite.

Sie hatte aber sowieso zu diesem Zeitpunkt schon genügend Geld zusammen, also beschloss sie, die Gitarre einzupacken und sich frische Kleidung für die nächsten Tage zu kaufen. Als sie hungrig wurde, setzte sie sich in ein Bistro und bestellte Tomatensuppe mit Nudeln und Petersilie. Zum Nachtisch wählte sie Erdbeeren mit etwas Sahne und Zucker. Schon während des Gitarre Spielens am Nachmittag dachte sie oft an Fynn. Jetzt nahm sie ihr Notizbuch heraus und begann zu schreiben.

I'm writing a poem with water colours
sitting at the ground of the sea

you started the wave
the words in my brain
can never say
what I mean.

Sie schloss das Notizbuch. Verweilte einen Moment. Der Text war noch nicht perfekt, irgendetwas stimmte noch nicht. Sie würde ein anderes Mal daran weiter arbeiten. Dann legte sie einen Geldschein neben die Rechnung und machte sich auf.

*

Kookie und Fynn trafen sich wie verabredet um 19.00 Uhr am Parkplatz. „Hier ist eine Anzahlung für die Übernachtung", sagte sie und gab ihm einen Teil des erspielten Geldes. „Den Rest geb ich dir später." Sie erklärte, dass sie heute gut mit der Straßenmusik verdient hatte und sie ihr Versprechen, das Geld zurückzuzahlen, halten wollte. Als sie die Innenstadt verließen, passierten sie Graffitis, die „God is what I make him" oder „There is always hope" postulierten und schon bald strömten die letzten Betonbauten aus der Peripherie an ihnen vorbei. Dann Niemandsland. Wenige Kilometer später begleitete sie eine gesichtslose, austauschbare Landschaft am Rande der Schnellstraße. In großer Entfernung flog eine Passagiermaschine.

Im Radio sang der Sänger:
Ein Land zieht vorbei am Fenster,
Häuser, Autos, ein paar Gespenster.

Vor uns liegt immer noch mehr, als hinter uns,
Vor uns liegt immer noch mehr, als hinter uns.

Wir fahr'n weiter ins Blaue hinein,
Weißt du was du willst? Du sagst: „Nein".

„Ist was draus geworden?", fragte Kookie.

„Aus dem Treffen mit dem Autor?"

„Ja."

„Nichts Verbindliches. Wir bleiben im Kontakt. Ich glaube, er verhandelt auch mit anderen. Aber du hättest ihn sehen sollen. Der Typ sah aus wie der Killer in *No Country for old man*."

„Wirklich? Toller Film. Klasse gespielt von Javier Bardem."

„Ja. Den Oskar hat er sich wirklich verdient", sagte Fynn.

Sie kamen von *No Country for old man* auf *Whiplash*. Hier merkte Kookie an, dass es doch sehr unrealistisch sei, dass sich ein Schlagzeuger die Finger blutig spielte. Fynn sagte, „Darum geht es nicht. Es geht darum, ob der Zweck jedes Mittel heiligt. Darf ein Lehrer alles tun, um das Potenzial des Schülers zu entwickeln." Sie führten eine hitzige Diskussion über dieses Thema. Sprachen dann über weitere Filme, *The Lobster*, *Anomalisa* und *The Voices*. Nicht alle waren beiden bekannt, aber zu den angesprochenen Inhalten hatten beide dennoch eine Meinung. Natürlich sprachen sie über *Lost in Translation*, den beide sehr mochten, obwohl Kookie als Japanerin naturgemäß eine andere Sicht auf den Film hatte als Fynn. Fynn sagte, dass *The Seventh Seal* von Bergman auch einer seiner Lieblingsfilme sei. „Ich liebe Bergman. Es ist, als ob er meinen Gedanken eine Stimme verliehen hätte", woraufhin Kookie antwortete: „Der ist ja wohl todlangweilig oder hab ich da was nicht mitbekommen?" Fynn schüttelte verständnislos den Kopf.

Irgendwie kamen sie auf *La La Land* und diskutierten die Frage, was am Ende stärker ist: die Liebe zu einer anderen Person oder seinen eigenen Traum zu leben. Seiner Leidenschaft nachzugehen. Der Konflikt zwischen Treue und Egoismus. Fynn sagte, „Treue ist nur eine andere Form von Faulheit." Kookie antwortete, dass es auch die Abwesenheit von Mut oder die Anwesenheit von Anstand oder Liebe sein könnte. Fynn sagte: „OK, ich korrigiere mich, sagen wir, Treue ist die Schatzkammer des Komforts."

„Das ist ein schöner Satz für eine Liedzeile", sagte Kookie, „werde ich mir notieren. Vielleicht kann ich den mal gebrauchen."

Während sie nach dem Notizbuch suchte, überlegte sie schon, die englische Übersetzung in einen Refrain einzubauen.

„Das ist dann aber geklaut", witzelte Fynn. „Der Satz ist von mir."

„Was ist schon original", antwortete Kookie. Sie war sich nicht sicher, ob er das als Scherz gemeint hatte und fügte hinzu:

„Für mich ist die Arbeit anderer Leute einfach nur Material."

„Das meinst du nicht im Ernst?"

„Doch. Natürlich will ich ihnen auch Tribut zollen, aber eigentlich ist es egal, ob jemand die Referenzen in meiner Musik erkennt. Oft entsteht Kunst durch das Sammeln von Dingen, nicht durch das Neuerfinden."

Und so folgte eine weitere hitzige Diskussion über das Thema, wann in der Musik, in Filmen, generell in jeder Kunstform das Einbauen fremder, nicht selbst geschaffener Inhalte gleichzusetzen ist mit stehlen, wann es zitieren und wann es etwas Neues ist. Hier waren ihre Meinungen so konträr, dass sie sich nicht einigen konnten.

*

Über die Gespräche, in denen sie Interessen und Meinungen ausloteten, verloren sie jegliches Gefühl für die Zeit und so waren sie überrascht, als sie plötzlich das Hotel erreichten.

Beide hatten das Bedürfnis, den Abend noch nicht zu beenden. Da die Bar schon geschlossen war, überwand Fynn diesmal seine Bedenken und lud Kookie auf ein Glas Wein aus seiner Minibar ein. Sie nahm das Angebot an.

Wenig später saßen sie nebeneinander auf dem Boden, angelehnt an das Bett, als Fynn fragte: „Wenn du eine Blume wärest, welche käme dir am nächsten?"

Auch wenn für einen außenstehenden Beobachter die Frage scheinbar aus dem Nichts, vermeintlich unvermittelt kam, so war es für die beiden der nächste unausweichliche Schritt. Die Annäherung über persönliche, aber nicht zu intime Fragen.

„Ein Löwenzahn", antwortete Kookie, ohne lange nachzudenken. „Es ist meine Lieblingsblume."

„Wieso?"

„Weil sie frei und wild wächst. Und man sie nicht kaufen kann."

„Der Gedanke gefällt mir."

„Jetzt stell ich dir eine Frage. Bist du eher wie das Meer oder wie ein Fluss."

„Hm, lass mich nachdenken. Das Meer ist offen, weit, ohne Grenzen. Der Fluss hat einen Anfang und ein Ende, er ist regulierter. Läuft in seinen Bahnen. Ich würde sagen, ich bin eher wie ein Fluss."

Die flüchtigen Skizzen, die sie bisher einander waren, bekamen Konturen, an manchen Stellen Schattierungen. Sie lachten, waren manchmal sehr ernst und engagiert, wenn es um Themen ging, die ihnen viel bedeuteten. Es zeigte sich, dass auch wenn sie nicht einer Meinung waren, sie sich zwar in der Sache reiben konnten, aber dennoch immer mehr Gefallen aneinander fanden. Denn Reibungskräfte treten selten anders auf als verbindend.

Von Zeit zu Zeit berührten sie einander im Gespräch, legten scheinbar flüchtig eine Hand auf das Knie des anderen, ließen eine Geste etwas verbindlicher geraten und so sendeten beide Signale von Andeutungen, die ihnen, im Falle der Ablehnung, die Möglichkeit des unverfänglichen Rückzugs gewährten, aber dennoch immer als versteckter Hinweis verstanden werden konnten. Sie hatten jetzt genau den Punkt erreicht, an dem sie sich entscheiden mussten, auf der Oberfläche zu treiben oder den Weg in die Tiefe zu gehen. Die Entscheidung war einvernehmlich, wenn auch verschwiegen. Sie waren bereit, die entstehende Zweisamkeit zuzulassen. Diesen Weg zusammen zu gehen.

Gegen zwei Uhr in der Nacht verabschiedete Kookie sich und ging auf ihr Zimmer.

Der nächste Morgen weckte Fynn mit hellen Strahlen. Eine Ouver-
türe. Eine Vorfreude im Reinzustand. Noch bevor er seine Augen öffnete und versuchte, sich in Ort und Zeit zurechtzufinden, galt sein
erster klarer Gedanke Kookie.

Nachdem er aufgestanden war, erfrischte er sein Gesicht über dem
Waschbecken. Ein von der Nacht gebrauchtes Gesicht. Er trank etwas
Wasser aus dem laufenden Hahn. Dann putzte er sich die Zähne,
prüfte seine Gesichtshaut und rasierte sich nass. Er schob die Gar-
dine zur Seite, deren engmaschige Spitzen zuvor kunstvolle Schatten
auf seinem Gesicht abgebildet hatten. Mit einem kurzen Ruck öffnete er das Fenster und beugte sich hinaus, um einen Blick auf die
Umgebung zu werfen. Der Morgentau lag noch auf dem Gras. Ein
sommerlicher Morgen, der mit blauem Himmel und weißen, perfekten Wolken über die weite Landschaft dominierte. Fynn war von
der ornamentalen Schönheit überwältigt. Eine Natur zwischen zarter,
ehrlicher Poesie und überladender Opulenz. Es schien, als ob jeder
Baum die Stimme eines Vogels beherbergte.

Beim Frühstück sprachen sie über das Wetter, den Garten und über
die anstehende Fahrt. Kookie blickte in den Himmel. Sie nahm ihre
Sofortbild-Kamera aus der Tasche und schoss mehrere Fotos von den
Wolken.

„Wenn ich die Wolken beobachte, sehe ich immer Gesichter."
„Das geht mir auch so. Ich glaube, es ist unmöglich, in Wolken keine
Gesichter zu sehen", sagte Fynn.

Er fragte, wofür die Bilder seien. Sie antwortete, für das Cover ihres
Albums. „Du könntest versuchen, sie aus dem fahrenden Auto zu
fotografieren. Vielleicht gelingt es dir, die Bewegung einzufangen. Etwas Unschärfe reinzubringen." Es bestand kein Zweifel, dass Kookie
die versteckte Aufforderung, weiter mitzureisen, annehmen würde.
Noch vor elf Uhr verließen sie das Hotel.

Es war Mittag, als sie über eine schmale Schotterstraße fuhren, deren
Duktus sich am Verlauf eines Flussarms orientierte. Im Wasser spiegelte sich der schier überdimensionale Himmel. Fast selbstherrlich.

Die Julisonne schlug durch die hohen Zypressen, schneiderte Schatten auf kilometerlange Rapsfelder, die hin und wieder durch Flächen von dunkelgrünem Gras unterbrochen wurden. Ein leichter Ostwind zog über die Ebene. Nach einer Weile wurde es hügeliger und je nach Richtung, der das Auge folgte, ließ das Mittagslicht Blumenfelder entstehen oder verschwinden. Von Zeit zu Zeit passierten sie enge Steinbrücken. Die Gegend war kaum besiedelt.

Die nächsten fünfzig Kilometer führten durch lang gestreckte Ebenen, auf denen sich die Straße meditativ auf und ab bewegte. Während die Landschaft am Seitenfenster vorbeizog, summte Kookie eine Tonfolge vor sich hin.

„Schöne Melodie", sagte Fynn.
Kookie fiel aus ihren Gedanken.
„Gefällt sie dir?"
„Ja. Wie heißt das Lied?"
„Die Melodie ist von mir."
„Du hast sie dir ausgedacht?"
„Ja, habe ich jemandem gewidmet."
„Wird ihn gefreut haben."
„Weiß ich nicht. Ich hab's damals aufgenommen, auf so eine alte Musikkassette. Er hat gesagt, er hört es sich später an und dabei ist es geblieben. Er hat es sich nie angehört. Eines Tages habe ich das Magnetband rausgezogen und die Kassette weggeworfen. Er hat es nicht mal gemerkt."
„Hm. Ist es auch auf dem Album mit den Liebesliedern?
„Ja."

Fynn wusste nicht, wie er mit dieser Antwort umgehen sollte. Hieß das, sie ist mit dieser Person zusammen? Sie hat ein Lied für ihn geschrieben und es soll auf dem Album mit den Liebesliedern erscheinen. Oder ist es eine vergangene Liebe? Er hatte nicht den Mut zu fragen. Stattdessen griff er in die Dose mit Erdnüssen, die zwischen ihnen stand. Auch Kookie griff zufällig zur gleichen Zeit in die Dose und so berührten sich ihre Hände für einen Moment.
Sie blickten sich an. Lächelten unsicher.

„Hier in der Nähe wurde *A Tentative Agreement* gedreht", sagte Fynn.
„Wirklich?", antwortete Kookie. Erleichtert, dass Fynn das Wort

ergriffen und dadurch die Spannung gelöst hatte.

„Ja, die Parkszene."

„Warum fahren wir nicht hin?"

„Willst du?"

„Ja, klar." Sie hielt kurz inne. „Natürlich nur, wenn das deine Reiseplanung nicht zerstört."

„Nein, das ist kein Problem. Wir haben genügend Zeit."

Fynn verließ die Straße an der nächsten Ausfahrt und stellte den Wagen am Rand des Parks ab. Sie schlenderten durch die Grünflächen. Auf einem See trieben vereinzelt Ruderboote, wilde Schwäne. Enten kamen aus dem Wasser und suchten nach Futter. Kookie pflückte ein paar Kamillenblüten, zerrieb sie zwischen den Fingern und roch an ihren Fingerkuppen. Der Park erinnerte sie an ihren Lieblingspark in Tokyo, den Hamarikyū-Park, den sie als Kind oft besucht hatte. Damals setzte sie sich in der Morgensonne auf eine Bank und tat einfach nichts. Genoss die Ruhe. Wie jetzt. Fynn hatte sich ins Gras gelegt und blickte in den Himmel. Für eine Weile war der Reise die Geschwindigkeit entzogen. Wie eine kinematografische Einstellung in Zeitlupe.

Zunächst kaum vernehmbar, dann deutlicher, hörte Kookie Klavierklänge. „Lass uns dorthin gehen", sagte sie.

Sie gingen in die Richtung, aus der die Musik kam und nahmen auf einer weißen Holzbank Platz. Eichhörnchen rannten über die Grünflächen, Blumenbeete präsentierten sich vor einem Denkmal. Von einem Zeltdach geschützt, spielte eine Pianistin auf einem eigens für diesen Tag aufgestellten Klavier. Man könnte von Vergeudung sprechen, da kaum Zuhörer anwesend waren. Aber dieses Bedenken wäre unbegründet, denn auch wenn die Pianistin es nicht wissen konnte, sie wird für die Romanze zwischen Kookie und Fynn eine Mitverantwortung tragen.

Mittlerweile waren einige Wolken aufgezogen und kündigten Regen an. Schon wenig später verließen die wenigen Zuhörer, durch die ersten Tropfen vertrieben, den Platz. Kookie und Fynn blieben sitzen. Kookie zog spontan ihre Jacke aus und bot sie als Kopfbedeckung zum Schutz vor dem Regen an. Sie rückten noch etwas enger aneinander. Ihre Oberschenkel berührten sich. Ebenso die Oberarme.

Sie hörten den Klängen zu, die sich entfalteten, wie ein mit Tinte und Feder geschriebener Liebesbrief. Sie konnten jede Zeile lesen, sogar das Wasserzeichen sehen. Berauscht folgten sie der unwirklichen Schönheit der Komposition.

Beide stellten Vermutungen über die Gedanken des anderen an. Ich könnte mit dir zusammen bleiben. Dieser Satz lag wie ein Versprechen, wie eine mögliche zukünftige Erinnerung in der Luft.

Seit Fynns Jugendliebe sich von ihm getrennt hatte, ihr Name war Fanny und sie wird im weiteren Verlauf der Geschichte noch eine wesentliche Rolle spielen, wurde Fynns Herz zu einer isolierten Kammer. Ein Faraday'scher Käfig, dessen aus Metall geflochtene Erinnerungen jegliche Emotionen von außen abschirmten. Nichts konnte in die Schutzzone vordringen. Doch dieser wortlose Moment, die Musik, der Regen, und gleichzeitig die Wärme ihrer Nähe bewirkten, dass dieser Käfig sich öffnete. Und obgleich ein solches Phänomen nur sehr selten zwischen zwei Wesen auftritt, geschah es, dass sein Herz einen halben Schlag übersprang, um sich ihrem anzupassen. Eine synkopische Verschiebung. Von dieser Sekunde an befanden sich ihre Herzschläge in Synchronisation und schwangen im Rhythmus des Anderen. Das gemeinsame Erleben der Gleichzeitigkeit.

Als das Stück vorbei war, schauten sich beide wortlos an, mit einem leichten, aber schon vertraut erscheinenden Lächeln.

Es war eine starke Annäherung, aber noch nichts Verbindliches. In dieser Zwischenstimmung war es völlig unklar, wie die nächsten Minuten sich entwickeln würden. Denn noch hatten sie sich keinerlei offene Bekundungen ihrer Gefühle gegeben. Nicht einmal leichtfertig. Aber das subtile Geflecht begann sich weiter zu verdichten. So wie bei den zwei Blumen, die neben ihrer Bank wuchsen und deren Wurzelstränge versuchten, sich zu erreichen. Deren Enden sich in der Übergangszone bewegten, in der das Eigene aufhört und das Andere anfängt. Zwei Blumen inmitten von Unkraut. Stark und sensibel zugleich. Offensichtlich getrennt, aber doch schon so nah.

„Fynn, darf ich dich was fragen?"
„Natürlich."
„Was ist dir am wichtigsten bei einem Menschen?"

Fynn dachte nach.

„Dass ich mich auf die Person verlassen kann. Dass ich der Person alles anvertrauen kann. Dass ich nicht lügen muss."

Sie schwiegen für einen Moment.

„Und für dich?"

Auch Kookie überlegte.

„Dass derjenige, egal wie sehr er mich liebt, mich frei sein lässt."

Der Sommerregen hatte aufgehört. Jetzt lag der würzige Geruch im Park, den man nur nach einem Regenschauer genießen kann. Von einem Moment auf den nächsten brach die Sonne heraus. Am Himmel schwebten deutlich umrissene Wolken, jede mit einem Rand aus Licht gesäumt. Die Farbe der Wolken wechselte je nach Lichteinfall zwischen einem hoffnungsvollen Weiß, einem warmen Orange, bis zu einem erhabenen Dunkelviolett, ein Farbton wie aufgelöstes Kaliumpermanganat.

Und so spürten beide, als sie von der Bank aufstanden und zurück zum Wagen gingen, dass dies der Ort war, der sie niemals loslassen wird. Die Gravitation war zu stark.

*

Spät erreichten sie die Unterkunft. Auf den kleinen Balkonen der schmalen, schiefen Häuser hatten die Blumen schon seit Stunden ihre Blüten geschlossen. Vor den Fenstern ruhte hin und wieder eine Katze.

Es war durchaus ein Risiko, falsch verstanden zu werden, als Fynn anbot, aus Kostengründen nur ein Zimmer zu nehmen anstatt zwei. Er blickte unsicher auf den Boden, um ihrem Blick auszuweichen. Sie stimmte zu. Es sei kein Problem für sie, mit ihm in einem Raum zu übernachten, sagte sie mit einer Stimme, die weder beschämt noch entsetzt klang. Fynns Gedanken wiesen keine Spur von offensichtlichen Absichten auf. Sie irren, wenn Sie das denken. Er wünschte sich einfach nur, neben Kookie aufzuwachen.

Das Zimmer befand sich im Dachgeschoss. Sie setzen sich auf das Doppelbett unter der Schräge und nach wenigen Minuten ergab sich wieder eine angeregte Unterhaltung. Dabei tranken sie einen portugiesischen Wein vom Douro, namens CARM und aßen Käse und Baguette, beides hatten sie unterwegs in einem Mini-Supermarkt gekauft. Im Gespräch streiften sie kleine Themen, bis Fynn plötzlich sagte:

„Weißt du was, Kookie, wir sollten einen Film zusammen machen."
„Spinnst du jetzt?"
„Nein wirklich, das wäre bestimmt spannend."
„So ein Blödsinn."
„Warum?"
„Meinst du das wirklich ernst?"
„Ja, absolut. Und du bist die Hauptdarstellerin. Oder du schreibst die Songs dazu. Oder beides."
Kookie lachte laut auf. Aber als Fynn weiter insistierte, ließ sie sich auf den Gedanken ein und sagte:
„Aber wir machen nicht so einen Film, in dem dann so Singer-Songwriter Gesäusel hinterlegt wird und alles leicht beschwingt und süßromantisch ist."
„Nein, auf keinen Fall."
„Und auch keine Synchronisation der Stimmen. Ich hasse es, wenn man dem Schauspieler die Stimme raubt."
„Bin ich bei dir. Das reißt dem Charakter die Seele raus. Nein, nur Untertitel."
„Gut."
Kookie nahm Gefallen an dem Gedanken.
„OK. Ich hätte da tatsächlich ein paar Ideen."
Fynn schaute sie gespannt an.
„Zum Beispiel?"
„Also, der Film dauert 24 Stunden, ein Tag in Echtzeit. Komplett mit dem Smartphone aufgenommen. Ohne Skript, ganz direkt. Alles spontan." Sie wurde fast euphorisch.
„Na ja", reagierte Fynn leicht skeptisch. „24 Stunden ist vielleicht etwas zu lang. Außerdem müsste man sich schon überlegen, wie sich die Figuren entwickeln, man bräuchte ein paar dramatische Wendungen. Ein paar Ereignisse, die zu Spannungshöhepunkten führen, vielleicht ein Unfall. Verstehst du, klassischer Aufbau. Von der Exposition, bis zur Auflösung. Man muss das alles schon gut planen. Dafür gibt es eben Skripte."

„Denke ich nicht."

„Was denkst du nicht?"

„Dass man das so planen sollte."

„Doch, glaub's mir, eine Story muss man gut planen."

„Man muss nicht alles planen, das wirkt am Ende nur konstruiert. Wenn ich einen Song komponiere, dann weiß ich am Anfang überhaupt nicht, wie das Ergebnis aussehen soll. Das entwickelt sich alles in irgendeine Richtung. Wie Treibgut, das von alleine ans Ufer schwimmt. Man muss es nur aufsammeln und was draus machen. Wie soll ich sagen ..."

„Das mag vielleicht für einen Song funktionieren, aber nicht für einen Film."

„Doch, das ist meine Art zu arbeiten: Man sieht etwas im Netz, auf der Straße, egal wo und verarbeitet das dann einfach. Das ist wie eine Collage, ich klebe alles Mögliche zusammen. Das macht auch viel mehr Spaß, als alles zu konstruieren."

„Nein, das wird nicht funktionieren."

„Warum nicht? Nimm unsere Fahrt hier: Ich meine unser Gespräch, ist das etwa geplant? Geschichten gibt es nur in Geschichten. Das echte Leben passiert einfach. Angenommen, wir würden einfach alles aufnehmen, ohne Regieanweisung, daraus könnte ein guter Film entstehen."

„Oder auch nicht."

„Kann schon sein, das Ergebnis ist natürlich nicht berechenbar. Es ergibt sich einfach das ein oder andere oder es ergibt sich nicht. So ist das. Die interessantesten Ergebnisse entstehen oft aus dem Ungeplanten. Ein japanisches Sprichwort sagt, wenn man kein Ziel hat, kann man sich auch nicht verirren."

„Das klingt zwar gut, bedeutet aber nicht viel. Das Gegenteil ist der Fall. In Wahrheit verzettelt man sich am Ende nur. Du hast doch selbst von dem drei Jahres Filmprojekt mit dem französischen Regisseur gesprochen, das letzlich gescheitert ist."

„Ja, schon. Das lag aber in erster Linie an ihm. Er hätte uns anders führen müssen. OK, in vielen Fällen magst du recht haben. Aber manchmal, kommt was Geniales dabei raus. Es kann ein Werk entstehen, das ewig gültig ist. Völlig überraschend. Das funktioniert nicht, wenn die Sachen am Reißbrett entworfen sind."

Fynn schien nicht überzeugt zu sein.

„Glaub mir Fynn. Was wir im Alltag erleben, ist viel interessanter, als das, was man in deinen konstruierten Filmgeschichten sieht. Die interessanten Dinge sind nicht planbar, sie passieren auf den Irrwegen. Ich bleib dabei, auch wenn dein Job Script Doctor ist."
„Script Consultant mittlerweile."
„Von mir aus Script Consultant. Ich geb zu, wenn man diesen Weg geht, muss man risikobereit sein. Bis zum Ende."

Fynn wollte dem etwas entgegnen, aber Kookie sagte fast zeitgleich: „Mit deiner Methode wirst du zwar viele gute, aber nie ein außergewöhnliches Ergebnis erzielen."

„Gut, dann schlage ich Folgendes vor. Für mich ist Machbarkeit ein wichtiges Kriterium. Wir geben ein Grundgerüst vor und innerhalb dessen ermöglichen wir Freiräume. Ich würde es als strukturierte Kreativität bezeichnen. Was hältst du davon?"

Sie schauten sich an. Ein Lächeln zeichnete sich auf ihren Gesichtern.

„So machen wir es. Aber für heute ist es genug. Lass uns jetzt schlafen. Ich bin müde."
„Ja", sagte er.

Sie bestellten noch das Frühstück, das auf einer Karte angeboten wurde über WhatsApp, beide wählten das Lovers-Frühstück. Dann gingen sie zu Bett.

Kookie schlief auf der linken Seite, Fynn auf der rechten. Sie wünschten sich eine gute Nacht. Fynn blieb noch eine Weile wach. Er beobachtete Kookie heimlich. Als sie sich zu ihm umdrehte, schloss er die Augen und tat, als schliefe er. Auch wenn sie im Laufe der Nacht mehr als die Hälfte des Bettes für sich beanspruchte, störte es ihn überhaupt nicht. Er genoss ihren Anblick bis in die frühen Morgenstunden. Dann schlief er ein.

Fynn und Kookie erwachten exakt zur gleichen Zeit. Das Licht, das sich in den hellen, mit Nadeln zusammengesteckten Stoffvorhängen verfing, fiel weich auf ihre Gesichter. Zwischen ihnen lag nur die verschlafene Morgenluft. Stille Intimität. Ein Blick, fast eine Berührung, das Begreifen eines sanften morgendlichen Augenblicks. Der erste Moment des Tages, der nur ihnen beiden gehörte.

Fynn strich Kookie vorsichtig eine Haarsträhne aus dem Gesicht. „Guten Morgen".
„Guten Morgen", antwortete sie leise.

Vor dem Fenster schlug eine Kirchenglocke achtmal und riss sie aus der schläfrigen Schwebe. Große Vögel kreischten in verschiedenen Stimmlagen, als seien sie Straßen-Gangs, die über die Reviersvorherrschaft streiten.

Das Bett knarzte als Fynn aufstand. Es war ein altes Himmelbett aus dunklem Holz, an beiden Seiten mit hohen Pfosten versehen, in die Ornamente geschnitzt waren. Die gleichen Ornamente, die sich in der Kommode mit dem Anprobierspiegel und den Nachttischschränkchen zu beiden Seiten wiederfanden.

Fynn ging barfuß über den kalten Holzboden und öffnete die Zimmertür. Das Frühstück war auf der Treppe in einer wärme-isolierten Box abgestellt. Er brachte es ans Bett und öffnete die Schachtel. Die Reichhaltigkeit war beeindruckend. Es bestand aus einem Croissant, Orangensaft in einer Karaffe, jeweils einer Thermoskanne Kaffee und Tee, einem Müsli in griechischem Joghurt, einem kleinen Glas Marmelade, Honig, Früchten, einer kleinen Dose Butter, warmer Milch, Rührei mit Schnittlauch, Brötchen, Schinken und Käse.

Fynn schenkte Kookie den Tee, sich selbst Kaffee ein. Während Kookie zunächst das Croissant wählte, nahm er ein Brötchen.
„Ich habe schon lange nicht mehr im Bett gefrühstückt", sagte Kookie. Sie zog das gelbe T-Shirt zurecht, das sie auf links gedreht in der Nacht getragen hatte. „Ich kann mich ..."
Plötzlich schrie Fynn auf.
„Was ist los?"
Fynn verzerrte das Gesicht und griff sich an die Fingerkuppe.

„Verdammt. Ich hab mir in den Finger geschnitten."
Einige Tropfen Blut fielen auf das Bettlaken.
„Warte."
Kookie nahm das Messer. „Was soll das?"
Fynns Gesicht wechselte von Schmerz zu Sprachlosigkeit.
Sie schnitt sich ebenso in die Fingerkuppe.

„Bist du verrückt?"
„Halt still."
Kookie presste ihre Wunde gegen seine.
Fynn blickte sie verwirrt an.
„Du hast mich doch gestern gefragt, was ich noch nie getan habe. Ich habe noch nie mein Blut mit jemandem geteilt. So wird die Wunde schnell heilen."

Ihr Blut vermischte sich, während sie sich in die weit geöffneten Pupillen blickten. Sie ließen die Finger gegeneinander gepresst, solange, bis das Pulsieren nachließ.

Nach ein paar Minuten war die Blutung gestillt.
Kookie lächelte Fynn an, die Spannung fiel ab. Sie legte ihren Zeigefinger auf seinen Mund. „Sag nichts." Dann ging sie ins Bad. Fynn war noch immer aufgewühlt. Er ließ sich zurückfallen und blickte zur Decke. Mehrmals atmete er tief durch. Er hörte die Dusche. Als Kookie fertig war, kam sie zu ihm und klebte ein Pflaster auf seine Wunde.

„Du kannst ins Bad", sagte sie, als sei nichts geschehen. Sie hatte das gelbe Shirt gegen eine bunte Bluse getauscht.
„Hast du für heute ein Treffen geplant?"
Er überlegte für einen Moment und schaute auf die Uhr.
„Ja, um fünf."
„Na, dann los", sagte sie.
Fynn schüttelte den Kopf.

Nachdem sie ihre Sachen gepackt hatten, machten sie sich auf den Weg.

„Was bedeuten die Koordinaten?", fragte Kookie, als sie in den Wagen einstiegen. Fynn trug ein oliv-grünes T-Shirt mit der Aufschrift: Latitude N 59 Grad 19, 09', Longitude 0 18 Grad 05, 52.

„Stockholm. Ich hab's im Wasa-Museum gekauft." Er überlegte für einen Moment die durchaus interessante Geschichte des Schiffes zu erzählen, er hatte zeitweise sogar ernsthaft mit dem Gedanken gespielt, selbst ein Skript darüber zu schreiben und es einer Produktionsfirma vorzulegen, aber da keinerlei Reaktion von Kookie kam, beließ er es dabei.

Wenig später hatten sie die Stadt hinter sich gelassen und fuhren in gleichmäßigem Tempo über eine weite flache Landschaft. Kraniche, die sich neben der Straße gesammelt hatten, flogen auf, als der Wagen sich näherte. Die Seen, die Farben der Felder, übersät mit Kornblumen, Margeriten und Unmengen von Mohn erschienen wie choreografiert. Dabei war die Landschaft nicht einfach nur ein beiläufig erstelltes Werk, eine zufällige Laune der Natur, nicht einfach nur eine zur Erlangung von Fertigkeit dienende Fingerübung. Nein, die Natur nahm sich hier Zeit. Nachdem ein Bild ausformuliert war, erlaubte sie es Fynn und Kookie in ihre Idee einzutauchen, bot eine perfekte Vorlage, um sich in verschiedenen Lesearten treiben zu lassen. Roggenfelder, vereinzelte Windmühlen, ein milder Sommerwind. Die Natur stellte Dinge in den Raum, die Fantasie ersetzte sie. Kookie kurbelte während der Fahrt das Seitenfenster hinunter, streckte ihre Arme heraus und formte ihre Finger zu einem Rahmen, so wie es Bildregisseure machen, wenn sie einen Bildausschnitt festlegen.

Fynn hatte nichts Bestimmtes im Kopf, als Kookie sagte:
„Ich hätte eine Idee für das Skript."
„Für welches Skript?"
„Na, für unseren Film."
„Ah. Was denn für eine Idee?"
„Ich hab's natürlich noch nicht komplett durchdacht. Ist mir erst geradeso in den Sinn gekommen."
„Erzähl."
„Ein Roadtrip."
„Ein Roadtrip?"
„Ja."
„Sometimes a road is a trip, sometimes it's just a road", sagte sie.
Fynn lachte.
„Soll ich?"
„Ja, bin gespannt."
„Also, ein Mann unternimmt mit dem Auto eine lange Reise. Eine

endlose Straße. Es gibt nur diese eine Straße. Sie führt durch Städte und Landschaften. Dann nimmt er einen Anhalter mit."

„Verstehe. Also wie unsere Situation hier."

„Genau. Aber der Mann ist etwa 50, der Anhalter ist keine Frau, sondern auch ein Mann. Sie erzählen Belanglosigkeiten. Dann erwähnt der Anhalter ein paar Details aus seinem Leben, nennt verschiedene Personen, ein paar Ereignisse. Zum Beispiel eine Party. Der Fahrer ist überrascht, da er die gleiche Situation auch erlebt hat und auch die Personen kennt. Sie amüsieren sich über die Zufälligkeiten. Der Anhalter steigt irgendwann aus und der Fahrer nimmt etwas später einen neuen Anhalter mit, er ist etwa 10 Jahre älter als der vorherige. Wieder kommen Ereignisse und Personen im Gespräch vor, die beiden bekannt sind. So geht es weiter. Der Fahrer merkt allmählich, dass es sich hier nicht um Zufälligkeiten handelt. Vielmehr ist es immer er selbst, der ins Auto steigt. Die Verkörperung seiner Person zu unterschiedlichen Zeitpunkten in seinem Leben. Ich meine die Situationen, bei denen sich manchmal die Weichen stellen, an denen er Entscheidungen treffen musste. Die Berufswahl, die Wahl des Partners und so was. Durch das Gespräch findet er heraus, wie sein Leben verlaufen wäre, wenn er in diesen Momenten anders gehandelt hätte. Weil er das erkannt hat, fragt er gezielt nach. Er erfährt, wie es ihm ergangen wäre, je nachdem, was er gemacht hätte. Verstehst du, was ich meine? Erst am Ende stellt sich heraus, dass er die ganze Zeit alleine im Auto war und sich mit sich selbst auseinandergesetzt hat. Ist halt so ein Psychofilm. Wie findest du das?"

„Guter Ansatz. Der Zuschauer sollte nur nicht sofort erkennen, dass es die gleiche Person ist. Wäre sonst zu eintönig, wenn man die Sache zu früh durchschaut."

„Ja, das müssen wir bedenken. Aber so könnten wir auch unser Konzept umsetzen. Die Rahmenbedingungen sind gesteckt, aber die Dialoge sind frei. Die Schauspieler müssen auf die jeweilige Geschichte des anderen reagieren."

„Ja, das könnte funktionieren."

„Und es wäre machbar. Das war doch wichtig für dich."

„Absolut."

„Also, ein Auto, ein paar Schauspieler und ein Smartphone als Kamera. Mehr brauchen wir nicht."

„Könnte so im Jarmusch-Stil sein."

„Ja, warum nicht. Jarmusch ist toll."

„Er ist wirklich der Meister des Erzählens. Ich liebe seine Filme. Es ist, als ob du zu Beginn des Films an einem Ufer stehst, er reicht dir die Hand, um dich in sein Boot einsteigen zu lassen, und du weißt, es wird eine wunderbare Fahrt über einen langen ruhigen Fluss. Die Atmosphäre, die Details, alles stimmt."

*

Etwas später traf sich Fynn mit dem Autor in einem Café.
Wie schon beim letzten Mal, als Fynn das Gespräch geführt hatte, spielte Kookie Gitarre auf dem Marktplatz, um sich etwas Geld für die nächsten Tage zu verdienen. Es war nur ein kleiner Ort, und so blieben die Einnahmen bescheiden. Sie hatte noch keine Gelegenheit gehabt, eine neue D-Saite zu kaufen, aber das machte ihr nichts aus.

*

Da das Treffen mit dem Autor länger gedauert hatte als geplant, erreichten sie erst abends gegen zehn das Hotel. Wieder nahmen sie ein gemeinsames Zimmer. Nachdem sie eingecheckt hatten, beschlossen sie, vor dem Schlafen noch etwas in der Hotelbar zu trinken. Sie nahmen an einem kleinen Tisch Platz. Fynn war überrascht. Auf der Karte wurde ein kalifornischer Rotwein angeboten, den man selten findet: Right Hand Man. Dazu wählten sie eine Käsevariation, die auf einer Schieferplatte mit Feigensenf serviert wurde. Fynn erzählte von dem Treffen mit dem Autor. Sie seien sich nicht einig geworden. Der Autor wollte nicht, dass sein Skript verändert würde.

Ein paar Meter von ihnen entfernt, an der Theke, saß ein Mann alleine vor seinem Glas. Lichte Haare, mittelgroß, Bauchansatz. Mit einem Auge beobachtete Kookie ihn. Die Macht des ersten Eindrucks war nicht auf seiner Seite. Allein wegen der Form seiner Unterlippe. Denn daran machte Kookie generell fest, ob sie jemanden sympathisch fand oder nicht.

Der Mann versuchte, seit geraumer Zeit eine Fliege zu erschlagen, die sich immer wieder auf seinen Unterarm setzte. Aber er benutzte die falsche Technik, sodass die Fliege unter seiner Handfläche wegflog, einen Bogen drehte, um sich wieder an der gleichen Stelle niederzulassen. Wie ein Mantra. Als er eingesehen hatte, dass er chancenlos war, nahm er seinen Brandy, trank ihn aus und bestellte einen weiteren. Die Fliege setzte sich wieder auf seinen Unterarm.

„Siehst du den Mann da?" Kookie deutete mit den Augen in seine Richtung.

„Der an der Bar?"

„Ja. Ich beobachte ihn seit einer Weile."

„Was ist so besonders an ihm? Ich kenne die Typen zu genüge. Vertriebler. Hotelnomaden."

„Erzähl mir von ihm."

„Wie meinst du das?"

„Was ist sein Geheimnis?"

„Sein Geheimnis?"

„Ja, jeder hat ein Geheimnis, was ist seins?"

„Woher soll ich das wissen?"

„Denk dir was aus. Du bist Script Doctor. Entschuldigung, ich meine Consultant."

Fynn überging die kleine Stichelei und rückte sein Glas zurecht.

„OK, wenn du willst." Er überlegte einen Moment, dann begann er:

„Sein Name ist Vincent Delanoche. Er war jahrelang ein Top Vertriebler, aber es läuft nicht mehr so. Das Geschäftsmodell seiner Firma hat sich geändert und er kann nicht Schritt halten. Er versteht die neuen Produkte nicht, er ist alt geworden, er schafft es nicht mal mehr, eine Fliege zu erwischen, wie du siehst. Früher war er gut, ihm entging keine Fliege. Und kein Auftrag. Ein in die Jahre gekommener Verkäufer."

„Gut, aber was ist sein Geheimnis?"

„Hm ... sagen wir, auch privat hat er Probleme. Seine Frau fühlt sich vernachlässigt. Das kümmert ihn aber nicht, denn er hat in den letzten Jahren viel Geld gemacht und plant auszusteigen. Teil seines Planes ist ein etwas perfides Angebot an seine Praktikantin."

„Jetzt bin ich neugierig."

„Er hat die Praktikantin für heute Abend in das Restaurant dieses Hotels eingeladen. Zunächst ahnt sie nicht, um was es geht. Natürlich hofft sie auf eine freudige Mitteilung. Vielleicht, dass er ihr eine feste Stelle anbieten würde. Aber als er Champagner bestellt, wird sie unsicher, ob dies wirklich der Anlass sei. Etwas zu viel, denkt sie. Sie sprechen also zunächst über die Firma, aktuelle Vorfälle, etwas Gossiping. Dann nimmt er ein Etui aus der Jackentasche. Sie wird still, hält die Serviette vor den Mund. Er öffnet es vor ihren Augen, es ist eine Halskette mit einem Diamanten. Sie fragt sich, was als Nächstes geschieht. Dann eröffnet er ihr das Angebot."

„Er will ihr einen Antrag machen?"

„Nein. Er bietet ihr an, ein Hotelzimmer für sie zu mieten. Und zwar dauerhaft zu mieten, übers ganze Jahr. Sie kann dort wohnen, essen, alles ist bezahlt. Sie muss sich ihm nur permanent zur Verfügung halten. Er sagt, Geld spielt keine Rolle."

„Crazy. Aber warum sieht er dann so niedergeschlagen aus?"

„Sie ist entsetzt. Ohne ein Wort zu sagen, steht sie auf und verlässt den Tisch. Sie weiß, dass ihre Karriere damit im Unternehmen beendet ist, bevor sie richtig begonnen hat. Vielleicht sogar in der Branche. Sie ist sich seines Einflusses bewusst. Er hingegen realisiert, dass er sie falsch eingeschätzt hat. Als sie gegangen ist, steckt er verärgert, aber auch verunsichert das Etui wieder ein, lässt abräumen und setzt sich an die Bar. Da wird er nun den ganzen Abend sitzen und überlegen, was die Praktikantin jetzt unternehmen wird. Ob sie seine Frau informieren wird. Was er jetzt machen soll."

Während des Gesprächs hatte der Mann an der Bar Kookie von Zeit zu Zeit Blicke zugeworfen.

„Entschuldige mich für einen Moment", sagte Kookie.

„Was hast du vor?"

„Ich will rausfinden, ob er ein stinknormaler Vertriebler ist oder ob er wirklich ein Geheimnis hat."

Kookie stand auf und ging zu ihm hinüber.

„Ist hier noch frei?"

Der Mann schaute zunächst verwundert, bat ihr aber dann freundlich den Platz an. Sie sprachen über den Grund seines Aufenthaltes. Fynn beobachtete, wie sie sich angeregt unterhielten. Das Gespräch zog sich hin.

Am Nachmittag, nach der Besprechung mit dem Autor, bevor er sich mit Kookie getroffen hatte, war Fynn in ein Juweliergeschäft gegangen. Er hatte ein Amulett aus Silber gekauft. Es war nicht besonders wertvoll, aber das Symbol, ein geteilter Vollmond, drückte seine Empfindung zu ihr aus. Vielleicht war es überstürzt. Vielleicht unüberlegt. Die Idee, ihr das Amulett an diesem Abend zu geben, bekam Risse, brach, je länger das Gespräch dauerte, Stück für Stück in sich zusammen. Jetzt spürte er Eifersucht. Und er fragte sich warum. Er war noch nicht mit ihr zusammen. Sie hatten eine Nacht miteinander verbracht, aber es war nichts Körperliches geschehen. Und trotzdem, oder besser, gerade deshalb, weil es ein Verrat an den Empfindungen war, hatte er dieses Gefühl der Wut, der Hilflosigkeit. Eifersucht tritt selten im Plural auf. Du bist alleine mit ihr. Der Dämon ist in dir drin und beginnt, dich langsam von innen aufzufressen. Zunächst wollte er eingreifen, aber das wäre keine Lösung, denn er könnte riskieren, genau dadurch Kookie zu verlieren. Er wollte Sieger sein ohne Kampf. Das Gespräch dauerte für ihn endlos. Um nicht einsam auszusehen, nahm er sein Smartphone heraus und ging kurz seine Mails durch. Nichts Besonderes.

Er blickte auf sein Weinglas. Auf der Oberfläche schwamm eine Fruchtfliege. Er wusste, dass damit der Wein ruiniert war. Es ist immer wieder erstaunlich, wie ein solch kleines, unscheinbares Wesen, eine im Vergleich so große und kostbare Menge an Wein in Kürze zerstören kann. Mit dem kleinen Finger fischte er das Insekt heraus und wischte es an einer Serviette ab. Die Fruchtfliege schleppte sich über den weißen Stoff und befreite sich dabei von dem Wein. Er legte seinen Zeigefinger über das Insekt. Ohne die Situation zu verstehen, bewegte sie sich weiter. In dem Moment, als er sie zerdrücken wollte, erhielt er eine SMS. Fynn wurde blass im Gesicht, als er den Absender sah. Er hielt von der Fruchtfliege ab und öffnete die Nachricht. Es waren nur vier Worte. Vier Worte und ein Namenskürzel. „Können wir uns treffen? F."

„Er ist Fotograf."
Kookie stand plötzlich vor Fynn.
Fynn reagierte nicht.
„Was ist los, Fynn?"
Er schaute auf. Schluckte.
„Wer ist Fotograf?"
„Na, der Mann an der Bar. Hast du eine schlechte Nachricht bekommen?" Sie deutete auf sein Smartphone.
„Ein Autor hat mir geschrieben. Ich muss die Strecke umplanen."

Aber es war kein Autor. Es war Fanny.

Selten verlassen Menschen, die im Leben eines anderen eine große Rolle gespielt haben, dessen Lebensweg endgültig. Oft kreuzen sie den Pfad unvermittelt noch einmal, mischen mit ihren Schritten das fast verrottete Laub auf, bevor sie für immer verschwinden. Und so wurden in Fynn die Erinnerungen an seine Kindheit, seine Jugend, die bittere Liebe wieder geweckt. Versiegele meine Lippen mit deinen, hatte sie damals gesagt.

Das Siegel wurde aber nach einem Jahr gebrochen. Die Erinnerung an diesen Abend trug er seitdem mit sich, wie ein Sandkorn unter dem Augenlid. Nein, das wäre zu schwach formuliert. Es war, als wenn man einen Baum mit einer Axt in der Mitte durchhackt. Auch wenn der obere Teil noch eine Weile frisch und gesund blüht, auch wenn der untere Teil noch stark im Boden verwurzelt ist - jedes Wachstum ist ab diesem Moment eingestellt. Die Blätter werden abfallen, die Wurzel verrotten, die Jahresringe aber immer daran erinnern.

Sie hatten danach nie wieder miteinander gesprochen.

Er schaltete das Smartphone aus.

„Über was hast du dich mit dem Fotografen unterhalten?", fragte Fynn, um abzulenken.
„Ach, was weiß ich. Irgendwelche Sachen. Er muss ein paar Aufnahmen für einen Werbeprospekt machen."
„Auch über dein Album?"
Sie schaute ihn an. „Warum?"
„Ich meine nur."
„Nein."
Pause.
„Was ist los Fynn?"
„Nichts. Warum?"
„Du hast doch irgendwas."
„Nein. Alles ist in Ordnung."
„Bist du etwa eifersüchtig?"
„Wie kommst du denn darauf?"
Kookie lachte und stieß ihn an.
Fynn sagte nichts. Pause.
„Lass uns zahlen."
Kookie spürte, dass etwas nicht stimmte. Dem Umstand geschuldet, dass das Gespräch mit dem Fotografen die Ursache sein könnte, fragte sie jedoch nicht weiter nach, sondern nickte nur.

Sie zahlten und gingen aufs Zimmer.

Diesmal unterhielten sie sich nicht wie tags zuvor bis in die Morgenstunden. Es war, als hätte jemand einen Stock in die drehenden Speichen eines Fahrrades gehalten, aber kein Krachen war zu hören. Sie legten sich ohne viel Worte zu wechseln ins Bett und Kookie fiel nach etwa 10 Minuten in den ersten Tiefschlaf. Fynn blieb wach. Seine Gedanken ließen ihn nicht einschlafen. Es waren diesmal nicht Gedanken, die sich um Kookie drehten, es waren die Gedanken an Fanny und ihren Wunsch, sich treffen zu wollen. Das Schlimmste war, er wusste, er würde zusagen.

„Guten Morgen, Kookie."
Sie rieb sich die Augen.
„Guten Morgen, Fynn."

Fynn war früher aufgestanden und hatte mit dem Wasserkocher Tee und Kaffee aufgebrüht. Er stellte Kookie ihre Tasse neben das Bett auf die Ablage. Sie setzte sich aufrecht hin und trank einen Schluck.

„Wie hast du geschlafen?", fragte er sie.
„Wie ein Stein."
„Und du?"
„Nicht so gut."
„Wieso?"
„Habe schlecht geträumt."

Während des Frühstücks sprach sie ihn auf das nächste Treffen an.
„Was ist das für ein Autor, mit dem du heute einen Termin hast?"
„Was meinst du?"
„Du hast doch gestern gesagt, es hat sich kurzfristig etwas geändert."
„Ach so. Ja. Aber der Termin ist erst morgen."
„Ah. Wovon handelt sein Skript."
„Es ist eine Autorin."
„Ok, und wovon handelt *ihr* Skript?"

Fynn hatte noch in der Nacht zuvor geantwortet. Aber er fürchtete, es würde nur Schwierigkeiten bringen, wenn er jetzt Fanny erwähnte. Also erzählte er spontan die Idee eines Skripts, das er einmal gelesen hatte. Er sagte, es handelte sich um die Geschichte von sieben verschiedenen Personen, die nacheinander in demselben Hotelzimmer übernachten. Alle haben einen anderen Grund, warum sie dort übernachten, die unterschiedlichen Kurzgeschichten werden durch die Einheit des Ortes zusammengehalten. Kookie merkte nicht, dass Fynn improvisierte, und überlegte laut, wie eine Alternative aussehen könnte. Ob es nicht besser wäre, wenn die sieben verschiedenen Personen gleichzeitig im Hotel übernachten und an einem gewissen Punkt miteinander in Kontakt kommen. Aber Fynn fand das zu naheliegend, er bevorzugte die Idee, die Geschichte aus Sicht eines einzigen Zimmers zu erzählen.

Die Ablenkung vom Thema war geglückt. Er musste nicht weiter auf das Treffen eingehen.

*

Der Treffpunkt lag auf der anderen Seite der Meeresenge. Nach einer Stunde Fahrt sahen sie keine Häuser mehr und auch kaum andere Wagen. Die Straße war gerade und fantasielos. Links und rechts wuchsen kaum Bäume. Das Gras war vertrocknet. Einziger Farbtupfer war eine Fläche rosa Blüten. Fynn konnte hier etwas schneller fahren. In diesem Abschnitt der Strecke bestand der Straßenbelag aus einzelnen Platten, die an ihrem Übergang durch eine Bitumenschicht verbunden waren, absolut systematisch, wie von einem Taktstrich unterteilt. Die Unterbrechungen erzeugten beim Fahren einen rhythmischen Schlag. So durchquerten sie metronomisch die Landschaft. Mit 120 beats per minute.

Nach ein paar Kilometern wandelte sich die Flora. Jetzt führte die Straße durch einen dichten Wald aus Birken, Fichten und Kiefern. Sonnenstrahlen fielen durch die Wipfel, ein intensiver Geruch von Nadelholz lag in der Luft. Kookie hatte sich ihre Ohrhörer eingestöpselt und hörte Musik. Nach einer Weile begann sie mitzusingen. Das gedämpfte Geräusch der Reifen auf dem Asphalt mischte sich mit den klaren Klängen von Radioheads *No Surprises*. Dann, wie aus dem Nichts endete der Wald und es eröffnete sich die Weite des Meeres. Sie fuhren über eine fast 8 km lange Brücke. Leichter Gegenwind. Der Mercedes schwebte wie ein Kormoran über dem Meer. Lange hatte Kookie das Meer nicht gesehen, nur aus dem Flugzeug.

Fynns Gedanken drehten sich um das Treffen mit Fanny. Was wollte sie nach so langer Zeit von ihm? Sie hatte ihm geschrieben, sie sei jetzt Stewardess und dadurch viel unterwegs. Aber morgen zufällig in der Gegend. Abends schon in Malaysia. Es wäre eine Gelegenheit, sich noch einmal zu sehen.

„Weißt du Kookie, manchmal, wenn ich Dinge im Kopf habe, die mich nicht loslassen, dann fahre ich die ganze Nacht hindurch. Ohne Pause. Bis die Sonne aufgeht. Wenn die Sonne aufgeht und alles in neues Licht taucht, dann fühlt es sich an, als ob alles auf Anfang gesetzt wird. Alle Probleme verschwinden. In diesem Moment fühle ich mich frei. Ich mache, was ich machen will. Niemand ist da, mir zu sagen, was richtig und was falsch ist. Es ist der Moment der Freiheit, der absoluten Freiheit."

Kookie nahm die Ohrhörer ab.
„Hast du mit mir gesprochen?"
Fynn blickte sie an.
„Ja."
„Was hast du gesagt?"
„Ach nichts. Was hörst du gerade?"

Kookie reichte ihm den linken Ohrhörer, während sie den rechten benutzte. Es lief das Ende von 'Rapt'.
„Wer singt das?", fragte Fynn.
„Karen O. Tolles Soloalbum. Die Stücke dauern alle nur etwa zwei Minuten, wie rohe Entwürfe. Ich mag sie."
„Nie gehört. Sie singt etwas seltsam. Meinst du, sie kann überhaupt singen?"
„Sie ist sicher keine ausgebildete Sängerin, da magst du recht haben. Aber ich suche immer nach etwas Besonderem, nach dem Authentischen in der Stimme. Meine Lieblingssänger sind oft Sänger, die manchmal falsch singen. Gerade weil die Stimme ungeschult ist, bewahrt sie etwas von dem, was ansonsten zerstört wäre."

Als das Lied vorbei war, forderte sie Fynn auf, ein Lied zu benennen:
„Jetzt bist du dran. Was willst du hören?"
Fynn wartete mit der Antwort, um sich auf das Überholen eines langsamen Lasters zu konzentrieren.

„Getting away with it", schlug er vor.
„Von James?"
„Ja ... Gefällt dir nicht?"
„Doch. Das kommt doch in der Szene am Schluss in ... wie heißt der Film noch mal?"
„The Big White"
„Ja, genau. Der Film ist gut."
Das Lied begann mit klaren optimistischen Gitarren, baute sich auf. Die Sonne kam hinter den Wolken hervor. Fynns Stimmung hob sich. Kookie schlug mit der Hand den Takt auf ihrem Oberschenkel mit, dann setzten beide in den Refrain ein.
„Getting away with it all messed up."

Während sie fuhren, hörten sie weiter gemeinsam Musik, jetzt über einen Bluetooth-Lautsprecher, den Fynn mit dabei hatte. Fynn wählte *Horseshoe*, weil es auf interessante Weise Hoffnung und Traurigkeit vereint. Sie wünschte sich *Looking for knife* und sie diskutierten die Botschaft. *I wanted an ending but they giving me start.* Sie sagte, es geht um enttäuschte Erwartungen, er stimmte zu. Fynn wünschte sich *The Architect* von Arms and Sleepers.
Sie gab es in die Suchfunktion ein. Kurz darauf erzeugte die Melodie eine besondere, schwebende Atmosphäre. In das Prasseln des Asphaltsplitts, der innen gegen das Blech des Kotflügels schlug, mischte sich eine mäandernde Drum Machine, die das Lied als Torso stabilisierte.

Kookie nahm eine Handvoll Erdnüsse aus der Dose und steckte sie alle zusammen in den Mund. Sie nickte im Takt. „Gefällt mir".
Dann wählte sie wieder ein Lied. Durch die Kabel quälte sich anschließend EMA mit *Marked*. Das Lied schleppte sich zunächst mühselig und beklemmend vorwärts, bis es sich nach drei Minuten einer Auferstehung gleich, wie eine Belohnung, die man nur um den Preis allergrößter Mühen erhält, mit hellen, befreienden Akkorden erhob.

i wish sometimes i could explain things, explain things
i wish that every time he touched me left a mark.

Dann begannen sie eine kurze Diskussion über Musik im Allgemeinen, den Grund warum viele Leute Schwierigkeiten mit Klassik und Jazz haben. „Die meisten", so war Kookies Ansicht, „haben sich an einfache Harmonien, Rhythmen und Strukturen gewöhnt, weil das Gehirn Dinge wiederfinden möchte, die es kennt. Es sträubt sich, wenn die Musik zu chaotisch erscheint."

Letztlich gleicht ein gutes Musikstück einer guten Beziehung, es muss Verlässlichkeit und Überraschendes vereinen. In diese theoretische Diskussion hinein erklang *Fade into you* von Mazzy Star. Sie stellten ihr Gespräch ein und erlagen der zucker-melancholischen Stimme der Sängerin, die ihre Gedanken in den letzten Sonnenstrahlen des Tages verlieren ließ.

I want to hold the hand inside you
I want to take a breath that's true
I look to you and I see nothing
I look to you to see the truth

Fade into you
Strange you never knew
Fade into you
I think it's strange you never knew

Kurz darauf hielt Fynn an einer Tankstelle an und kaufte Lebensmittel ein. Käse, Baguette, Wein, Wasser. Er steckte alles in eine Papiertüte und bezahlte. Kookie blieb im Wagen sitzen. Als er wieder einstieg, fragte sie, wofür er das alles eingekauft hätte. Er antwortete, „Hier in der Nähe ist ein Strand. Wollen wir dort ein Picknick machen?" Kookie gefiel die Idee. Sie nahm die Tüte mit den Lebensmitteln auf den Schoß. Fynn startete den Motor.

Nach ein paar Kilometern führte eine Stichstraße vom Weg ab. Sie parkten auf einem kleinen Platz nahe am Strand. Der Motor verstummte. Nur der Kühlerventilator drehte sich, und die überhitzte Maschine knackte in der abkühlenden Abendluft. Leichter Dunst stieg von der Haube auf.

Kookie ging bis zum Rand des Strandes. Bis zu der Stelle, wo die ankommenden Wellen, die soeben noch vom Wind aufgefächert wurden, mit einem Schäumen im Sand ausliefen. Langsam fuhr sie sich durch das Haar und atmete den Duft des Windes ein, der vom Meer herüberwehte, sah den Möwen am Himmel zu, wie sie kreischend und zankend durch die Luft flogen. Sie betrachtete die Schiffe, die in der Ferne verschwanden.

Für das Meer gibt es kein *ich war, ich bin, ich werde*. Es hat keine Zweifel. Es existiert nur im Moment. Die unendliche Wiederholung des Moments. Kookie fühlte, dass sie etwas finden muss da draußen, aber sie wusste nicht genau, was. Und sie musste im Austausch etwas geben, aber sie wusste erst recht nicht, was das sein könnte. Ihre Augen ruhten auf der Wasseroberfläche, der Feinheit der Zeichnung, der Textur, die im Abendlicht blau-rosa schimmerte. Sie wollte die Bewegung des Meeres in sich aufnehmen. Den sanften Rhythmus. Die letzten Sonnenstrahlen reflektierten sich, kurz bevor die Sonne über der Horizontlinie verschwand. Dann schloss sie ihre Augen.

Als die Sonne untergegangen war, wurde es sofort merklich kühler. Kookie zog sich einen weißen, glattgestrickten Pulli mit langen Armen über. In Brusthöhe waren acht rote Herzen in einer Reihe angeordnet.

Fynn sammelte derweil kleine, trockene Wurzelstücke für ein Lagerfeuer. Er schichtete die dünneren Zweige aufeinander, legte ein paar Blätter dazwischen und versuchte, das Holz mit Streichhölzern anzuzünden. Nach etwa zehn Minuten brannte ein kleines Feuer vor ihnen. Er fragte, ob sie etwas Musik hören wollte. Sie stimmte zu. Fynn stellte den Lautsprecher auf einen Stein und kurz darauf erklang ruhige Musik.

Schweigend saßen sie am Feuer, während das brennende Holz in unregelmäßigen Abständen knackte. Das Licht spiegelte sich in ihren Gesichtern. Er reichte ihr ein Glas Wein und breitete die eingekauften Lebensmittel aus. Kookie griff nach dem Käse.

„Wenn du ein völlig anderes Leben führen könntest, Fynn, du könntest dir aussuchen, was du willst. Was wäre dein Wunsch?"

„Ich weiß nicht. Darüber habe ich noch nie nachgedacht. Ich glaube, ich würde ein kleines Kino betreiben wollen. Ich müsste mir noch irgendein besonderes Konzept ausdenken, aber es wären nur von mir ausgesuchte Filme. Keine Blockbuster. Filme für ein kleines Publikum, ohne kommerziellen Druck. Und du?"

„Ich möchte etwas wirklich gut können. In einer Sache richtig begabt sein und ich wüsste, was ich mache, ist richtig gut. Ich hätte Erfolg damit und müsste mich nicht schämen für meine Unzulänglichkeit. Am liebsten wäre ich wohl eine richtig gute Musikerin. Aber eigentlich ist es egal was. Ich denke, dass ich noch so viel zu tun habe in meinem Leben."
„Kannst du doch. Du bist doch noch jung. Außerdem, was bedeutet schon das Alter", sagte Fynn.
„Eine Menge", antwortete Kookie. „Ich habe das Gefühl, es ist niemals genug Zeit. Meine Mutter sagte zu mir, bevor ich von zu Hause weg bin: Selbst wenn Monate und Tage lang sind, das Leben ist kurz."
Sie nahm einen Schluck Wein.
„Als Kind hatte ich ein anderes Zeitgefühl. Ich hatte den Eindruck, als ob unendlich viel Zeit da wäre."
„Ja, man lernt als Kind die drei Dimensionen, die versteht man, aber

die vierte versteht man nicht."

„Weißt du Fynn, ich frag mich so oft: Kann das alles sein?"

Kann das alles sein. Natürlich ist das eine Frage, die sich wohl jeder ab und an stellt. Und was soll die Antwort sein? Denen, die keine Suchenden sind, macht es offenbar wenig aus, keine Antwort zu finden und der Drang nach ihr verblasst sehr schnell, wenn das nächste Ereignis des Alltags die Aufmerksamkeit fordert. Aber denen, die suchen, ist die unbefriedigende Erkenntnis beschieden, die Sinnlosigkeit dieser Frage akzeptieren zu müssen. Sinnlos, weil jeglicher Referenzpunkt, was denn ‚alles' ist, fehlt. Das ewige Infragestellen führt vom Hundertsten ins Tausendste. Und man landet schnell bei: Warum sind wir hier? Wofür machen wir das? All diese stupiden Fragen. Sie sind bodenlos. Sie können verrückt machen. Denn es gibt keine Antworten darauf. Alle Versuche, sie zu beantworten, blieben seit jeher naiv oder verzweifelt.

„Ich hab angefangen, darüber nachzudenken, was ich eigentlich suche. Ich bin aber noch nicht fündig geworden. Ich meine das im Ernst."
Sie hielt kurz inne.
„Und ich habe Angst, es zu finden ... was immer es ist."
„Angst?"
„Ja, kannst du das verstehen, Fynn? Hast du auch schon mal etwas gesucht und hattest Angst, es zu finden?"
Fynn wollte direkt antworten. Dann stockte er. Und setzte erneut an.
„Wie soll ich sagen ... Ich hatte es gefunden. Aber wieder verloren. Ja, und ich habe Angst, es wieder zu finden."
Fynn überlegte, ob dies der richtige Zeitpunkt wäre, das Erlebnis mit Fanny anzusprechen. Auch, dass sie ihm geschrieben hatte, und dass er sie morgen wiedersehen würde. Aber er tat es nicht.
Stattdessen sagte er:

„Warum spielst du nicht eins von deinen Liedern?"
„Möchtest du das wirklich?"
„Ja gerne."
„Aber meine D-Saite ist kaputt."
Er schmunzelte.
„Das macht mir nichts aus."
„Gut"

Kookie nahm ihre Gitarre und stimmte sie. Fynn legte ein paar Holz-stöcke nach und machte die Musik aus. Dann nahm sie ihr Notiz-buch aus dem Rucksack, blätterte vor und zurück und spielte ein Lied in a-Moll. Mit einer ruhigen Stimme sang sie dazu:

Every dream I dream is of you
Every dream I dream is for you

Give me months and days,
give me wonderful moments in time
and I will give you dreams, months and days
and lips that always rhyme.

Ihr erster Kuss. Die Entdeckungsreise ins Ungewisse, damit einher-gehend das magnetisierende Gefühl, das sich so nie wieder einstellen wird. Kookies Augen waren geschlossen, als er vorsichtig mit den Fin-gerspitzen ihre Stirn berührte, dann ihre Augenbrauen. Er ließ sich viel Zeit, ihr Gesicht zu lesen. Sorgsam achtete er auf Zeichen eines Widerstandes, aber sie ließ ihn gewähren. Dann näherte er sich mit seinem Mund ihrer Haut. Er küsste sie leicht auf die Stirn dann über die Brauen. Dem gleichen Pfad, den er zuvor mit den Fingerspitzen ertastete, folgte er nun mit seinen Lippen. Seine Hand lag auf ihrer Brust. Er spürte den Puls. Ihr Herzschlag wurde schneller. Seine Lip-pen befanden sich nun wenige Millimeter über ihren. Ihre Lippen öffneten sich, aber sie berührten sich immer noch nicht. Sie spürten ihren gegenseitigen Atem. Dann ertasteten sie sich leicht. Daraufhin stärker. Ein erstes Berühren der Zungen. Ein mutiges Vordringen. Das Erforschen des Unbekannten.

Es ist schwer zu sagen, wie lange der Kuss gedauert hatte. Waren es nur Sekunden oder waren es mehrere Minuten. Die Zeit war aus-gesetzt. Sie befanden sich in einem Moment, der keine Messbarkeit kannte. Das Fraktal der Endlosigkeit. Des ewigen Zusammenseins.

Fynn legte seinen Kopf auf ihren Schoß und blickte wieder in den Sternenhimmel. Sie fühlten sich, als seien sie die Ursache der Erd-krümmung. Zwei für die Welt.

„Weißt du, was schön wäre?", flüsterte Fynn.
„Sag's mir."

„Wenn wir überhaupt nicht mehr zurückfahren würden."

„Ja, das wäre schön."

„Und wenn wir einfach weiterfahren?"

„Wohin denn?"

„Egal wohin, einfach weiter."

Sie lächelte und strich ihm durchs Haar.

Und so nahm es seinen Lauf, wie eine Ranke, die sich fortpflanzt und sich um einen anderen Trieb flechtet und weiter rankt und immer stärker wird. Und die beiden Ranken sind irgendwann so ineinander verflochten, dass man sie nicht mehr trennen kann.

Das Feuer war niedergebrannt, Fynn stand auf und legte ein paar Stöcke nach. Er blies in die Glut und es gelang ihm, das Feuer wieder zu entfachen.

„Ich hab mir auch Gedanken gemacht, Kookie."

„Worüber?"

„Über die Story für den Film, den wir drehen wollen. Willst du sie hören?"

„Na klar."

Er setzte sich neben sie.

„Also, die Ausgangssituation ist die gleiche, aber dann entwickelt es sich etwas anders."

„OK."

„Eine Hauptperson ist ein Mann, der für Filmproduktionsfirmen arbeitet. Er entscheidet, welche Skripte es wert sind, verfilmt zu werden. Er prüft die Exposés und trifft sich mit den Autoren, die in die engere Wahl gekommen sind. Auf dem Weg nimmt er eine Anhalterin mit. Die Fahrt wird ein paar Stunden, vielleicht Tage dauern. Sie tauschen zunächst Oberflächlichkeiten aus, der übliche Small Talk. In verschiedenen Momenten wird es persönlicher, sie lernen sich näher kennen. Es kommt der Tag, an dem er den letzten Termin hat."

„Verstanden", sagte Kookie. „So wie bei uns jetzt."

„Ja."

„Du willst mir also etwas mitteilen?"

„Nun ja, das ist der Punkt. Ich habe mir ein mögliches Ende überlegt. Hör zu:"

Er nahm einen Schluck Wein und begann zu erzählen.

„Am Morgen des letzten gemeinsamen Tages steht er schon früh auf."

„So, wie heute Morgen."

„So ähnlich. Also: Die Sonne scheint durch die schmalen Ritzen der Holzjalousie. Er schaut zu ihr herüber. Sie schläft noch. Leise steigt er aus dem Bett. Er zieht sein Hemd an und geht barfuß ins Bad. Rasiert sich nass. Gründlich. Das tut er nur an speziellen Tagen. Dann geht er zurück ins Zimmer. Sie hat sich herumgedreht, aber sie schläft immer noch. Er nimmt den kleinen Hotelnotizblock und schreibt mit Bleistift folgende Zeilen: 'Guten Morgen, dies wird ein besonderer Tag. Ein Taxi wird dich um 19.00 Uhr abholen. Bitte komme in deinem schönsten Kleid. Ich habe eine Überraschung vorbereitet.' Diesmal wird er kein Treffen mit einem Autor haben. Er wird etwas Außergewöhnliches für diesen Abend vorbereiten. Vorsichtig legt er den Zettel ins Badezimmer. Unter seinem Namen platziert er eine blaue Blüte. Er packt seine Tasche und zieht die Tür zu. Sie schläft weiter."

Kookie hörte seiner Geschichte aufmerksam zu. Sie füllte ihr Glas auf.

„Es ist kurz nach neun, als er einen Gebrauchtwarenladen betritt. Er ist der erste Kunde. Zunächst sieht er nicht viel, bis sich seine Augen an das fade Licht gewöhnen. Der Raum ist sehr klein, lang gestreckt, etwa drei Meter, in der Mitte unterteilt durch ein Regal. Rechts und links sind ebenfalls Regale mit verschiedenstem Antiquariat. Ein altes Mikrofon, alte Kaffeemühlen, Marionetten, Pistolen, unzählige Abzeichen. Der Inhaber sitzt am Ende des Ganges auf einem Holzstuhl in Schreibarbeiten vertieft. Er bittet ihn, die Utensilien, die er tags zuvor im Schaufenster ausgemacht hatte, zusammenzustellen. Einen alten Projektor, eine Leinwand und einen Stapel Filmrollen, die laut Auskunft des Inhabers aus dem Bestand des örtlichen Kinos stammen, das vor einigen Jahren schließen musste. Er fragt nach dem Preis und schiebt einen Schein über die Theke.

Nachdem dies erledigt ist, macht er sich auf zu einem Juweliergeschäft und kauft ein silbernes Amulett. Ein geteilter Vollmond. Als Symbol für zwei Hälften, die sich zu einem Ganzen vervollkommnen.

Anschließend kauft er Lebensmittel ein und fährt dann zu dem Ort, an dem er alles vorbereiten wird. Es ist ein Ferienhaus, das er für diesen

Abend gemietet hat. Im Garten, dort wo Pinien an den Sommeraben-
den ihren Schatten spenden, befestigt er eine Leinwand, davor den
Projektor. Die Filmrollen legt er daneben auf einen Abstelltisch."

„Die Szene könnte ich mir gut vorstellen", sagte Kookie. „Ich wüsste
eine gute Location dafür. Bin gespannt, wie es weiter geht."

„Es ist jetzt sechs Uhr. Die Vorbereitungen sind so gut wie abgeschlossen. Es kommt ein leichter Wind auf. Die zwischen den Pini-
en aufgespannte Leinwand wölbt sich. Aber die Schnüre halten sie
zurück. Am Horizont sammeln sich Wolken. Ihre Farbe gefällt ihm
nicht, aber sie müssten noch weit genug weg sein. Er positioniert den
Projektor, wählt einen Film aus und legt das Band ein. Er überlegt,
ob er ihr das Amulett vor oder nach der Aufführung geben sollte. Er
entscheidet sich für danach. Zwanzig nach sechs. Er arrangiert letzte
Details. Musik, mein Gott, er hat völlig die Musik vergessen. Was soll
er wählen? Keine Frage, etwas Warmes, wie ein Bild in Gelb-Oran-
getönen, Akkordeonmusik… oder ein Piano, aber nicht zu schwer,
etwas Leichtes, Angenehmes."

Seine Stimme wechselte beim Erzählen. Manchmal bekam sie dramatische Züge, dann wieder Ruhe und subtile Spannung.

„Die Vorfreude steigt in ihm. Das Einzige, was ihm etwas Sorgen
bereitet, ist der Wind. Er scheint eher zuzunehmen als sich zu legen.
Aber er will den Höhepunkt des Abends unbedingt an diesem Ort
stattfinden lassen. Er will, dass sie gemeinsam im Piniendutt auf den
Holzstühlen sitzen und den Film in der untergehenden Sonne betrachten. Er geht noch einmal in Gedanken jedes Detail durch. Die
Getränke haben die richtige Temperatur. Die Torte muss nur noch
angeschnitten werden. Die Musik ist ausgewählt. Wann soll er es ihr
sagen? Soll er ihr wirklich das Amulett erst später geben? Oder wie es
kommt. Vielleicht ist es besser, nicht alles zu planen. Auch auf den
Moment zu hören. Wie es sich ergibt."

An dieser Stelle lächelte er sie an. Sie lächelte zurück.

„Blumen. Blumen fehlen noch. Vielleicht ein kleiner Strauß. Wie-
senblumen. Fünf vor sieben. Das Taxi wird jeden Moment eintreffen.
Er fragt sich, welches Kleid sie wohl gewählt hatte. Er nimmt an,
das blaue Sommerkleid mit dem Blumenmuster. Oder das Braune.

Vielleicht ist sie aber noch vorher einkaufen gegangen, um ihn zu überraschen, dem Tag angemessen gekleidet zu sein.

Er glaubt, ein Motorengeräusch in der Ferne zu hören. Er wischt sich den Blütenstaub von seinem Anzug und geht zur Toreinfahrt. Nach fünf Minuten ist immer noch kein Auto weit und breit zu erkennen. Auch das Motorengeräusch ist wieder verstummt. Er überlegt, ob er die Torte wieder in den Kühlschrank stellen sollte, da sie in der Wärme, die immer noch ausreichend in der Luft liegt, zu schwimmen beginnt. Er entschließt sich, noch etwas zu warten, wahrscheinlich würde das Taxi jeden Moment um die Ecke biegen. Es war halb acht. Sie müsste längst da sein. Vermutlich ist etwas dazwischengekommen, was ihre Abreise verzögerte. Er bekommt Hunger. Trinkt etwas mehr von dem Wein. Er fürchtet, dass sie nicht mehr kommen würde. Nach einer Weile resigniert er, hat die Hoffnung aufgegeben. Er schneidet die Torte an, setzt sich auf den Holzstuhl, der auf die Leinwand ausgerichtet ist und trinkt den Wein direkt aus der Flasche. Der Wind nimmt jetzt zu. Die Leinwand spannt sich wie ein Segel. Er schaltet den 35-mm Projektor an und legt den Starthebel um. Das magische Rattern des Projektors begleitet die Bilder des Vorspanns. Der Wind wird zunehmend stärker, der Himmel verdunkelt sich, die ersten Tropfen fallen. Er bleibt sitzen. Auch als der Wind sich schon in einen handfesten Sturm entwickelt hat und seine Kleidung durchnässt ist.‟

Jetzt stand Fynn auf. Agierte wie ein Schauspieler, der die Szene spielt.

„Dann steht sie vor ihm. Als er nicht mehr mit ihr gerechnet hatte. Sie trägt ein langes Kleid, sieht aus wie eine Diva, genauso, wie er sie sich vorgestellt hat. Sie nehmen sich in den Arm, ohne ein Wort zu sagen. Sie drehen sich langsam. Tanzen mit geschlossenen Augen. In Großaufnahme. Grobes Korn, die Sonne bricht durch die Wolken, Gegenlichtaufnahme in Zeitlupe. Der Projektor läuft weiter, projiziert den Film auf sie.‟

Er drehte sich zu Kookie.

„Hier könnte ich mir einen ruhigen, atmosphärischen Song als Hintergrundmusik vorstellen. Den musst du auswählen.‟
„Ich hätte schon einen im Sinn.‟

„Die Minuten vergehen. Sie will etwas sagen, aber er legt seinen Finger auf ihren Mund. Er nimmt das Amulett aus der Schatulle ..."

Während er diesen Satz sagte, griff er unmerklich in die Hosentasche und nahm das Amulett in die Hand. Er hielt es verschlossen in der Faust, den Arm auf der Seite, sodass Kookie es noch nicht sehen konnte.

„Wie würdest du die Geschichte enden lassen, Kookie?"
„Du meinst, ob es ein Happy End für die beiden gibt?"
„Ja."
Kookie blickte ihn an.
Sie ließ ein paar Sekunden verstreichen.

„Es geht nicht", sagte sie.
„Was meinst du damit?"
Sie wendete ihren Blick zur Seite.
„Alles in Ordnung, Kookie?"
„Ja, alles in Ordnung."
Sie schwieg einen Moment lang.

„Nein, eigentlich nicht. Eigentlich ist nichts in Ordnung."
„Ist es dein Freund?"
„Welcher Freund?"
„Dessen Telefonanrufe du wegdrückst?"
Sie antwortete nicht.
„Der mit der Musikkassette?"
„Es ist mein Mann."
Pause.

Fynn musste schlucken. Ihm war, als wenn die Wirklichkeit ihm unvermittelt in den Magen schlug. Er setzte sich. Sein Gesicht war bleich.

„Ich hab ihn im Gefängnis kennengelernt."
Fynn nahm tief Luft.
„Du warst im Gefängnis?"
„Ja."
„Weswegen?"
„Ich hab nichts verbrochen. Ich habe da gearbeitet. In dem Gefängnis wurde ein Film gedreht. Als Schauspieler hatte man Inhaftierte

gewählt, damit es authentisch wirkt. Er spielte die männliche Hauptrolle. Ja, ich geb's zu. Sein Auftreten hat mich damals ziemlich beeindruckt. Was soll ich sagen, alles ging dann sehr schnell. Wir haben noch im Gefängnis geheiratet. Und kurz nach unserer Hochzeit wurde er zu 12 Jahren Haft verurteilt."

„Wie kann das sein? Ich meine, wie kannst du mit einem Verbrecher zusammen sein? Weswegen hat er überhaupt gesessen?"

„Vergewaltigung und Freiheitsberaubung."

„Was? Das wird ja immer besser."

„Er kam ein paar Monate früher raus auf Bewährung. Aber es gab Auseinandersetzungen zwischen uns. Er warf mir vor, in der Zeit als er im Gefängnis war, fremdgegangen zu sein. An einem Abend war er sturzbesoffen und ist mit einem Messer auf mich losgegangen." Sie zog den Ausschnitt ihres Shirts herunter und zeigte ihm die Narbe. „Ich habe die Polizei gerufen und er wurde wieder verhaftet."

„Ich kann das nicht glauben."

„Es ist leider so, Fynn."

„Ich glaube, ich brauche jetzt einen Moment, um das zu verdauen."

Kookie rollte den Ring an ihrem Finger.

„Das ist alles nicht so einfach, Fynn. Nicht Schwarz-Weiß. Ich glaubte damals, ich könnte ihn ändern. Wir dachten beide, jeder von uns könnte den anderen ändern. Aber jetzt bin ich überzeugt davon, dass man sein Leben lang doch ein und dieselbe Person bleibt. Nur die Dinge ändern sich, aber die Menschen bleiben wie sie sind."

Fynn schüttelte den Kopf. Für eine Weile geschah nichts. Er steckte das Amulett, das er noch immer in der Hand hielt, zurück in die Hosentasche.

„Wo ist er jetzt?"

„Er ist wieder draußen. Seit Mai."

Pause.

„Und ihr seid immer noch zusammen?"

„Wir sind noch verheiratet. Aber ich bin abgehauen. Ich will ein neues Leben anfangen. Es wird mir alles zu kompliziert. Deswegen trampe ich. Ich hab keinerlei Plan. Verstehst du? Ich bin mir nicht sicher, was ich machen soll. Deshalb klammere ich mich auch an mein Album, das ist das Einzige, was mich stützt." Als sie diesen Satz sagte, strich sie wieder mit der Hand über die Vorderseite ihres Notizbuches und legte es beiseite.

„Komm her Fynn. Setz dich." Sie atmete tief durch. „Ich werde dir das Ende verraten, aber nicht jetzt."

Sie nahm einen Kugelschreiber aus ihrer Tasche. Fynn beobachtete, was sie tat. „Streck deinen Arm aus", sagte sie.

In großen Buchstaben schrieb sie „Kookie" auf seinen Unterarm, dahinter ein Herz. „Damit du meinen Namen nicht vergisst."

Fynn konnte nicht verstehen, was das zu bedeuten hatte.

„Es ist besser, wenn wir jetzt schlafen gehen, Fynn."

Er nickte.

Sie richteten ihr Nachtlager im Freien.

Noch lange blickte er in den Sternenhimmel und dachte nach.

Zwischen dem Ausklang des sechsten Tages und den ersten Morgenstunden des siebten Tages ihrer gemeinsamen Reise wachte Fynn plötzlich auf. Er brauchte einen Moment, bis er sich orientiert hatte. Dann nahm er sein Smartphone. Fanny hatte wieder geschrieben. Dinge brauchen einen Anfang und ein Ende.

Es gelang ihm nicht mehr einzuschlafen. Also beschloss er aufzustehen und hinunter zum Wasser zu gehen, um den Sonnenaufgang zu beobachten.

Dort drüben am Horizont, fernab des Strandes, dort, wo die Trennlinie zwischen Himmel und Wasser verschwand, erschien die Sonne zuerst nur als unscharfe Silhouette schwimmend in der flirrenden Luft. Gleichsam einer abstrakten Idee, die sich langsam offenbarte. Erst aus der Nähe betrachtet löste sich diese Grenze auf. Wo begann die Luftschicht, wo endete das Meer. Wo endet das Richtige, wo beginnt das Falsche. Wer will das beurteilen.

Fynn blieb eine Weile am Strand. Mittlerweile hatten die Sonnenstrahlen schon den Nebel über dem Meer gelöst und kündigten an, dass sie drauf und dran waren, diesem Tag etwas Unvergessliches zu verleihen. Aber nichts Gutes. Nie hatte er einen so schönen und so leidbringenden Morgen heraufkommen sehen.

Er ging zurück zum Wagen und bereitete das Frühstück. Es bestand aus den Resten des gestrigen Abends.

*

Während des Frühstücks herrschte eine angespannte Stimmung. Fynn war sehr schweigsam. Kookie führte es darauf zurück, dass Fynn erst die neue Situation verarbeiten musste. Sie beschloss, zunächst abzuwarten, bis er das Thema wieder ansprechen würde. Fynn hingegen wollte Kookie immer noch nichts von Fanny erzählen. Es wäre zu kompliziert, alles zu erklären. Er hatte Angst davor, wie sie reagieren würde.

Nach dem wortkargen Frühstück brachen sie auf. Weil Kookie spürte, dass Fynn nicht in Gesprächslaune war, sagte sie, dass sie sich auf die Rückbank setzen wollte, um ein paar Griffe auszuprobieren, und hierfür etwas mehr Platz benötigte.
„Wie du magst", antwortete er.

*

Auch während der Fahrt sprach Fynn nicht viel. Zum einen dachte er noch über das Gespräch von gestern nach, zum anderen waren seine Gedanken bei der bevorstehenden Begegnung mit Fanny.

Das Wetter wechselte. Heiße und kühle Luftschichten begannen sich zu überlagern und eine seltsame, ungewöhnliche Spannung lag über der Fahrt. Ein nervöses Stadium zwischen Anspannung und nahender Entladung.

Kookie probierte verschiedene Harmonien auf der Gitarre aus und suchte die passende Melodie zu den Textzeilen.

I'm writing a poem with water colours
sitting at the ground of the sea

you started the wave
the words in my hands
can never see
what I mean.

Fynn schaute auf die Navigations-App seines Smartphones. Es waren etwa dreiviertel des Weges zurückgelegt. Kookie wechselte den Song.

„When we go away
finally as easy as you say"
Nein, das passt nicht ...
„and when we go away,
it's finally as easy as ok."
„Ja, das ist besser", sagte Kookie zu sich selbst und wollte die Änderung notieren.

Draußen nahm der Wind zu. Der Himmel verdunkelte sich und ein Grollen war zu vernehmen. Die ersten fetten Regentropfen klatschten auf das Dach. Fynn schaltete den Scheibenwischer an.
Plötzlich schrie Kookie auf.

„Nein!"
„Was ist los?"
Fynn schaute in den Rückspiegel.
„Fynn!"
Sie griff sich an den Kopf.

„Was denn?"

„Mein Notizbuch."

„Was ist damit?"

„Ich habe es am Strand liegen gelassen."

„Am Strand?"

„Ja, am Lagerfeuer. Als ich gestern Gitarre gespielt habe."

„Bist du sicher, dass du es dort vergessen hast."

„Ja, es muss da sein. Es gibt keine andere Möglichkeit."

„Verdammt."

„Können wir nicht zurückfahren?"

„Ich habe doch gleich mein Treffen."

„Kannst du es nicht auf morgen verlegen?"

„Da ist die Autorin schon im Flieger nach Malaysia. Sie fliegt heute Abend. Hast du Kopien?"

„Nein, wie soll das gehen unterwegs?"

Sie wusste, dass es nicht möglich sei, die Lieder zu rekonstruieren. Dafür steckte schon zu viel Unwiederbringliches drin.

Kookie verlor die Kontrolle über sich.

Sie trommelte auf die Gitarre ein.

„Bleib ruhig, Kookie"

„Hast du mir nicht versprochen, du würdest mir helfen, wenn es einmal sein muss?"

Fynn schlug mit dem Handballen auf das Steuer. „Fuck".

„Ja, werde ich. Hör zu. Wie sind in etwa zwanzig Minuten da. Ich kann den Termin wirklich nicht absagen. Ich verspreche dir, es wird nicht lange dauern. Ich geh in die Bar, führe das Gespräch und du wartest hier im Wagen. Gib mir eine halbe Stunde, maximal eine Stunde, danach fahren wir zurück."

Es donnerte mehrmals in kurzen Abständen. Der Regen hatte sich innerhalb von Minuten in ein gewaltiges Unwetter verwandelt. Ohne sich seiner metaphorischen Bedeutung bewusst zu sein.

*

No need for words now
We sit in silence
You look me
In the eye directly
You met me
I think it's Wednesday

The mess we're in.

Night and day
I dream of
Making love
To you now

Impossible dream
And I have seen
The sunrise over the river
Reminding of
This mess we're in.

What was that you wanted?
I just wanna say
I don't think we will meet again.

Das Café war kaum besucht. Fynn wählte einen Tisch für zwei Personen in der Ecke des Raumes. Von dieser Stelle aus hatte er guten Blick auf die Tür. Der Kellner kam. Fynn sagte, er warte noch auf jemanden. Seine Handflächen waren feucht. Er blickte in die Karte. Legte sie wieder zur Seite. Dann ging er auf die Toilette und betrachtete sich im Spiegel. Er spürte seinen Herzschlag. In wenigen Minuten würde er sie wiedersehen.

Als er zurück in den Raum kam, stand sie in der Tür. Er erkannte sie sofort, auch nach so vielen Jahren. Zögernd näherte sie sich ihm. Etwa einen Meter vor ihm blieb sie stehen. Sie blickten sich an, ohne ein Wort zu sagen. Er sah den dunklen Kranz, der sich um ihre klare blaue Iris zog. Obwohl so viel Zeit seit damals verstrichen war, spürte er sofort wieder ihre Magie. Die Angst, ihr ein weiteres Mal zu erliegen.

Er wusste nicht, woher diese Anziehungskraft kam, aber vom ersten Tag an, als sie zusammen in eine Klasse gingen, faszinierte sie ihn. Er war erst dreizehn, trotzdem stellte er sich schon damals vor, sie später zu heiraten. Aber Fanny war eine von den Mädchen, die unerreichbar bleiben. Die ihre Attraktivität genau aus dieser Unerreichbarkeit ziehen. Und zu wissen, dass er sie nie bekommen könnte, machte ihn zwar einerseits traurig, gab ihm andererseits aber auch Sicherheit. Es gab ihm die Gewissheit, nicht von ihr enttäuscht zu werden. In seinen Träumen konnte er ihr Held sein. Jede Nacht rettete er sie aus einem brennenden Haus und hier geschah, was er sich tagsüber wünschte - sie umarmte ihn und küsste ihn, wie er es aus den Kinofilmen kannte.

Wann immer es möglich war, versuchte er einen Platz in ihrer Nähe zu bekommen, nur so waren die Schulstunden für ihn zu ertragen. Durch sie spürte er, dass das Herz zentraler liegt, als er im Biologieunterricht lernte. Manchmal schrieb er ihre Initialen mit Bleistift auf die Tischplatte. Manchmal ritzte er sie sogar ins Holz. In Zeitschriften suchte er ihren Namen, um ihn auszuschneiden. Aber der Name war so ungewöhnlich, dass jegliches Durchsuchen zwecklos blieb. In der Pause kam sie einmal zu ihm und sagte, er solle aufhören, sie ständig anzustarren. Was sollten die anderen denken. Er konnte dennoch nicht davon ablassen.

Nein, es war keine dieser Jugendverliebtheiten, die einen Jungen nachmittags zu dem Haus der Angebeteten gehen lässt, in der Hoffnung einen Blick durch das Fenster ihres Zimmers auf sie zu erhaschen. Es war mehr. Fynn fühlte, er würde nie wieder einem Mädchen so wie Fanny begegnen. Doch Fanny konnte sich aussuchen, mit wem sie zusammen sein wollte. Sie war von allen Jungen seines Alters begehrt. Auch bei denen, die schon zwei, drei Jahre älter waren. Wenn sie jemanden auserwählt hatte, gehörte er ihr. Solange bis sie das Interesse an ihm verlor. Ihn wie elektrisches Licht ausschaltete. Niemand würde sie verlassen. Sie ist es, die verlässt.

„Hallo, Fynn."

Noch immer starrte Fynn sie an, ohne ein Wort zu sagen.

„Was schaust du mich so an?"
„Wir haben uns lange nicht gesehen, Fanny."

Es war ein merkwürdiges Gefühl, ihren Namen wieder auszusprechen.

„Wollen wir uns setzen?", fragte sie.
Er nickte.
Beide nahmen Platz.

Pause.

Sie wussten nicht, wie das Gespräch beginnen sollte.
Fynn sagte nichts. Er wollte abwarten, was Fanny sagen würde.
Als das Schweigen unangenehm wurde, sagte sie: „Wie geht es dir, Fynn?"

Fynn antwortete zunächst nicht. Dann schluckte er und sagte:
„Gut. Und dir?"
„Danke."
Sie schaute auf seine Hände. „Was hast du da?"
„Nichts. Habe mich geschnitten."
Sie nickte.

Pause.

„Wollen wir etwas bestellen?"
„Ja."
Er winkte den Kellner zu sich und sie bestellten zwei Tassen Kaffee.

„Was machst du so?", fragte sie ihn, um das Gespräch einigermaßen in Gang zu bekommen.
„Du wolltest doch Film studieren. Ist was daraus geworden?"
„So in etwa. Und du bist Stewardess?"
„Ja."
„War das dein Traum?"
„Ich hatte es mir anders vorgestellt."

Pause.

„Fynn, ich habe vor ein paar Tagen beim Aufräumen ein paar alte Schuhkartons gefunden mit Briefen und Fotos. Erinnerst du dich an den Brief hier?"
Er schaute ihn sich an.

„Natürlich."

„Das war das erste Gedicht, das du mir geschrieben hast. Und von da an jede Woche eins. Solange, bis ich nicht mehr Nein zu einem Rendezvous sagen konnte. Du hattest mich ins Kino eingeladen. Damals waren wir gerade 17." Sie lachte, wollte seine Hand berühren, aber er zog sie weg.

Sie überging die Geste.

„Und das hier. Erinnerst du dich?" Sie legte die Hälfte eines zerrissenen Fotos auf den Tisch.

„Ja. Wie sollte ich das vergessen."

„Das war unten am Fluss. Du hattest die Kamera auf einen Stein gestellt, den Selbstauslöser gestartet. Ich glaube auf 5 Sekunden. Dann bist du zu mir gelaufen. Du hattest Angst, dass du es nicht rechtzeitig schaffst. Wir haben uns geküsst und dabei das Gleichgewicht verloren, was haben wir gelacht. Wären beinahe den Abhang runter gefallen. Es ist verrückt, Fynn. Ich kann mich nicht an meinen ersten Kuss erinnern. Und man sagt doch, dass man den nie vergisst. Aber ich kann mich an meinen ersten Kuss von dir erinnern."

„Ja. Es ist lange her."

„Danach haben wir das Foto in der Mitte durchgerissen. Für jeden von uns eine Hälfte. Weißt du noch?"

„Natürlich. Ich erinnere mich noch sehr gut", sagte er leise. „Es war der Tag, an dem du mir sagtest, dass du für immer mit mir zusammen sein wolltest."

„Wenn du wüsstest, was du mir bedeu ..."

„Ich hab dir nie was bedeutet, Fanny. Aber ich wollte es nicht wahrhaben."

„Warum sagst du so was, Fynn?"

„Ich frage mich, ob du irgendwas für mich gefühlt hast, damals?"

Das Gespräch wurde unterbrochen durch den Kellner, der den Kaffee brachte. Fanny gab ihm ein aufgesetztes Lächeln. Fynn schwieg. Er gab etwas Milch in seinen Kaffee, rührte um und nahm einen Schluck.

„Was bedeutet der Name auf deinem Unterarm, Fynn?"

„Das geht dich nichts an."

„Bist du mit jemandem zusammen?"

„Ich sagte doch, dass es dich nichts angeht."

Sie schaute auf den Boden.

„Fanny, du bist der Grund, warum ich seitdem mit niemandem mehr zusammen war. Ehrlich gesagt, bin ich niemals von dir losgekommen."

Sie sagte nichts.

„Warum wolltest du dich heute treffen?"

„Wie soll ich es sagen ... Fynn ..." Erneut versuchte sie vergeblich, nach seiner Hand zu greifen.

„Ich wünschte, es wäre wie früher."

„Was soll das heißen?"

„Fynn. Ich weiß nicht, wie ich es sagen soll. Aber ... wir könnten es doch noch einmal versuchen. Alles ist jetzt anders."

„Das ist nicht dein Ernst."

„Doch."

„Ich hätte nicht hierher kommen sollen. Ich bin so bescheuert."

„Das sage ich nicht einfach so."

„Und warum ..."

„Fynn ..."

„Fanny, warum ..."

„Empfindest du wenigstens noch eine Spur für mich?"

„Wie sollte ich das können, Fanny? Wir waren ein Jahr zusammen. Ich meine, richtig zusammen. Nicht nur in meinen verdammten Träumen. Und nach einem Jahr hast du mich mit meinem besten Freund betrogen."

Sie schloss ihre Augen. Sie wusste, dass dieser Satz irgendwann fallen würde.

Wieder entstand eine längere Pause. Dann sprach sie leise und ernst:

„Es tut mir leid, Fynn. Es tut mir leid, dass es passiert ist."

„Es tut dir nicht leid, Fanny. Ich bin nur gekommen, um zu verstehen, warum du es damals gemacht hast. Und um damit abzuschließen. Warum bist du mit ihm aufs Zimmer? Ich verstehe es nicht."

Fynns Stimme wurde eindringlicher, aber dann beherrschte er sich. Die Musik war leise und er wollte vermeiden, dass die anderen Gäste etwas mitbekamen.

„Es war eine Party, Fynn."

Sie sprach sehr leise zu ihm.

„Die Dinge gerieten außer Kontrolle. Ich wollte nichts von ihm. Ich wollte nichts von all dem, was passiert ist. Aber es ist passiert."

„Natürlich wolltest du es."

„Nein."

„Warum hast du dich dann mit ihm betrunken?"

„Ich wollte nicht so viel trinken. Nur ein Glas. Dann ist es anders gekommen. Und er war auch so betrunken. Ich kann nichts dafür, dass die Situation entglitten ist."

Sie blickten beide in unterschiedliche Richtungen.

Pause.

„Fanny, ich muss los."

Fynn griff nach seinem Schlüssel und war im Begriff aufzustehen. Fanny hielt ihn am Unterarm fest.

„Fynn. Ich meine das jetzt Ernst, was ich sage: Wollen wir es noch einmal versuchen. Ich weiß, es ist viel geschehen. Aber man kann auch Dinge vergessen ... verzeihen. Es war ein Ausrutscher. Wir können etwas Neues anfangen. Ich habe mir das überlegt."

Fynn antwortete nicht.

„Ich habe eine Menge falsch gemacht. Aber ich habe mich geändert."

Fynn befreite seinen Unterarm langsam, aber bestimmt aus ihrem Griff. Dann stand er auf und nahm seine Jacke vom Stuhl. Sie stellte sich vor ihn.

„Warte Fynn. Darf ich dich noch einmal in den Arm nehmen, so wie früher?"

Sie umarmte ihn, legte ihren Kopf an seinen Hals. So standen sie dort. Vielleicht eine Minute.

„Ist da eine Chance? Für uns zwei. Du und ich", flüsterte sie.

„Ist da eine Zukunft?", wiederholte sie leise.

Er sagte ruhig:

„Nein, Fanny ... es geht nicht."

„Fynn, jetzt hast du die Möglichkeit, es zu entscheiden, nur jetzt."

„Ich kann nicht."

Fynn schaute ihr in die Augen.

„Fanny, ich möchte eine Beziehung haben. Aber mit einer anderen

Frau. Ich habe endlich jemanden gefunden und ich werde das nicht vermasseln."

Er ließ sie langsam aus der Umarmung. Sie schloss ihre Augen. Er nahm seine Brieftasche und öffnete sie. Dann legte er seine Hälfte des Fotos auf den Tisch und ging.

Fanny setzte sich wieder.
Mehrere Minuten saß sie regungslos da.
Sie betrachtete das Foto.
Dann schob sie ihre Hälfte dazu.
Der Kellner kam und fragte, ob sie noch etwas bestellen wollte. Sie schaute ihn nur an.
„Nein, die Rechnung."

*

Fynns Absicht vor dem Treffen war es nicht, sein Bild von Fanny von neuem mit einer übertriebenen Mystifikation zu erfüllen. Nicht wieder wollte er dieser unerklärlichen Begehrlichkeit unterliegen, die sie damals, vom ersten Tag an, in ihm geweckt hatte. Seine Absicht war es, ihre Bindung nach diesem Treffen für immer als beendet zu betrachten. Sich loszulösen. Er wollte nicht zulassen, dass sie, jetzt wo er die Vergangenheit ablegen konnte, einen neuen Keim in ihn streute. Er hatte sich für Kookie entschieden. Nur mit ihr wollte er sein. Er würde offen mit ihr sprechen. Er würde ihr alles erzählen. Er wollte keine Geheimnisse haben.

Noch immer zitterten die Oberflächen der Pfützen unruhig, wenn ein Tropfen einschlug. Aber der Regen hatte nachgelassen.

Als er sich dem Wagen näherte, sah er zunächst das Stück Papier unter dem Scheibenwischer. Die letzte Tankrechnung. Sie war vom Regen aufgeweicht, aber die Nachricht auf der Rückseite war noch lesbar.

„Das ist nicht leicht, Fynn. Aber so ist es für uns beide das Beste."

Ein sonniger Frühlingstag.

Eines von mehreren möglichen Enden.

Die Aufnahmen zum Album waren abgeschlossen. Kookie hatte insgesamt 14 Lieder geschrieben, jedes für sich einzigartig, alle zusammen trotzdem eine geschlossene Einheit. Die Aufnahmen waren gut verlaufen. Genau wie sie es sich vorgestellt hatte. Pur, direkte Stimme. Sie saß in einem Café, unter einem Lindenbaum, durch dessen Blätter die Sonnenstrahlen ein Schattenspiel auf ihrem Gesicht zeichneten. Um ihren Hals trug sie das Amulett. Erschöpft aber zufrieden schloss sie für ein paar Sekunden die Augen.

Dann öffnete sie ihr Notizbuch.
Auf der letzten Seite zeichnete sie mit einem schwarzen Kugelschreiber ein Quadrat. In das Quadrat schrieb sie: *13 songs from the distance and one about closeness.* Das wird der Titel.
Sie nahm aus ihrer Tasche ein Dutzend Polaroids und breitete sie auf dem Tisch aus.

„Ich würde das hier nehmen", sagte Fynn.
„Ja, das gefällt mir auch am besten."
Sie nahm das Bild mit den Wolken in die Hand und lächelte.

„Es war gut, dass du mir damals hinterhergefahren bist", sagte Kookie.
„Ich war mir sicher, dass du zurück zu dem Strand trampen würdest. Und ich wusste, wenn ich dir nicht folge, wäre es für immer das Aus gewesen."
„Da hast du recht. Wir wären sonst nicht zusammen."
„Manchmal muss man sich Dinge trauen zu tun, die man normalerweise nicht machen würde. Früher hätte ich mich nicht getraut. Ich hätte mich mit der Situation abgefunden."

Kookie trank einen Schluck Tee.
„Ich verstehe immer noch nicht, warum du mir damals nicht einfach gesagt hast, wen du treffen wolltest."
„Ich konnte es dir nicht sagen."
„Warum nicht? Ich hätte es verstanden."

„Ich hatte Angst.“

„Wovor?“

„Dass du mich missverstehst ... Ich hatte dir doch gesagt, dass es mein größter Wunsch ist, mit jemandem zusammen zu sein, zu dem ich offen sein kann. Aber zur gleichen Zeit musste ich anders handeln. Das hat mich zerrissen.“

„Wir haben beide in dem Moment Mist gebaut.“

„Das kann man wohl sagen.“

„Aber es ist gut gegangen.“

„Ja. Es musste einfach gut gehen.“

Pause.

„Wann kommt das Album raus?“

„Dieses Jahr noch.“

„Ich bin gespannt. Und dann gehen wir auf Tournee?“

„Ja. Ein paar kleine Clubs.“

„Es wird eine schöne Tour. Da bin ich mir sicher.“

„Und unterwegs fangen wir mit unserem Film an.“

Teil 3 - Das Ende oder die Selbstreflexion des Autors

Es ist drei Wochen her, seitdem du den Entwurf eingereicht hast. Noch immer wartest du vergeblich auf eine Antwort. Du beginnst zu zweifeln. Du liest noch einmal die Zeilen, die du geschrieben hast. Das gesamte Skript. Zweimal. Nein, man sollte nicht zu viele Ideen in einen Roman hineinpacken. Du hast zu viele. Viel zu viele. Du gehst deine Notizen durch. Du fragst dich, was man hätte weglassen sollen. Oder doch ausarbeiten.

Du hast Autobiografisches verarbeitet. Und viel Fiktion, um das Autobiografische zu schützen. Du magst keine autobiografischen Stellen. Natürlich, sie lassen sich leichter erzählen, man spürt in diesen Momenten den Autor, aber sie ergeben eine falsche Schlussfolgerung auf deine Person. Was denkst du wirklich und was ist nur Dramaturgie. Es lässt sich nicht unterscheiden. Auf der anderen Seite: Ist das von Bedeutung? Bist du wichtig? Nein. Nur die Geschichte ist wichtig. Sie überlebt. Nicht du. Willst du überhaupt, dass dies von dir überlebt? Diese Geschichte?

Du bist dir unsicher. Wer will so was lesen? Die Leute lesen Geschichten, weil sie ihre Schmerzen, Enttäuschungen aber auch schöne Momente darin finden wollen. Sie wollen eine Transzendenz erfahren, wie bei einem Konzert oder einer Urlaubsreise. Aber deine Geschichten sind Fallen, Irrwege, Blendlichter - nur selten Leuchttürme.

Dein Vater sagte immer, es gebe nur zwei Arten von Geschichten: „Jemand geht auf eine Reise" oder „ein Fremder kommt in die Stadt". Du hast dich für die erste Variante entschieden, denn du bist ein Reisender. Ein Suchender. Genau wie Kookie. Aber was suchst du? Und was ist überhaupt deine Botschaft? Du sagst, du hast keine, und fragst ungehalten, warum du denn eine haben musst.

Und deine Charaktere? Du hast Zweifel, ob sie gut beschrieben sind. Du wolltest, dass keiner schlecht wegkommt, du wolltest, dass man versteht, warum sie handeln, wie sie es tun. Aber ist dir das gelungen? Nehmen wir Adam Volta. Du hättest die Figur in so vielen Schichten beschreiben können, wie ein von Raffael gemaltes Porträt, stattdessen hast du dich entschlossen, sie auf die Betonwand zu sprühen mit einer Schablone, wie Banksy es getan hätte. Du hättest ihm mehr Raum geben müssen. Das langsame Abdriften ausführlicher beschreiben. Das Zurückfinden ausbauen. So ist es mit all deinen Figuren. Sie sind vage, definieren sich über Abhängigkeiten. Mal nur aus Interesse: Warum werden deine Helden einfach nicht mit dem Verlassenwerden fertig? Und dann Eva. Eva fehlt für die ganze Geschichte die Relevanz. Sie ist unspektakulär, banal. Entweder du entwickelst sie und stellst ihre Geschichte ins Zentrum oder du entwickelst Nata. Jetzt sieht es so aus, als ob du dich nicht entscheiden möchtest.

Schau dir jetzt wieder die erste Seite an. Die erste Seite ist verdammt noch mal die Wichtigste, sie entscheidet, ob der Rest des Buches ungelesen im Regal verstaubt oder ob dir jemand weiter zuhört. Am Anfang muss eine Aktion stehen, kein Nachdenken, kein Sinnieren übers Leben. Nein, eine Aktion. Der Leser muss weiterlesen wollen. Der erste Satz muss direkt sein, wie das Aufsetzen eines Flugzeugs auf der Landebahn. Man muss den Grip der Reifen auf dem Asphalt spüren. Wie sie die Geschwindigkeit in einem Bruchteil der Sekunde aufnehmen. Man muss den Geruch von verbranntem Gummi riechen. Kein Drumherum.

Und was hast du nicht über den ersten Satz nachgedacht. Zuerst wolltest du alles auf eine Karte setzen, den Beginn des Romans, den ersten Satz auf ein Wort reduzieren, auf das Wort: „Stopp". So, wie die Pixies es gemacht haben in „Where is my mind". Und du hättest es begründet. Weil in jedem Anfang das Ende innewohnt. Ja, genau diesen Satz hattest du selbst irgendwo geschrieben. Das hätte Mut bewiesen. Aber du hast es verworfen. Schade.

Es geht weiter. Der erste Monolog von Adam. Er sollte tieferes Verständnis in den Charakter geben, aber er muss auch den Plot entwickeln. Du hast versucht, spezifische, intime Details zu schreiben. Kleine Dinge, die dich mit dem Leser verbinden. Gut, das hast du ansatzweise geschafft. Aber hast du die innere Sicht des Charakters genug ausgearbeitet? Seine Reaktion, Reflexion? Nein, stattdessen Geschwafel. Überhaupt seine Story: hätte richtig gut werden können, aber meinst du nicht auch, das, was er erlebt hat, das ist alles etwas too much?

Du denkst, du könntest Schöpfer sein. Neue Charaktere hervorbringen. Hör zu: Am Ende des Romans muss der Charakter sich entwickelt haben. Auf eine höhere Ebene. Der Kreis muss nicht geschlossen werden, kein Problem, er kann offen bleiben. Aber eine Erhöhung muss stattgefunden haben. Du sträubst dich dagegen. Es soll keine Entwicklung geben. Was soll das? Warum machst du das? Du kennst doch die Regeln, aber du willst sie brechen. Du sagst, das ist das Einzige, was zählt, das bewusste Befolgen und Brechen von Regeln. Ob die Lektorin den Grund dafür verstehen wird? Oder es als Fehler moniert. Ob das der Grund ist, warum das Telefon stumm bleibt, der Briefkasten leer? Du fragst dich für einen Moment, wie das für die Lektorin wohl ist, wenn sie ein Skript liest. Kann sie ihre persönlichen Probleme ausblenden oder schwingen ihre Sorgen und das alles mit, sie ist ja auch ein Mensch mit einer Geschichte. Wahrscheinlich ist sie professionell genug und kann problemlos damit umgehen. Du fragst dich, wie sie den Stil bewerten wird, ob sie erkennt, dass du absichtlich so oft die Füllwörter „Irgendwie", „Jedenfalls" „Wie auch immer" verwendet hast.

Dann endlich kommt die Antwort des Verlags. Du bist
nervös. Öffnest den Brief. Du setzt dich hin, überfliegst die
ersten Zeilen.

„Sehr geehrter Herr ... Vielen Dank für
die Einsendung Ihres Skriptes ...Bla Bla
Bla ... Die vielen Nebenhandlungen, Retro-
spektiven, die englischen Dialoge, die
direkte Einbeziehung des Lesers durch den
Autor, die Selbstreflexion und Analyse am
Ende ... viel, viel zuviel ...‘

Da hast du es jetzt, schwarz auf weiß. Herzlichen Glück-
wunsch. Habe ich dir ja gleich gesagt.

„Es gibt zu viel Anfang - zu wenig Ende.
Die zahlreichen Wege dazwischen sind karg.
Und es scheint, es geht Ihnen gar nicht
so sehr um die Geschichten, ihre Inhalte,
sondern um die kreative Verwebung ver-
schiedener Erzählebenen. Es geht Ihnen um
den experimentellen Charakter des Buches,
um den Versuch, um jeden Preis etwas zu
schreiben, woran eine Software scheitern
würde. Auf der Strecke bleibt die Möglichkeit, tief in die Geschichten einzudrin-
gen. Sie haben ein Puzzle geschaffen, bei
dem die Stanzmaschine fehlerhaft war und
man zwar das sich ergebende Bild irgendwie
erkennt, die Einzelteile sich aber nicht
wirklich zusammenfügen. Die skizzierten
Skripte - die Augenarztgeschichte: Jedes
von ihnen könnte der Keim eines guten Romans sein. Aber diese Romane müssen erst
geschrieben werden. Sie anzureißen ist zu
wenig und dann den Leser im Stich zu lassen.

Dennoch. Mir gefällt das Konzept, die Idee, dass Adam Volta die andere Story hin und wieder kommentiert, wie der Chor in der griechischen Tragödie, und trotzdem einen eigenen Charakter behält und seinen eigenen Plot führt, als Komplementärgröße – das ist gut.

Lassen wir den Aufbau beiseite. Zum Inhalt:

Adam hat erlebt, was viele erleben. Eine eindringlich und gut beschriebene Arbeitswelt, die Sinnfrage, den Jobverlust, den Verlauf einer Beziehung bis zur Ehekrise, alles sehr komprimiert geschildert, was auch viel mit Ihrem Schreibstil unter Einsatz zahlreicher Ellipsen zu tun hat. Aber seine sich entwickelnde Persönlichkeitsstörung ist extrem und führt bei mir nur zu Kopfschütteln. Zu weit hergeholt. Was haben Sie alles da rein gepackt: psychische Probleme, Selbstverstümmelung, viele Ortswechsel des Geschehens, sehr interessante Betrachtungen über den Begriff „Kunst", Prostituierte, ungewollte Kinderlosigkeit, einen Guru, zwei Beinahe-Morde, das finde ich bestenfalls grotesk.
Weiter: Karriereprobleme einer Köchin, viele eingestreute philosophische Betrachtungen über alles Mögliche ..., Flucht, die schönen Seychellen ....
Für mich: zu unruhig, für mich geht durch die Vielzahl an Themen jedes einzelne etwas unter, es verliert seine Wirkung.

Auch Eva ist nur eine arme, verzweifelte Frau, die dem Kinderwunsch alles unterordnet. In ihren Liebesbeweisforderungen an

Adam zeigt sie sich als eine von Selbst-
zweifeln und Unsicherheit geplagte Frau,
beruflich weitgehend erfolglos - ihre Kunst
ihrem Eheleben opfernd. Frau gleich Kind
und alles ist gut, lautet ihre Prämisse,
die nicht aufgeht und natürlich bietet
sich für ein solches Frauenbild nur ein
Guru als Erlöser an.

Sie durchlebt keine wirkliche Entwicklung,
sondern entschwindet sang- und klanglos
von der Bildfläche. Als Rache für ihr ver-
korkstes Leben bleibt ihr nur die finanzielle Ausbeutung ihres Ex, passenderweise,
indem sie sich als psychisch krank erklären lässt.
Eva ist sehr kurz angerissen, reduziert
auf das Problem Ehe und Kind. Sie bleibt
einem fremd, ist von Ihnen aber auch nicht
als Hauptperson gedacht und von daher ist
dieser Punkt nicht so tragisch.

Natürlich kann man als Leser auch mit Personen mitfiebern, mit deren Problemen man
keine Schnittmenge hat. Aber dann braucht
man Zeit, sie kennenzulernen. Bei Ihnen
schreitet alles zu schnell voran, zu ge-
hetzt vom Schreibstil, zu komprimiert von
den Geschehnissen her, zu brutal. Es muss
auch Zeit sein, einfach nichts passieren
zu lassen und nicht ein Ereignis nach dem
anderen mit dem Holzhammer durch die Geschichte zu schlagen.

Die Geschichte von Fynn und Kookie ist als
Kontrapunkt ruhiger, fließender, harmoni-
scher, mit mehr Atmosphäre und Zeit zum
Durchatmen.
Nur: Die beiden haben Interessensgebiete,

die Ihren eigenen entsprechen, nicht denen
unserer Leser. Indem sie wie selbstverständlich und nahezu ausschließlich über
Komponisten, Regisseure, Filme und Lieder
reden, besteht die Gefahr, den Leser vor-
zuführen. Oder aber zu verlieren, weil ihm
das völlig egal ist.

Diese ganzen langen Gespräche über mögliche Drehbücher, Songtexte etc - bringen
sie die Geschichte voran? Sie sorgen für
ein Dahinplätschern. Die Dialoge sind austauschbar in ihrer zeitlichen Reihenfolge, dadurch entsteht keine Dynamik, keine
Spannung, was ist das Ziel!?
Ohnehin ist es ja die einzige Frage in
ihrer Geschichte: kriegen sie sich, oder
nicht! Etwas wenig, wenn 90% ihrer Konversation sich nicht mit dem echten Leben
befasst.

Wenn Sie nicht den Klimmzug mit dem mög-
lichen Happy End nach einem Jahr eingefügt
hätten - so nebenbei - wären auch Fynn und
Kookie gescheiterte Charaktere.
Kookie war und bleibt auf der Flucht vor
ihrem bedrohlichen Mann, ihre berufliche
Laufbahn bleibt vage, finanziell ist nichts
geregelt, zumindest aber entwickelt sie
Eigeninitiative.
Sie ist eher ein sympathisches Stück
Treibholz, ihr Leben ist dominiert von
Unstetigkeit. Eine Persönlichkeitsverände-
rung/Entwicklung im Verlauf der Geschichte
ist nicht erkennbar.
Fynn ist unauffällig, hangelt sich so durch
das Leben, ist etwas beziehungsgestört und
offenbar immer noch auf der Suche nach einer Alternative zu Fanny. Seine sich sehr

schnell entwickelnde fixe Idee, eine Tram-
perin zu seiner zukünftigen Lebenspartne-
rin zu machen, wirkt etwas pubertär und
verzweifelt. Und dabei bleibt er weiter
allein in seiner durch Fiktion (Drehbücher) bestimmten Welt.
Die Story plätschert so dahin - wo bleibt
der Lohn für den Leser, ach so, ja, wenn
er wirklich weiter liest, können sie sich
doch eventuell womöglich kriegen. Das ist
Ihnen immerhin eine Seite wert.

Ansonsten hat man sich durch die Irrun-
gen und Wirrungen der Songs, Drehbücher
und ausgedachten Geschichten gearbeitet -
wozu? Um dann in den Seiten der Selbstreflexion zu landen? Ich möchte keinen Kontakt zum Autor, ich will mit den Figuren
mitleben. Der Autor stört da nur. Durch-
weg scheiternde Charaktere sind nicht mein
Ding und nerven. Bei Fynn und Kookie habe
ich ein Problem mit deren speziellen In-
teressensgebieten. Diesen geben Sie unglaublich viel Raum, den Sie besser der
Ausarbeitung der Feinheiten des Charakters
hätten zukommen lassen sollen.

Für welche Zielgruppe schreiben Sie hier?
Als Nischenprodukt mag das Konzept funktionieren, für eine breitere Leserschaft
wäre das Buch so, wie es ist, zu speziell.

Natürlich besteht die Freiheit, es genau
so zu schildern, aber bitte nicht in unserem Verlag.

Was aber nicht heißt, dass Sie nicht gut
schreiben. Der Umgang mit der Sprache
liegt Ihnen einfach, ich lese Ihre Sätze

gerne. Unabhängig vom Kontext. Wenn Sie wollen, drücken Sie Dinge präzise aus, bringen sie auf den Punkt und können wirklich wunderschön Landschaften, Stimmungen beschreiben. In „Messias Port" und „De Minore" haben Sie es auch gezeigt. Deshalb ist es so schade, dass diese Anteile so geringen Platz bekommen.

PS: Vielleicht reichen Sie das Manuskript bei einem anderen Verlag ein. Ich glaube, eine völlig unvoreingenommene Betrachtungsweise kann Sie weiter bringen."

So viel zu deinem Opus magnum.

Du bist zornig. Du bist niedergeschlagen.

Mehrere Tage.

Aber du bist überzeugt. Überzeugt davon, dass dein Konzept gut ist. Drei vertikal verbundene Erzählebenen mit verschiedenen Geschwindigkeiten. Dass man entweder ein Thema, einen Charakter lang und breit entwickelt oder sehr dicht auf wenige Seiten komprimiert. Du nimmst einen weiteren Anlauf. Du streichst eine Reihe von Skriptideen raus. Die Geschichte von dem Millionärssohn, vielleicht kannst du sie woanders einmal gebrauchen. Du passt die Struktur an. Die Geschichte von Fynn und Kookie soll nicht wie geplant parallel zu Adam und Eva erzählt sein, sondern nacheinander. Es war die ursprüngliche Idee, aber du opferst sie. Kill your darlings. Stattdessen fügst du Bilder ein. Das soll der Game Changer werden.
Du lässt das Skript auf Englisch übersetzen, ja, du brauchst ein breiteres Publikum. Du brauchst einen Verlag, der open minded ist, nicht so engstirnig, konservativ, so was findest du hier nicht. Du schickst es wieder ein. An einen New Yorker Verlag.

Warten. Tage. Monate.

Dann bekommst du tatsächlich den Anruf. „Hi, my name is Catherine. Your draft is great. Let's meet and discuss details."
Gotcha!
Die Chance bekommst du nur einmal.
Du hast es fast geschafft.
Vermassel es jetzt nicht.

Du nimmst den nächsten Flug nach New York. Du freust dich nicht nur auf das Meeting, sondern auch auf den Flug selbst. Essen und Filme. Als Menü steht Pasta oder Chicken zur Auswahl. Du wählst Pasta. Das Leben fühlt sich wieder gut an. Du klickst dich durch die Filmauswahl.

Auf dem Weg schaust du dir drei Filme an. „Wild", „Last Words" und irgendeine Komödie. Als der letzte Film vorbei ist, versuchst du etwas zu schlafen. Aber kurz darauf wird das Frühstück serviert. Brokkoli und Hühnchen. Es dauert noch eine halbe Stunde bis zur Landung, du entschließt dich, einen weiteren Film anzufangen. Du wählst "The Family Fang". Der Anfang ist gleich sehr seltsam, überraschend. Du verstehst nicht jeden Dialog, da der Film ohne Untertitel läuft und die Ohrhörer eine schlechte Qualität haben. Aber der Film fasziniert dich. Landeanflug. Du notierst dir, dass du den Film später zu Hause zu Ende sehen willst.

Du kommst in New York an. Übernachtest im Blue Moon Hotel. Mehr kannst du dir nicht leisten. Ein Hostel. Du verbringst zwei Tage mit Warten. Ohne etwas zu unternehmen. Die Sehenswürdigkeiten interessieren dich nicht. Dann kommt der Tag des Treffens mit Catherine, der Verlagsmitarbeiterin. Sie sendet dir eine Textnachricht. „2 pm, at the Jing Fong." Du schaust auf Google Maps nach der Lage des Restaurants. Dann vertreibst du dir die Zeit in Chinatown. Du hast gut zwei Stunden. Souvenir-Shops, Lebensmittelläden, Restaurants. Du nimmst ein Taxi. Auf einer Häuserwand steht "We are the future". Du erinnerst dich, was ein Freund einmal zu dir gesagt hat: Das Leben besteht hauptsächlich aus dem Managen des Alltags. Auch wenn man in New York lebt, geht man nicht jeden Abend in die MET. Man lebt nicht wie ein Tourist. Man steht auf, kommuniziert, es regnet, man ärgert sich, geht zur Arbeit, fährt die Kinder hin und her, arrangiert Treffen, kauft ein. Ja, hier und da ein paar außerordentliche Momente, Hochzeiten, Krankheiten, Todesfälle, aber gar nicht so viele. Der Alltag dominiert. An ihm arbeitet man sich ab. So, wie die Leute hier in der Straße. Sie prüfen die Lebensmittel, kaufen ein, kochen, essen und am nächsten Tag findet das gleiche statt. Es ist letztlich egal, wo man wohnt.

Du entdeckst einen kleinen besonderen Laden inmitten der Einheitsgeschäfte. Uniquelee. Du trittst ein. Alte Postkarten, alte Dokumente abgepackt in wiederverschließbaren Plastikbeuteln, 39 Dollar das Stück. Du findest eine abgegriffene Ausgabe von Platons ‚Symposion‘. Du blätterst es auf. Das Kugelmensch Gleichnis. Zeus zerschnitt einst die Kugelmenschen in zwei Hälften, um sie zu schwächen. Sie leiden weiterhin unter ihrer Unvollständigkeit und jeder sucht die verlorene andere Hälfte. Du denkst über das Gleichnis nach. Die Verkäuferin fragt dich, ob du Sammler bist. Du verneinst. Nein, du sammelst nichts. Du stellst das Buch zurück und verlässt den Laden. Wieder tauchst du in das hektische Treiben auf der Straße ein. Getrocknete Seegurken, Nüsse, Pilze, I love New York Shirts.

Du suchst Ruhe. Am Rande von Chinatown findest du einen Park. James Madison Plaza. Die Bänke sind aus schwarzem Metall gefertigt. Die Sitzflächen aus Holz. Die meisten sind unbesetzt. Auf einer kreisförmigen Bank sitzen zwei ältere chinesische Frauen. Sie unterhalten sich laut. Tauben fressen Essensreste. Hin und wieder läuft ein graues

Eichhörnchen über den Platz. Zwischen den Bäumen öffnet sich der Blick auf das neue World Trade Center. Du trinkst etwas Wasser aus der Plastikflasche. Poland Spring. Dein Lieblingswasser. Ein Chinese kommt mit einem Einkaufswagen in den Garten. Vorne hängen zwei mit Plastikflaschen vollgepackte Müllbeutel. Für jede Flasche bekommt er fünf Cent. Die anderen Dinge sind Dinge des Haushalts. Kleidung, Geschirr. Er fährt zu einer Wasserstation, wäscht sich die Hände, das Gesicht. Dann seinen Oberkörper mit einem Lappen, den er unter seinem Hemd herführt. Nachdem er die Körperpflege beendet hat, füllt er Wasser in einen Topf. Es ist Zeit. Du musst gehen.

Nach 15 Minuten erreichst du das Jing Fong. Catherine ist noch nicht da. Sie schreibt dir, du sollst schon einmal einen Tisch bestellen, sie komme in zehn Minuten. Du reihst dich in der Schlange ein und wartest, bis dir ein Tisch zugewiesen wird. Du erhältst einen Zettel mit einer Nummer. Wartest. Dann wird deine Nummer aufgerufen. Du fährst eine Rolltreppe hoch und betrittst einen großen Saal. Für einen Moment bist du überwältigt. Unzählige Tische, alle voll besetzt. Stimmengewirr. Eine kaum auszuhaltende Lautstärke. Du suchst deinen Platz. Es sitzen schon drei Personen an dem runden Tisch. Eine chinesische Familie. Du vermutest, es ist Vater, Mutter, Tochter. Du grüßt, sie erwidern freundlich. Ein Servierwagen mit Essen fährt vor. Du lehnst ab, möchtest auf deine Begleitung warten. Die chinesische Familie deutet gestenreich an, dass das Essen auf dem Wagen sehr gut sei. Chinesischer Spinat, Muscheln, Reis mit Fleisch und immer wieder Dumpling, gefüllt mit allem möglichen. Du bestellst eine Kanne Tee und wartest weiterhin. Nach einer Viertelstunde erhältst du eine Textnachricht. „Sorry, it won't work today. Let's meet tomorrow." Du bezahlst die Rechnung und gehst.

Die nächsten zwei Tage hörst du nichts von Catherine. Dann, als du nicht mehr damit rechnest, erhältst du eine neue Nachricht. „Could we meet 5 pm at 86st, Lexington Ave?" Du antwortest, dass du es einrichten kannst. Nimmst die Linie E uptown. Kurz vor 5 kommst du an. Du schaust dich um und überlegst, wie du sie erkennen sollst. Bisher hast du sie noch nicht gesehen. Sie steht an der Ecke und telefoniert. Zeigt abwechselnd auf sich, dann auf dich. Ein fragender Blick. Du nickst. Nachdem sie das Telefongespräch beendet hat, kommt sie mit einem aufgesetzten Lächeln auf dich zu. Ihr begrüßt euch.

„Once again, I'm Catherine, my friends call me Cath."
"Can I also call you Cath?"
"Sure."

Sie entschuldigt sich für das geplatzte Treffen vor ein paar Tagen und fragt, wie es dir geht. Great. Dann bittet sie dich, ihr zu folgen, sie wolle dir etwas zeigen. Sie führt dich in einen Buchhandel.

Über zwei Etagen hinweg erstrecken sich Regale voller Bücher, nach Genre geordnet. Zahllose Titel. Du sagst, du seist überwältigt. "Okay, follow me." Ihr verlasst den Buchhandel und geht zu einem nahe gelegenen indischen Restaurant. The Drunken Munkey. Munkey mit u. Sie bestellt zwei Cocktails.

„So what do you think about the book store?"
„As I said, overwhelming."
„Do you know why I showed it to you?"
„No"
„Do you think there was one book missing?"
"I'm not sure ..."
„All books are written. There is no book missing."
"What do you mean?"
"I mean, all those people are writing. And nobody reads books anymore. There were no people, just books, no people in the store. There is no book missing. Do you understand?"

Sie erklärt dir, dass jeder eine Geschichte zu erzählen hat, aber das ist ein Business, das ist kein Vergnügen. Damit sich ein Buch verkaufe, müsse es bestimmte Kriterien erfüllen. Sie schaut zwischendurch immer wieder auf ihr Smartphone und schreibt Whatsapp Nachrichten. Manchmal lacht sie kurz, wenn sie eine Nachricht gelesen hat, manchmal zischt sie verärgert.

Sie sagt, grundsätzlich findet sie das Konzept deines Buches ganz gut, deswegen habe sie dich eingeladen. Die verschiedenen Erzählformen und die Idee, der Illustrierung. „Not bad", sagt sie.

„First I thought the people in the two storys would meet each other at a certain point in time. Because the similarities in the stories and in the characters are obvious. Maybe you should think about that. Anyway, the whole Adam Volta story is over the top." Gut, das hörst du jetzt nicht zum ersten Mal. „And the characters are too negative. We might need to change this completely." Sie sagt, dass es sich so nicht verkaufe. Du fragst, ob sie meint, dass du alle Charaktere umschreiben sollst?" Und sie antwortet, „Yes, you should think about that." Die Leute wollen nicht so einen negativen Kram, die sitzen am Strand, nehmen sich das Buch oder den Kindle raus und wollen ein paar Stunden Unterhaltung, und am Ende muss man sie in einem guten Gefühl entlassen. „Sorry, I have to go, just let me know if you will manage it." Wenn du das hinbekämest, könne man weitersehen. Sie steht auf, fragt dich, ob du die Rechnung übernehmen würdest, du nickst, sie reicht dir die Hand, serviert dir wieder ein künstliches Lächeln und verlässt das Restaurant. Du bleibst für einen Moment so sitzen. Dann winkst du dem Kellner.

Am nächsten Morgen, es ist der bisher heißeste Tag mit 30 Grad C, ungewöhnlich für Oktober, beschließt du nach Coney Island zu fahren. Dem Strand mit Vergnügungspark am äußersten südlichen Zipfel von Brooklyn. Du wartest auf die Linie N. Auch unten in der Metro ist es unangenehm heiß. Nicht wie in Berlin. Da ist es immer kalt, durch den Wind. Aber hier schwitzt du. Die Fahrt dauert etwa 45 Minuten. Dir schräg gegenüber sitzt ein hagerer Mann im Unterhemd. Sein Gesicht ist komplett mit Ornamenten tätowiert. Er spielt laut Musik über eine orange Bluetooth-Box ab. Du öffnest die Shazam-App. Es ist Paradise Circus, Gui Boratto Remix. Neben dir sitzt eine ältere Frau und skizziert Superhelden in ein Notizbuch. Eine jüngere schreibt Noten in ihr Buch, Textzeilen. Vielleicht Liedkompositionen. Die Bahn erreicht die Endstation. Du steigst aus, schaust dich um.

Du wanderst am Strand entlang. Die Fahrgeschäfte haben noch geschlossen. Du passierst die alte Holzachterbahn Cyclone, das Wonder Wheel, die neuen Attraktionen. Das merkwürdig grinsende Gesicht der Werbefigur des Steeplechase Parks. Es ist ruhig. Du denkst an den Song Coney Island Baby von Lou Reed. Wahrlich nicht sein Meisterwerk. Was soll der Mist mit dem Football Coach in dem Text. Danach kommen ein paar nette Stellen: And you begin to think 'bout / All the things that you've done / And you begin to hate / Just 'bout everything. Das war's dann aber auch.

Du gehst weiter an der Strandpromenade entlang, dann auf den langen Steg. Auf einer Bank sitzen sechs Mexikaner, sie spielen laute Disco-Pop-Musik. Einer von ihnen tanzt, ein anderer will telefonieren und fühlt sich offensichtlich gestört durch die Lautstärke. Er hält sich mit einer Hand das freie Ohr zu. Auf der anderen Seite des Steges werfen Angler ihre Route in den Atlantik. Ein Läufer kommt dir entgegen. Er hat sein Smartphone am Unterarm befestigt und hört ein Hörbuch auf Lautsprecher. Ein anderer Läufer kommt ihm entgegen mit einem Kopfhörer, er singt offensichtlich das Lied, das er gerade hört. Du gehst weiter bis ans Ende des Stegs. Am Geländer, unten, siehst du verrostete Liebesschlösser. Du schaust über das Meer. Genießt den Wind, die Weite für eine Weile. Dann setzt du dich auf eine Bank, versuchst dich daran zu erinnern, was der Läufer gesungen hat. Nimmst einen Notizblock heraus und schreibst:

I am New York
trying to write a book each time I get up.
Tired and weak.

Du reißt den Zettel ab, faltest ihn und steckst ihn in deine Hosentasche.
„All books are written. There is no missing book", hörst du sie sagen.

Dann nimmst du dein Laptop raus und beginnst, den Roman umzuschreiben. So wie Cath es wollte.

Ein paar Stunden später gibst du auf. Du schaust in den Himmel. Die Möwen kreischen, ein leichter Wind zieht über den Steg. Du erhebst dich von der Bank. Gehst den Weg zurück. Nach ein paar Metern bleibst du stehen und wirfst dein Laptop in einen Mülleimer. Mit dem gesamten Skript.

Du siehst einen Pantomimen. Solche, die statuengleich oft stundenlang unbeweglich stehen, bis sie eine Münze erhalten. Du bist wütend. Du spürst den inneren Drang, den Pantomimen mit voller Wucht umzustoßen, so wie Adam Volta es getan hätte. Aber du machst es nicht. Du bist nicht Adam Volta, du hast dich nur in der Figur ausgelebt. In dein Wutgefühl mischt sich Hunger. Du fühlst dich hangry, die Kombination aus angry und hungry, schlecht gelaunt zu sein, weil man Hunger hat. Beim erstbesten Laden an der Ecke, Nathan's World famous Frankfurter since 1916, kaufst du eine Seafood Combo. Du setzt dich auf einen der Sitzplätze aus Stein mit Sonnenschirmen aus Hartplastik.

Sie spenden wenig Schatten. Du öffnest die Papiertüte, nimmst das Essen heraus, hebst den Plastikdeckel ab und probierst die frittierten Seafood–Stücke. Sie schmecken pampig.

Ein Pärchen setzt sich an den Tisch neben dir. Schießt mit einer Spiegelreflexkamera Fotos von den bunten Sonnenschirmen. Wahrscheinlich werden die Bilder später in S/W abgezogen und sollen die nostalgische, von der Zeit überholte morbide Stimmung einfangen. Sie sprechen Französisch. Der Mann arrangiert seinen Karton mit Burgern und Fish & Chips auf dem Tisch. Die Frau stellt sich auf die Steinbank und fotografiert das Essen von oben. Eine dieser schrecklichen Food-Bloggerinnen, denkst du. Im Hintergrund läuft „Hey Ya" von OutKast.

Du nimmst dein Smartphone heraus und machst ohne großes Hin und Her ein paar Fotos. Keine Doppelbelichtungen. Keine Kunst.

Du fühlst dich nicht gut.

Dann stehst du auf, wirfst den Rest deines Essens in den Müll und fährst zurück zum Hotel.

Am nächsten Tag reist du ab.

*

Zurück aus New York breitest du deine Sachen auf dem Bett aus. In deiner Hosentasche findest du einen Zettel, auf den du irgendwas gekritzelt hattest, irgendwas mit New York, irgendeine Idee. Du kannst deine eigene Handschrift nicht mehr lesen. Du warst immer der Meinung, die Handschrift wird in der heutigen Zeit überbewertet. Dient nur der Selbstkommunikation. Jetzt funktioniert auch das nicht mehr. Du zerdrückst den Notizzettel und wirfst ihn weg. Du bist müde, nicht nur vom Jetlag. Machst dir einen Drink, legst DJ Shadow auf. Building Steam With a Grain of Salt. Ja, gute Idee. Producing. Das Klavier setzt ein. Stoisch wie ein Uhrwerk. Vinylgeknister. Du wirfst dich aufs Sofa.

From listening to records i just knew what to do
I mainly tought myself
And, you know, i did pretty well
Except there were a few mistakes

Dann schläfst du ein.

Ein paar Wochen später klingelt nachts dein Telefon. Du schaust auf das Display. Eine amerikanische Nummer. Du nimmst das Gespräch an.

„Yes?"
„Hi, sorry to bother. Have you been to Coney Island a while ago?"
„Yes."
„My name is Sid."
„Yes?"
„I read your script."
„My script? How did you get..."
„My brother found your laptop in the trash a few months ago. You know what?"
„No"
„You should think about a better password."
Du lachst.
„He passed it over to me. Since there was nothing of interest. Except of a script. And finally I had the chance to look into it."
„Understand. Are you a publisher?"
„No, I'm a director. Independent movies."
„And?"
„You know, I like it. I think it could work."
"Are you kidding?"
"No."

Eine längere Pause.

"And I like the title. The second draft."

Natürlich hätte ich die Geschichte anders erzählen können. Aber ich habe sie so erzählt.

[Playlist]

Bachelorette // Björk
Everytime the sun comes up // Sharon Van Etten
Push the Sky Away // Nick Cave
My Favourite Faded Fantasy // Damien Rice
Winterreise - Gute Nacht // Schubert
New Dawn Fades // Joy Division
Sometimes it Snows in April // Prince
Suzanne // Leonard Cohen
Frozen // Madonna
Where are we now // David Bowie
Rock Lobster // B-52's
Goddes on the highway // Mercury Rev
Boy from School // Hot Chip
Schutt und Asche // Trümmer
No Surprises // Radiohead
Rapt // Karen O
Getting away with it // James
Horseshoe // Withered Hand
Looking for Knives // DYAN
The Architect // Arms and Sleepers
Marked // EMA
Fade into you // Mazzy Star
Untitled 1 // Sigur Ros
This mess we're in // PJ Harvey
Where is my mind // Pixies
Paradise Circus // Massive Attack
The Novelist // Richard Swift
Hey Ya! // OutKast
Building Steam With a Grain of Salt // DJ Shadow

[Nachwort]

Als Verleger möchten wir Ihnen, lieber Leser, hier ein
paar weiterführende Informationen zu diesem Buch geben.

Die vorliegende Version ist ein Abdruck der Textdatei,
die auf dem Laptop des Autors gefunden wurde.

Verglichen mit früher erstellten Versionen, die ebenso
auf der Festplatte gespeichert waren, haben sich einige
Figuren und Handlungsstränge in merklich anderer Form
entwickelt. Die Gründe hierfür kennen wir nicht. Wir
werden sie wahrscheinlich auch nicht mehr herausfinden
können, da die Kommunikation mit dem Autor durch sein
plötzliches Verschwinden nicht mehr möglich ist. Außer
dem hier veröffentlichten Text wurde noch eine weitere
Datei gefunden. Unter dem Titel "Die zweite Hälfte"
sollte offenbar ein weiterer Roman folgen, der sich
ausschließlich auf die Geschichte von Fynn und Kookie
konzentriert.

Neben der eigentlichen Textdatei für den Roman haben
wir noch unzählige handschriftliche Notizzettel in einer
Schachtel im Arbeitszimmer gefunden. Sie geben Auf-
schluss über die Arbeitsweise und die verwendeten Ideen.
Hier finden wir auch Hinweise zu den benutzten Quellen.
Neben den verwendeten Liedzeilen, stammen offensichtlich einige Textstellen aus Filmdialogen. Wir listen hier
eine Auswahl der aufgefundenen Notizen auf. Oftmals
war die Schrift so unleserlich, dass wir sie nicht entz-
iffern konnten. An dieser Stelle haben wir den Filmtitel
durch Fragezeichen ersetzt.

Liste der verwendeten Filmzitate:

– „*Man sollte so was nicht machen. Nicht mehr heutzutage.*“
  (No country for old man // Coen brothers)

– "*Aber glauben Sie nur nicht, Sie könnten mir etwas erzählen, was ich noch nicht gehört habe.*"
  (The house that Jack built // Lars von Trier)

– "*Eine längere Geschichte. Haben wir es gerade eilig?*"
  (Green book // Peter Farrelly)

– "*Ach so, es steht auf dem Post-it Zettel. Wir hinterlassen uns
  seit Wochen nur Post-its.*"
  (Silver Linings Playbook // David O. Russell)

– "*Hast du mir nichts mehr zu sagen?*" "*Was meinst du
  damit?*" *(??)*

– *Weil ich es gerne hören möchte. Aber leider du sagst es nicht
  gerne.*" *(Song to Song // Terrence Malick)*

– "*Und warum mache ich das alles? Damit du wie eine Königin leben kannst.*" *(Dos // Stathis Athanasiou)*

– "*Liebst du mich? // Ja. // Warum sagst du es mir nie?*"
  (Anomalisa // Duke Johnson, Charlie Kaufman)

– "*Ja, es ist gut wenn man seinen eigenen Weg geht. Aber
  dann man muss in Kauf nehmen, dass einen vielleicht niemand begleitet, dass man am Ende alleine dasteht.*" *(??)*

– "*Erstens ist das nicht so einfach, eine genaue Vorstellung
  davon zu haben, wie man wirklich frei sein kann. Und zweitens, je länger ich darüber nachdenke, frage ich mich, ob
  das überhaupt eine gute Sache ist.*" *(??)*

– "*Dinge brauchen einen Anfang und ein Ende.*" *(??)*

- *"Stories only exist in stories. Whereas life goes by without the need to turn into stories."*
  (Der Stand der Dinge" // Wim Wenders)

- *"Welches Lied möchtest du hören"*
  (Fúsi // Dagur Kári)

- *"Promazine HCl und Somazina Oral"*
  (Pi // Darren Aronofsky)

- *"Pegasus, der große Wagen, der Drache, Andromeda, der Gürtel des Orion. Die gleichen Sterne. Der gleiche Mond. Jeden Tag."* *(Slow west // John Maclean)*

- *"Ich mag dein Tattoo."*
  (The Duke of Burgundy // Peter Strickland)

- *"Das ist der Beste, den wir in dieser Preisklasse haben."*
  (Two Lovers // James Gray)

- *"Das Staunen über uns zwei, über sie und mich lässt mich erfahren, was kein Engel erfahren kann."*
  (Der Himmel über Berlin // Wim Wenders)

- *"Wie bei vielen Sachen, bei denen Leute Geld machen, kommen andere Leute und wollen am Erfolg profitieren."* *(??)*

- *"Und wenn wir einfach weiterfahren?"*
  (Tschick // Fatih Akin)

- *"Du denkst, weil ich dich kaum kenne, könnte ich dich nicht lieben, aber ich kenne dich und deshalb liebe ich dich umso mehr, ich verstehe dich."* *(Two Lovers // James Gray)*

- *"... es ist sogar ein Desaster mit mir befreundet zu sein"*
  (Julia // Erick Zonca)

- *"Kann ich dich in den Arm nehmen?"*
  (The Brown Bunny // Vincent Gallo)

– *"Die Nachtluft ist kälter geworden. Nein, sie ist nicht wirklich kälter geworden. Es fühlt sich nur so an."* (Sin City // Frank Miller, Robert Rodriguez)

– *"People dont belong to people"* (Breakfast at Tiffany's // Blake Edwards)

– *"Das ist nicht leicht. Aber ich glaube, so ist es für uns beide das Beste."* (El otro barrio // Salvador García Ruiz)

– *"Ja, man lernt als Kind die drei Dimensionen ..."* (Paterson // Jim Jarmusch)

– *"Manchmal fahre ich die ganze Nacht hindurch ..."* (Glenn Gould - Hereafter // Bruno Monsaingeon)

Das Gedicht, das Adam für die Schaufensterpuppe schreibt, ist in Anlehnung an Arsenij Tarkowski geschrieben, es wird in dem Film *Stalker* seines Sohnes Andrei rezitiert.

Die Verwendung von Inhalten anderer Künstler regt generell den Diskurs über den Begriff des schaffenden Künstlers an. In der post-modernen Popkultur hat sich das Zitieren fremder Werke als eigene Kunstform entwickelt. Beispielsweise wäre die moderne Musik ohne Sampling nicht vorstellbar. Das Referenzieren auf das Original erzeugt sicherlich einen neuen Blickwinkel. Aber wann ist das Verwenden von Fragmenten eines anderen Werkes eine Ehrung, der Verweis eine Huldigung, wann ein inspirierender Ausgangspunkt und wann ist es einfach nur Stehlen? Aus unserer Sicht wäre es anmaßend, hier eine abschließende Meinung zu präsentieren.

s c r i p t   c o n s u l t a n t s

p   b   r   u   n   s

c   l   u   d   e   s

v n u s s b a u m e r

k   s   z   w   a   r   c